三浦綾子文学の本質と諸相

竹林一志著

新典社

はしがき

今年（二〇二二年）は三浦綾子生誕百年にあたる。この記念の年に、三浦文学について筆者が研究してきた内容を一書にまとめることにした。

本書は、二〇一二年から二〇二二年にかけて学術雑誌に発表した八本の論文が基になっている。それらの論文に加筆し、新たに書き下ろした文章・年表・年譜と既発表の書評を加えた。三浦綾子文学とキリスト教との関係をメイン・テーマに据え、三浦の作品全体を対象として考察を行なったものである。

以下、章立てにそって本書の概要を述べる。

序章「三浦綾子の生涯と三浦文学の特徴」では、三浦の生涯について記した後、三浦文学の特徴として、①「キリスト教信仰に基づく、伝道志向の文学」、②「人間の本質的な二面性・平等性の強調」、③「希望・力を与える文学」、④「人間にとっての根本的問題を考えさせる文学」、⑤「北海道の風土に根ざした文学」、⑥「分かりやすい文章と巧みなストーリー展開」、⑦「光世との二人三脚での創作活動」という七つの特徴について書く。

第一章「〈神を指し示す指〉としての三浦文学」では、まず、三浦とキリスト教との関係を見る。その後、三浦文学が、人間の罪・弱さや苦難といったマイナスの状態・出来事をとおして「愛なる神」を指し示す文学――人々の目を愛なる神のほうに向けさせる文学――であることを述べる。

第二章「三浦文学と聖書」では、三浦文学を〈聖書から発し、聖書によって成り、読者を聖書に導く〉文学であるとする。そして、自分の創作活動の目的はイエス・キリストを伝えることであると明言していた三浦が、その小説において、どのようにして読者を聖書へと導こうとしているのかということを探る。

三浦文学は、三浦のキリスト教信仰を作品の形で表現した「あかしの文学」であり、「御言葉の受肉化」を図ったものである（三浦綾子〔一九七八〕）。**第三章「三浦文学における聖句の受肉化――『泥流地帯』『続　泥流地帯』を対象として」**では、「苦難」をテーマとする小説『泥流地帯』『続　泥流地帯』を対象として、「御言葉の受肉化」とは如何なることか、これら二作品において聖書の言葉の受肉化がどのようになされているのか、ということについて考察した。この章では、聖書の言葉を受肉化した文学の言葉（或いは、文学の言葉に受肉化された聖書の言葉）が現今のコロナ禍において如何なる意味を有するのか、ということについても述べている。

三浦文学は「祈りの文学」と呼ばれることがある。**第四章「三浦文学と祈り」**は、三浦の小説全般を対象として、「祈り」がどのように描かれているか、そのように描かれているのはなぜか、ということを考察したものである。**第五章『天北原野』と「主の祈り」**では、三浦が小説『天北原野《てんぽく》』上巻・下巻にサインを求められたときに、「主の祈り」の中の聖句「み名の崇められんことを」「み国の来らんことを」を署名とともに書くことにしていた理由について考察する。『天北原野』の内容とこれらの聖句との関係を考えることによって、同作に込められた三浦の思いや読者へのメッセージを探る。

三浦は自分の作家活動・作品をとおして人々（特にノン・クリスチャン）が神に心を向けるようにと願っていた。その三浦の小説の中にノン・クリスチャンの回心が描かれていることがある。そして、その回心にはクリスチャンが何らかの形で関与している。**第六章「三浦文学におけるクリスチャン――ノン・クリスチャンの回心との関連で」**では、三浦の小説においてクリスチャンがノン・クリスチャンの回心にどのように関わっているのか、ということについて調査・考察した。そして、三浦が伝道についてどう考えていたのかということを探った。

第七章「『氷点』における陽子の罪――「写真事件」を中心として」では、「原罪」（キリスト教で、全ての人が生まれながらに有している罪を指す概念）をテーマとする小説『氷点』の主人公、辻口陽子が、思いを寄せていた北原邦雄のことを誤解し憎むという「写真事件」に注目する。そして、罪・けがれなき存在であるかのように見える陽子も、他の登場人物たちと本質的には同じ、罪ある者として描かれているということを述べる。この章は、聖書に照らしながら『氷点』を読むことによって『氷点』や登場人物についての深い理解が可能になることを示した論である。

第八章「『続　氷点』の陽子――「赦し」と「再生」の問題をめぐって」では、小説『続　氷点』において辻口陽子の生き方の転換がどのようになされたのか、ということについて考察する。『続　氷点』のテーマである「赦し」が陽子の「再生」と如何なる関係にあるかを見るこの章の論は、キリスト教における「罪の赦し」「再生」といった概念についての理解が三浦文学を読む上で重要であることを示している。

第九章「夏目漱石『心』と『氷点』『続　氷点』――夏目文学と三浦文学との重なり・ずれをめぐって」では、夏目漱石の小説『心（こゝろ）』と三浦の『氷点』『続　氷点』との間に認められる共通性、および、その共通性との関連で見られる両者間の相違点について述べる。『心』と対照することによって、『氷点』『続　氷点』そして三浦文学の特徴がよく見えてくる。漱石はキリスト教嫌いであったようであるが、夏目文学と三浦文学とは根柢において深く繋がっている。本章は、その深い繋がりを考究するための足がかりである。

付章として『氷点』『続　氷点』の年表を添えた。『氷点』の年表は森下辰衛氏の著書『『氷点』解凍』（小学館、二〇一四年）にもある。本書の年表と森下氏の年表との間には違いもあり、見比べていただくと興味深いことが見えてくるのではないかと思う。

付章の後に、**「研究余滴」**として「三浦文学における「風」」「登場人物の年齢」の二篇と、『図書新聞』に寄稿した書評を加えた。この書評は、三浦のエッセイ集『一日の苦労は、その日だけで十分です』（小学館）について書いたものである。同書は、二〇一八年に開館二十周年を迎えた三浦綾子記念文学館が、単行本未収録の三浦の文章を集めた「最後のエッセイ集」である。

キリスト教文学の研究において、日本の作家では遠藤周作の作品・文学世界について多くの論がある。遠藤文学に比して三浦文学についての研究は遥かに少ない。しかし、三浦文学には遠藤文学に劣らぬ魅力がある。人の生き方や考え方を変え、また苦難の中にある命を支える力がある。本書によって三浦文学に多くの方々（特に研究者）の目と思いが向けられたら幸いである。

目 次

第二章　三浦文学と聖書

第三章　三浦文学における聖句の受肉化
――『泥流地帯』『続　泥流地帯』を対象として

第七章　『氷点』における陽子の罪
——「写真事件」を中心として

第八章　『続　氷点』の陽子
——「赦し」と「再生」の問題をめぐって

凡 例

一、『三浦綾子全集』(全二十巻、主婦の友社)所収の作品からの引用は同全集の本文を用いる(ただし、明らかな誤字は単行本などにより改める)。同全集に収められていない作品からの引用は、原則として初版本に拠る。
一、単行本化されている三浦の作品は、『氷点』『光あるうちに』のように『 』で括る。
一、短・中編小説集・エッセイ集などに収められている個々の作品・文章や、全集・単行本に収められていない作品・文章に言及する際は、「死の彼方までも」「長いトンネル」のように「 」で括る。例えば、「死の彼方までも」と表記する場合は、個別の作品としての小説「死の彼方までも」を指しているのであり、同作を含む四作品を収録した小説集『死の彼方までも』のことではない。
一、『A』「B」(例えば『丘の上の邂逅』「名もなき草はない」)のような表記は、単行本『A』に収められている「B」という題名の文章であることを表す。
一、引用文中の「……」は、特に注記しない限り中略を表す。

序章　三浦綾子の生涯と三浦文学の特徴

一、はじめに

本書では三浦綾子文学とキリスト教との関係を中心に論じるが、本論に入る前に三浦綾子の生涯と三浦文学の特徴について述べておく。三浦のことをあまりご存じでない読者や、その作品に馴染みのない方を念頭に置いて書く。三浦とその文学について詳しくご存じの読者は、この章を飛ばしてくださって構わない。ただし、三浦綾子・三浦文学に詳しい方でも、本章を読んでいただくことで新たな気づき・発見があったり、重要なことを再確認できたりするかもしれない。

二、三浦綾子の生涯

二・一、誕生から肺結核発病まで

三浦綾子（以下、おもに綾子と書く）は一九二二年（大正十一年）四月二十五日、北海道旭川で生まれた。堀田鉄治・キサ夫妻の第五子である。自伝小説の一つ『草のうた』を読むと、本好きで感受性の豊かな子どもだったようである。

一九三九年（昭和十四年）、旭川市立高等女学校を卒業後、満十七歳になる春（厳密には、まだ満十六歳のとき）に小学校の代用教員となる。赴任したのは、旭川から少し離れた、空知《そらち》郡の歌志内《うたしない》という炭鉱の町であった。この町での教員生活は、後に綾子の小説「奈落の声」（小説集『病めるときも』に所収）や『銃口』の題材となっている。『銃口』の主人公、北森竜太が小学校教師として赴任した「幌志内」は架空の地名であるが、空知郡の炭鉱の町と作中に記されている。歌志内をイメージした舞台である（『遺された言葉』「人を育てた教師」、『小さな一歩から』「音楽と私」など）。自伝小説『石ころのうた』には歌志内での二年半弱の生活が詳しく書かれている。子どものことが大好きであった綾子（当時は旧姓、堀田）は厳しくも温かい教員であり、教え子に慕われていた。

しかし、時代は軍国主義に染まっており、綾子も「皇国民の錬成」の旗印のもと、軍国主義教育にいそしむ。母、キサの病により綾子は歌志内の小学校を辞め、実家のある旭川の小学校に移り、やがて敗戦の日を迎える。進駐軍の命令により、正しいと信じて教えてきた教科書の文章に墨を塗らせた綾子は、何を信じればよいのか分からなくなり、虚無に陥る。そして敗戦の翌春、教職を辞する。

綾子は二人の男性と結婚の口約束をしていた。『石ころのうた』によると、誰と結婚しても自分は幸福にはなれないだろうと考えていたようである。その二人の男性の一人、西中一郎（『石ころのうた』『道ありき』などの登場人物名。実名ではないようである）[注1] からの結納が入った日、綾子は突然、脳貧血で倒れる。一九四六年四月のことであった。その一ヶ月半後、高熱を発する。綾子は肺結核にかかっていたのである。以後、一九五八年まで、足かけ十三年に及ぶ闘病生活を送ることになる。一九五二年からは脊椎カリエス（脊椎の結核）を併発し、ギプスベッドに体を固定された状態の日々となる。

二・二、前川正との再会から、キリスト教の洗礼を受けるまで

肺結核を患って二年半ほど後の一九四八年の暮れ、療養所にいた綾子のもとを、おさななじみの前川正が訪ねて来る。前川は綾子が小学二年生の頃、一年ほど隣家に住んでいた。綾子と再会したとき、前川は北海道大学医学部の学生であり、肺結核のために休学中であった。前川は綾子をしばしば見舞うようになる。そして、療養中の身でありな

がら酒を飲んでいる綾子を戒めるが、綾子は反発するのであった。

前川と再会した翌年の六月、綾子は西中との婚約を解消すべく、西中の住む北海道北東部の町、斜里に行く。西中は、婚約解消を口にした綾子を責めなかった。それどころか、綾子が返そうと差し出した結納金を受け取らず、結婚の費用にと貯めておいた十万円を渡すと言ったのである。西中と同居していた母親・姉も、婚約解消のために訪ねて来た綾子に優しく接し、綾子と西中、その姉は温泉旅行に行く。旅行から西中家に戻った日の夜半、綾子は西中家をこっそり出る。自殺しようとしたのである。綾子は自分の人生に意味を見出せず、生きることに疲れていた。歩いて海に行き、入水しようとした綾子は、波に足を踏み入れたところで西中に助けられる。西中は綾子が家から出て行ったことに気づき、綾子の後を追いかけたのであった。

斜里から旭川に帰って来た綾子は、なおも虚無の中で日を過ごしていた。そのような綾子を見、婚約解消や自殺未遂の話を聞いた前川は、六月下旬の或る日、綾子を旭川の春光台の丘に誘う。後に綾子の小説『積木の箱』の舞台となる、自然豊かな丘である（二〇一四年、この丘に「道ありき」文学碑が出来た）。前川は綾子の気分転換になるのではないかと考えたのであったが、その丘でも綾子はふてくされた態度であった。綾子の生き方を涙ながらに戒める前川を皮肉な目で見つつ、綾子が煙草に火をつけたとき、前川は「綾ちゃん！　だめだ。あなたはそのままではまた死んでしまう！」と叫ぶように言い、深く嘆息する（かぎ括弧内の前川の言葉は自伝小説『道ありき』第十一回に拠る）。そして、傍にあった石で自分の足を何度も打つ。クリスチャンの前川は綾子が立ち直るようにと熱心に神に祈ってきたのであったが、自分には綾子を助けられないことを思い知り、ふがいなさを感じたのであった（石で足を打ち続けるのを制止しようとした綾子の手を握って前川が語った言葉は、本書の第一章第二節・第六章第三節に引用する）。

その前川の姿、前川の愛に綾子は心を大きく動かされる。そして、みずからを石で打つ前川の姿の背後に不思議な光を見たような気がした綾子は、前川の信じるイエス・キリストへの信仰、キリスト教信仰の道に一歩踏み出す。敗戦後、何を信じればよいのか分からなくなり、虚無に陥っていた綾子が、前川の信じるものを自分も信じてみようかという思いになったのである。そこには、前川の愛を信じることができなければ自分は本当に終わりだ、という思いがあった。

その後、綾子と前川は交際を深めてゆく。綾子は前川の所属するキリスト教会に通い、熱心に聖書を読むようになる。また、前川の勧めで短歌を作り、雑誌『アララギ』に投稿もした。やがて二人は将来の結婚を期する仲になる。

しかし、綾子の病は癒えず、体が痩せてゆくばかりであった。一九五一年の秋、旭川の病院に入院し、翌年二月、さらに良い治療を求めて札幌医科大学附属病院に転院する。前川は綾子のために、札幌北一条教会の役員（「長老」という立場）で篤信のクリスチャン、西村久蔵《きゅうぞう》に葉書を出す。綾子を見舞ってほしいという内容であった。西村は札幌の有名な洋菓子店「ニシムラ」の創業者で、当時五十三歳。店の経営の傍ら、キリスト教伝道に力を尽くしていた。後に綾子の伝記小説『愛の鬼才』の主人公となる。西村は病床の綾子を時々見舞い、聖書の話をし、綾子の痰壺を洗うなど、身の回りの世話もした。綾子は聖書についての西村の話を熱心に聴いた。

或る日、かつての婚約者、西中が綾子を見舞いに来る。結婚をし、札幌の会社に勤めていた西中は、病院の傍を通ったときに綾子を見かけたのであった。会社の昼休みに病室に顔を見せる西中を綾子は心待ちにする。病室に自分を訪ねて来るのは西村と西中だけだったからである。

やがて綾子は、西中の見舞いのことで良心の咎めを感じない自分を恐ろしく思うようになる（このことに関する経緯は本書の第六章第三節に記す）。西中との間に恋愛的な雰囲気はなかったものの、西中には妻がおり、自分には恋人の前川がいる。そのことに気づいてもなお西中の見舞いを受け入れている自分には、罪の意識が欠如しているのではないか。そして、罪の意識を持たないことが最大の罪なのではないか。そのように綾子は思ったのである。イエス・キリストの十字架は、そういう罪深い自分のためであったことに思い至った頃、脊椎カリエスにかかっていると診断される。

もし脊椎カリエスにかかっていることが分からないままであったら、命を失うことになる。自分は罪意識の欠如ゆえに、心が罪に蝕まれていても気づかずにいるのではないか。そう考え、心底恐ろしいと思った綾子は、キリスト教の洗礼を病床で受ける決心をする。洗礼とは、イエス・キリストを救い主として信じていることを言い表し、キリスト者（クリスチャン）として新たな人生を歩み出すための儀式である。一九五二年七月五日、西村久蔵の所属する札幌北一条教会の小野村林蔵牧師が綾子の病室を訪れる。そして、西村と、同教会の教会員である二人の看護師の立ち会いのもと、綾子の頭を水で濡らす「滴礼」方式による洗礼式が行われた。

その日から綾子の心に喜びが溢れる。そして、キリスト教信仰を未信者の友人たちに伝えたいという思いになり、仰臥の状態で葉書を書く。一枚書くのに三日かかったという。綾子の受洗を前川が喜んだことは言うまでもない。

二・三、前川正の死、三浦光世との出会い

やがて綾子はギプスベッドのまま退院し、旭川に帰って自宅で療養することになる。肺結核を患って休学中であった前川は、早く大学を卒業して医者になり、綾子と結婚すべく、一か八かの大手術を受けていた。綾子が札幌にいたときに、綾子の入院していた札幌医科大学附属病院にやって来て、二回に分けて肋骨を計八本切除したのである。当初、手術は成功したように見えた。しかし、手術から約一年後、前川の体調が悪化。一九五四年五月、満三十三歳で召天する。

綾子は悲しみの中で日々を過ごすが、一年後、このままではいけないと前向きになる。生涯の伴侶、三浦光世《みつよ》が綾子を見舞ったのは、そのようなときであった。キリスト者たちの交流誌『いちじく』を発行していた菅原豊が光世に、綾子を見舞ってほしいと依頼したのである。光世も綾子も『いちじく』の同人であり、互いに名前を知っていた。同じ旭川に住む、数少ない同人だったからである。

一九五五年六月、光世は菅原からの葉書を持って綾子の家を訪ねる。光世に会った綾子は驚く。前川そっくりの顔だったからである。話し方も前川によく似ている。また、光世もクリスチャンであり、前川と同じく短歌作りを趣味としていた。八月下旬、光世は三度目の堀田家訪問の折に、自分の命と引き換えにでも綾子を回復させてほしいと神に祈る。この祈りを聞いた綾子は大きな感動を覚える。

光世に心惹かれるようになった綾子であるが、光世に対して慎重であろうとした。光世への自分の思いは、光世が前川に似ているからではないのか。そうだとしたら、光世の人格を無視していることにならないか。そのように考えたのである。また、前川の死から時がさほど経っていないのに、もう他の人に心が傾いている自分を軽薄に思うのであった。

しかし、心の移ろいやすさを痛感する綾子を、前川の遺言が支える。前川は自分の死が近いことを知って、綾子への遺言を残していたのであった。死後に前川の母親から渡された遺言には、くれぐれも自分（前川）との結婚の約束に縛られないでほしい旨のことが記されていた。そこに書かれていた「生きるということは苦しく、又、謎に満ちています」（『道ありき』第四十三回）という言葉の重みを綾子は知る。前川の遺言に背中を押されて、綾子は光世への思いを肯定できるようになる。

光世が初めて綾子を見舞ってから一年ほど経った夏の或る日、光世は綾子が死ぬ夢を見る。目を覚まし、綾子が癒されるようにと一時間ほど涙ながらに神に祈っていると、「愛するか？」という神の声が胸に迫ってきたという。その言葉の意味を思いめぐらしつつ、光世は「結婚が神のご意志であるならば、私にその愛をください」と必死で祈り、結婚を決意する（三浦光世〔二〇〇六、一八四頁〕）。光世は旭川営林署の会計係主任であったが、朝になって出勤した後も目が腫れていたという。その夢や祈りのことが記された綾子宛ての手紙には、綾子の名前の上に「最愛なる」とあった。綾子は長い返信を送る。返信には、光世への思いとともに、光世の幸せのために他の人と結婚してほしい旨が綴られていた。それを読んだ光世は綾子のもとを訪れ、綾子にプロポーズをする。綾子の病が癒えるまで待つ、もし治らなければ独身で通す、と言ったのである。

綾子は心を大きく動かされるが、前川のことを忘れられそうにないと光世に言う。前川とのことは、以前に包み隠さず話してあった。また綾子の枕元には、前川の骨の入った小箱と前川の写真が置かれていた。光世は綾子に次のように話す。

「あなたが正さんのことを忘れないということが大事なのです。あの人のことを忘れてはいけません。あなたはあの人に導かれてクリスチャンになったのです。わたしたちは前川さんによって結ばれたのです。綾子さん、前川さんに喜んでもらえるような二人になりましょうね」

（『道ありき』第五十二回）

このときから二人の交際は結婚を前提としたものになったと言えよう。なお、光世は二〇一四年に九十歳で召天するが、生涯、外出時に前川の写真を持ち歩いていた。三浦文学ファンの間では、よく知られている事実である。筆者も、綾子の死から十年後の二〇〇九年、旭川六条教会（綾子・光世の所属教会）で行われた或る会の席で、光世が上着の胸ポケットから取り出した前川の写真を、他の出席者と共に見せていただいたことがある。

二・四、病の治癒・結婚から、手記「太陽は再び没せず」の入選まで

綾子の病状は、やがて快方へと向かい、ギプスベッドから出て動けるようになる。綾子・光世が結婚の気持ちを固めてから二年後の一九五八年、北海道大学医学部附属病院での検査の結果、綾子の病の治癒が確認される。肺結核も脊椎カリエスも治ったのである。発病から足かけ十三年の闘病生活であった。

翌年一月、旭川六条教会で綾子と光世との婚約式、五月に同教会で結婚式が行われる。新居は家主の物置を改造した、九畳一間に四畳ほどの台所が付いている、天井の低い家であった。つましい暮らしであったが、新婚生活は幸せに満ちていた。しばらくして家主の都合で引っ越すことになった二人は、綾子の提案・希望によって、光世の勤務先から十六年の月賦払いで金を借り、貯金も使って雑貨屋を兼ねた家を建てる。(注2)

雑貨屋を営むのは綾子である。綾子は、この仕事をすることによって、多くの人と交流し、まだイエス・キリストを知らない人たちに神の愛を伝えたいと考えたのである。結婚当初から二人の願いは、自分たちの幸せのみを追求することではなかった。人々に神の愛を伝え、多くの人を受け入れる、開かれた家庭を築くこと――これが二人の願いであった。結婚後の新居でも、大工に頼んで家の前に掲示板を作り、教会の集会案内と聖書の言葉を貼った。そして、キリスト教について書かれたトラクト(リーフレット、パンフレットのようなもの)の入った箱を掲示板に吊り下げ、通行人が自由に取って行けるようにしていた。

一九六一年、綾子が雑誌『主婦の友』の原稿募集を見て書いた手記「太陽は再び没せず」が入選する。六百十四篇の応募作品の中から、綾子の手記を含む三篇が入選したのである。賞金は当時の額で二十万円であった。この文章で

綾子は、虚無に陥っていた自分がどのような人たちと出会い、どのようにしてキリスト教信仰に導かれて今日に至ったかを綴った。林田律子というペンネームで、登場人物の一部は実名を避けた。前川正は松宮達夫、三浦光世は林田満という名である。西村久蔵は実名で登場する。『主婦の友』の一九六二年新年号に掲載された同作に対して、全国の人々から真摯な手紙が寄せられた。それらの手紙を書いた人々の中には、綾子と文通してキリスト教信仰を得た人もいる（結婚後のことを記した自伝小説『この土の器をも』の第二十四回には二人の名が記されている）。この手記の掲載をとおして、綾子は広く大衆に向けて文章を書くことの重要性を実感する。そして、いつか再び、このような文章を発表したい、叶うことなら文筆家になりたいとの願いを抱く。

二・五、『氷点』入選による作家デビュー

一九六三年の一月一日、朝日新聞社は大阪本社八十五周年、東京本社七十五周年を記念する事業の一つとして、新聞小説の募集を『朝日新聞』紙上に発表する。一位入選作への賞金は一千万円である。年始の挨拶をするために近所の両親の家に行った綾子は、その記事を母親から見せられる。綾子の弟、秀夫氏（夫妻で両親と同居していた）が、綾子に見せるようにと言い残して出かけたのである。秀夫氏の頭には、『主婦の友』に掲載された手記のことがあったのであろう。しかし、募集の社告を見た綾子は一笑に付す。応募資格に「既成の作家、無名の新人を問わない」と記されていたからである。自分とは関わりのない募集にしか映らなかった。

ところが、その晩、大きな出来事が起きる。綾子は、いつものように、なかなか寝つけなかった。そして、寝つけぬままに、もし一千万円懸賞小説に応募するとしたら、という仮定のもと、小説のあらすじを考え始める。綾子の親戚の中に殺された人がいることを思い出し、妻の不注意で子どもが殺されたという設定で構想を練る。

翌朝には小説のストーリーが出来上がっていた。早速、そのストーリーを光世に話し、小説執筆の許可を求めると、光世は綾子の予想に反して賛成した。光世は何事にも慎重であり、綾子が雑貨屋を開こうとしたときにも反対した。綾子は今回も反対されるだろうと思っていたのである。小説執筆に賛成した光世は綾子の求めに応じて、その場で神に祈りを捧げる。「この小説が、神の御心に叶うものであれば、どうか書かせてくださいますように。もし神の御名を汚すような結果になるのであれば、書くことができなくなりますように」という祈りであった（『この土の器をも』第二十八回）。

このようにして書き始められたのが三浦文学の代表作『氷点』である。綾子は日中、雑貨屋の仕事がある。執筆は深夜であった。夜に書いた原稿を翌日、光世に読んでもらい、アドバイスを受けたという。なお、「氷点」というタイトルも光世の提案による。同年十二月三十一日消印有効の応募原稿は、大晦日の午前二時に完成。四百字詰め原稿用紙八百数十枚が五十枚ずつ綴じられ、水濡れの可能性も考えて丁寧に荷造りされた小包を、朝になって光世が郵便局に持って行った。翌年七月、『朝日新聞』に『氷点』の一位入選が発表され、世間を驚かせる。プロの小説を含む七百三十一篇の中から、雑貨屋を営む無名の新人の作品が一位に選ばれ、賞金一千万円を獲得したからである。

入選の翌月、綾子は応募原稿に手を入れ、新聞連載用の原稿を書き始める。紙面の都合により連載一回分の字数を少し減らしてほしいとの要請があったのである。（注3）『氷点』は入選発表の年の十二月から翌年十一月まで連載され、連載終了の翌日、単行本が出版される。読者を惹きつける巧みなストーリー展開で、連載中から評判が高く、単行本も小説としては稀な売れ行きとなる（『氷点』のストーリーは本章の三・六節に記す）。一九六六年に新珠三千代主演でテレビドラマ化されたときは高視聴率を記録し、同年、若尾文子主演の映画が公開される。（注4）綾子は執筆に専念すべく、入選発表の翌月に雑貨屋をやめていた。

なお、『氷点』への賞金一千万円のうち、四百五十万円は税金であった。残りの分は、かつて綾子の療養のために父親が負った多額の借金の返済や、キリスト教会への献金、世話になった人たちへの礼などに使われた。大金が入ったときに人間は危なくなるとの光世の戒めにより、三浦夫妻は自分たちの欲しいものを賞金で買うことはしなかった（綾子はテレビを買いたいと言ったが、光世の同意は得られなかった）。

二・六、作家活動と綾子・光世の晩年

綾子は『氷点』連載の途中から雑誌『主婦の友』に小説『ひつじが丘』を連載。『氷点』の単行本が出版された翌春には、キリスト教の月刊誌『信徒の友』に『塩狩峠』の連載が始まる。『塩狩峠』は綾子の作品の中で最もよく読まれている小説である。一九六八年に新潮社から単行本が出版され、一九七三年に文庫化される。新潮社が毎年発表している「新潮文庫の百冊」にフェア開始時（一九七六年）から選ばれ続けている。近年では、同社の「高校生に読んでほしい五十冊」にも入っている。キリスト教に抵抗感を抱いていた主人公、永野信夫が紆余曲折を経て篤信のクリスチャンになり、若くして鉄道事故で命を失う（連結器が外れて勾配を逆走した客車を止めようと、デッキから線路に身を投じ、客車の下敷きになる）という内容の小説である。キリスト教の雑誌『信徒の友』の読者（おもにクリスチャン・求道者）と共に「犠牲」ということについて考えてみたい、という思いで書かれた、キリスト教色の濃い作品であるが、広く一般に読まれ続けている。『塩狩峠』を読んだことがある人たちから話を聞くと、中学生や高校生のときに学校の読書感想文の課題図書にリストアップされていて、感想文を書くために読んだ、という人が少なくない。

この『塩狩峠』の連載の途中、一九六六年の夏頃から、ひどい肩こりで文章が書きにくい綾子のために、光世による口述筆記が始まる。これ以降、綾子の作品は光世との阿吽《あうん》の呼吸による口述筆記で書かれる。その様子はテレビ番

組で紹介されたこともある。(注5) 光世は口述筆記が始まって間もなく、一九六六年十二月に四十二歳で退職し、綾子のサポートに専念する。

作家デビュー後しばらくは現代小説が多く書かれたが、十年目の一九七三年から歴史小説『細川ガラシャ夫人』が雑誌に連載される（一九七五年に単行本化）。また、一九二六年五月に発生した十勝岳の噴火を題材とした、三浦文学中期の代表作『泥流地帯』『続　泥流地帯』も生み出される。

一九八〇年、歴史小説の二作目『千利休とその妻たち』が出版され、三作目『海嶺《かいれい》』が『週刊朝日』に連載されていたとき、綾子は失明のおそれがあるほどの、重度の帯状疱疹（ヘルペス）にかかって入院。その二年後には直腸癌の手術を受ける。このような重病を抱えながらの作家活動であった。直腸癌の手術後、三浦文学は伝記小説が多くなる。伝記小説としては既に『岩に立つ』（一九七九年刊）が書かれていたが、一九八〇年代には四冊の伝記小説が刊行される。かつて札幌で入院生活を送っていたときの恩人、西村久蔵を主人公とする『愛の鬼才』（一九八三年刊）、三浦夫妻と親交のあった榎本保郎牧師の生涯を描いた『ちいろば先生物語』（一九八七年刊）、札幌の病院から旭川に戻って療養していた綾子を見舞い、その後も付き合いのあった五十嵐健治（クリーニング会社、白洋舎の創業者）が自分の半生を語るという形式をとった『夕あり朝あり』（一九八七年刊）、そして女子教育や女性解放運動に尽力した矢嶋楫子の一生を書いた『われ弱ければ』（一九八九年刊）である。これらの伝記小説の主人公は篤信のクリスチャンである。その生きざまを描くことによって神の愛や、キリスト教信仰に生きることの幸いを伝えたい、という綾子の熱い思いがあった。三浦文学において伝記小説は極めて大きな意味を有している。このことについては本書の第二章・第四章・第六章で述べる。

一九九〇年、長編小説『銃口』の連載が始まる。小学館のＰＲ誌『本の窓』への連載である。この小説は小学館の編集者から、昭和という時代を背景として神と人間の問題について書いてほしい、という依頼があって執筆されたものである。かつて小学校の教員として軍国主義教育に携わったことへの痛みを抱えつつ、人間存在の尊さや平和の大切さを強く訴えた綾子の思いがよく伝わってくる作品である。連載二年目の一九九一年、綾子の体に異変が次々と生じる。寝床から起き上がろうとしても足が立たなかったり、手が震えたり、歩行中に足がもつれたりするようになったのである。翌年、パーキンソン病と診断される。これが綾子の負った最後の大病である。体の自由がきかない状態で『銃口』の連載は続き、一九九四年、上巻・下巻に分けて刊行される。

その間、一九九二年に書き下ろしの小説『母』も出版されている。プロレタリア文学の作家として名高い小林多喜二の母親、セキが自分の半生を語るという形式の、温かさと悲しみに満ちた作品である。舞台化・映画化もされており、『銃口』と並ぶ綾子晩年の代表作である。

『銃口』刊行後、綾子は闘病を続けながら、自伝小説（といっても小説としての色合いは薄い）『命ある限り』『明日をうたう』を雑誌に連載（連載時のタイトルは、いずれも「命ある限り」）。手紙形式の、書き下ろしのエッセイ『新しき鍵』（一九九五年刊）も書いている。一九九八年六月、『氷点』の舞台となった外国樹種見本林の傍に民営の三浦綾子記念文学館が開館。翌九九年五月には、本章の注（2）に記したような経緯で塩狩峠記念館が開館した。同年七月、綾子は体調を崩して入院。翌月に転院し、回復へと向かっているかに見えた。しかし九月五日、危篤に陥る。そのまま意識が戻らず、十月十二日に召天。満七十七歳の生涯であった。

綾子亡き後、光世は本の執筆や講演をとおして、また三浦綾子記念文学館の二代目館長として三浦文学や綾子の生き方、綾子と過ごした日々などについて語り続けた。文学館で来館者を温かく迎え、案内しながら、綾子との思い出を懐かしそうに話していた姿が目に浮かぶ。『氷点』入選（綾子の作家デビュー）から五十周年にあたる二〇一四年の十月三十日、光世は満九十歳で召天した。

三、三浦文学の特徴

本節では、三浦文学の特徴として七つのことを述べる。①「キリスト教信仰に基づく、伝道志向の文学」、②「人間の本質的な二面性・平等性の強調」、③「希望・力を与える文学」、④「人間にとっての根本的問題を考えさせる文学」、⑤「北海道の風土に根ざした文学」、⑥「分かりやすい文章と巧みなストーリー展開」、⑦「光世との二人三脚での創作活動」である。

三・一、キリスト教信仰に基づく、伝道志向の文学

三浦文学の最大の特徴はキリスト教の伝道を目的としているところにある。綾子にとって「キリスト教の伝道」とは、教義を伝えるということよりも、イエス・キリストの十字架に端的に示されている神の愛を伝えることである。綾子は、伝道のために作品を書いていることを、繰り返し明言していた。綾子は晩年、インタビューの中で次のように語っている。

私は自分のことを小説家だなんて思っていないの。ただ神とともにある生活を、神の愛を、文章を通じてたくさんの人に伝えたいだけ。だから、文学としていいとか悪いとかいくらいわれても気にしないんです。

（『愛と信仰に生きる』「一人でも多くの人に愛と信仰を伝えたい」）

本書の第一章でも述べるが、「護教文学」「宣教文学」「主人持ちの文学」などと批判されても綾子は気にしなかった。そもそも綾子が文筆家になりたいと思ったのは、自分の文章をとおして多くの人々に神の愛やイエス・キリストを伝えるためであった。綾子は愛なる神を知って人生が大きく変わり、また神への信仰の中で生きることの幸いを身にしみて感じていた。そのような体験・認識・喜び・感謝が、伝道を志向する三浦文学の根柢にある。綾子は『道ありき』（第三十三回）の中で次のように書いている。

ふしぎなことが起こった。洗礼を受けたその日から、わたしはうれしくてうれしくてならなくなった。心の中に灯《ひ》がともったのだ。その灯がわたしを揺り動かすのだ。わたしは早速神に祈った。

「神様、間藤安彦さんと、晴子さんと、理恵さんの三人を、どうかクリスチャンにさせてください。この三人がクリスチャンになりましたなら、いつ天に召されてもよろしいです」

そしてわたしは、この三人に葉書を書いた。わたしがこんなに喜んでいる喜びを、分けたくて仕方がなかった。それは、おいしい物を食べた時、人にも食べてもらいたいあの気持ちに似ていた。

「わたしがこんなに喜んでいる喜びを、分けたくて仕方がなかった」という思いは綾子の伝道の原点であり、生涯にわたって続いた。

キリスト教信仰を持つ作家は少なくないが、伝道のために作品を書いていると言い切る人は珍しい。遠藤周作やC・S・ルイスも、自分の文学が伝道のためであるとは言っていない。伝道を目的とする三浦文学は、キリスト教文学の中でも希有な存在である。

三浦文学は、綾子・光世の篤い信仰に基づいている。執筆・口述筆記に先立って、二人で聖書を読み、祈った。聖書と祈りをとおして力を得、神の導きを求めるとともに、聖書の言葉に聴き従おうとする姿勢、また世界・社会や自分たちの生き方・仕事が神の意思にかなうものであるように、という祈りの中から三浦文学が生み出されていった。三浦綾子（一九七八）には「私は、毎日聖書を読み、祈ってから仕事に着手する。それでなければ、私は書けないと思う」とある。三浦文学と聖書・祈りとの関係については章をあらためて考察する（特に第二章〜第五章）。

なお、綾子は一九八七年の講演の中で「私が小説を書く第一の目的はといいますと、端的に申しまして、キリストの愛を伝えたいということです」と語っている（『ごめんなさいといえる』「私の創作の原点――心に響き合うものを持つ人間の近くにいること」）。「第一の目的」ということは、他の目的もあったのであろうか。筆者（竹林）は、人間は如何に生きるべきかということを書くのが三浦文学の第二の目的であったと考える。このことについては今後、詳しく論じたい。

三・二、人間の本質的な二面性・平等性の強調

人間は誰もが生まれながらに罪ある存在であり、かつ神によって創造された尊い存在である――これが三浦文学の基底をなす人間観である。

綾子は作品において人間の平等性を繰り返し説く。例えば、『銃口』で重要な役割を果たしている小学校教師の坂部久哉《ひさや》は、二日後に卒業する教え子たちに次のように言う。

いつもいろんなことを君たちにいってきたから、今、改めていうことはないが、でも一言だけ言わせてもらう。人間はね、みんな人間だ。上も下もない。人間は平等なのだ。

（「お別れ会」）

綾子の考える「平等」とは、誰もが罪人《つみびと》であり、かつ価値ある存在である（これら二点で人間相互間に差はない）という意味である。

ここで言う「罪」とは、神の意思に反する、身勝手で自己中心的な考え方や行動のことを指す。そのような考え方や行動をとる性質を帯びて人間は生まれてくる、ということである。そうした、人間が生まれつき有する罪を、キリスト教では「原罪」と呼ぶ。小説『氷点』のテーマは、この原罪である。人間は皆、幸せに生きたいと思う。しかし、なかなか幸せに生きることができない。その根本的原因は原罪にある、と綾子は考えた。『氷点』は自己中心的な生き方をする登場人物たちが繰り広げる悲劇の物語である。綾子は、この小説の読者が自己中心性の問題について考え、自分が罪ある存在であることを認識し、神に目を向けることを願っていた。『氷点』のみならず、綾子は多くの作品で人間の自己中心的な姿を描き、この、誰しもが有している自己中心性こそが不幸の原因であることを強調した。

小説『塩狩峠』でクリスチャンの永野菊は娘・息子に次のように言う。

「あのね、待子さん。信夫さんも聞いてくださいね。人間はいい人と悪い人の二種類しかないように思っているようだけど、ただ一種類なのよ。さっき信夫さんが言ったでしょう。『義人なし、一人だになし』って。人はみんな、神さまの前に決して正しくはないの」

（「いちじく」）

「義人なし、一人だになし」は、主人公の永野信夫が読んだ小説の中に出てきた、新約聖書ローマ三章十節の言葉である。誰もが神の前では罪人だということを意味している。人間は皆、罪ある存在である――これが、三浦文学で強調されている、人間の本質的二面性のうちの一つである。

三浦文学が強調する、人間の本質的二面性のもう一面は、存在そのものの尊さである。〈人は皆、神によって、しかも神に似せて創造された、価値ある存在である〉ということを綾子は作品をとおして伝えようとしている。例えば小説『天北原野』『銃口』などで綾子が戦争の悲惨さ、平和の大切さを訴えたのはなぜか。それは戦争が人間の命・尊厳を奪うからである。

聖書には「神は自分のかたちに人を創造された」とある（創世記一章二十七節。日本語訳は口語訳聖書に拠る（以下、同様））。ここで言われている「かたち」とは外面的な姿ではなく、性質のことである。神の最大の性質は愛である。聖書によると、悪魔の策略によって人類の祖先、アダムとエバから罪が入ってしまい、人間は原罪を負うこととなった。よって、罪が入る前の人間のあり方（愛なる存在としての性質）は、かなり損なわれているのが現実である。しかし、本来的に神にかたどって創造された存在であることに変わりはない。だから、人間を殺してはならないのである。殺人は神の作品を壊す行為である。また、殺人者も自分の人間性――本来の、愛なる存在としての尊さ――を失っている。

『続　氷点』に三井弥吉という人が出てくる。弥吉は、主人公の辻口陽子を不義の関係から生んだ実母、三井恵子の夫である。戦時中、中国で上官の命令により妊婦の腹を裂いて母子を殺した。その二十数年後、弥吉は辻口啓造・夏枝（陽子の育ての親）宛ての手紙の中で次のように書いている。

戦争の恐ろしさは、食糧が乏しくなること、空襲で家が焼け、女子供や老人さえも焼き殺されること、ただそれだけではありません。それよりも何よりも恐ろしいのは、人間が人間ではなくなることではないかと思います。

（「燃える流氷」）

弥吉の残虐行為は、母子の尊い命を奪っただけでなく、弥吉が人間ではなくなっていること――人間性の喪失――を意味している。

また綾子は、誰もが各々の使命を神から与えられている、かけがえのない存在であると考えていた。綾子は一九八七年の講演の中で次のように語っている。

「あなたが本当に大事なのよ」と言って、私たちは生きなきゃならないと思います。私たちと同じ人間は、地球が始まってから地球が終わるまでいないんです。あなたと同じ人間がこの世に現われることは、けっしてない。一人きりの人生。神様は、使命を必ず与えて全部違った人に生まれさせたと思うんです。用も何もない人間をこの世に送りはしない。そんな無駄なことを神様はなさらないと思います。

（『愛すること生きること』「むなしさの果てに」）

一人一人が、神に似せて創造され、それぞれに使命を与えられた唯一無二の存在である、と綾子は考えているのである。人間は皆、罪人であり、かつ尊い存在である。この意味で人間は平等である。したがって、誰も他者を見下すことはできないし、卑屈になる必要もない。本質的に同じ人間同士であるという認識に立って、過ちを赦し合い、互いの存在を尊重することが大切である。三浦文学は、そういうことを教えてくれる。

人間が本質的に有している二つの面、即ち罪性と存在の尊さとは、どのような関係にあるのか。キリスト教の歴史的な大伝道者パウロは「善をしようと欲しているわたしに、悪がはいり込んでいる」と書いている（新約聖書、ローマ七章二十一節）。「善をしようと欲しているわたし」は、神にかたどって創造された、本来の人間としての「わたし」である。その、人間らしい人間たる「わたし」に悪が入り込んで、自分の欲している善を行えないようにしている、というのがパウロの認識である。そしてパウロは「わたしは、なんというみじめな人間なのだろう。だれが、この死のからだから、わたしを救ってくれるだろうか」（ローマ七章二十四節）と言う。

このローマ七章の内容は、人間の本質的二面性の相互関係についてキリスト教的な見方を端的に示している。人間は本来、神の性質に似せて創造された、尊い存在である。神を愛し、人を愛するように創造された。しかし、生得的な原罪によって神と人を愛する生き方が困難になっている。身勝手で自己中心的な生き方によって他者を傷つけ、自分自身の首も絞めている。本来の人間性を喪失し、「みじめな人間」になってしまっているのである。

三浦綾子は、この「みじめな人間」の姿を作中で描く。しかし三浦文学には、その先がある。本来の人間らしさを回復し、人間らしさを最大限保てるような道を探るのである。「だれが、この死のからだから、わたしを救ってくれるだろうか」と言ったパウロは、イエス・キリストによって神（父なる神）[注6]に感謝する、と続ける。父なる神がイエス・キリストをこの世に送り、イエス・キリストが十字架にかかったことによって「みじめな人間」の罪が赦され、罪の支配から解放された、ということである。[注7]もちろん、現実を見れば明らかなように、こうしたキリスト教信仰を持っていても罪に陥ることはある。生きている以上、罪と無縁ではいられない。しかし、イエス・キリストの十字架を信じることによって、「栄光から栄光へと、主（竹林注…イエス・キリスト）と同じ姿に変えられていく」（新約聖書、第二コリント三章十八節）のである。「主と同じ姿に変えられていく」というのは、人間本来のあり方を取り戻してゆくことを意味する。人間は本来、神に似せて創造された存在だからである。三浦文学が、人々の目を神に向けさせようとする〈神を指し示す文学〉であることは本書の第一章で述べるが、なぜ綾子は作品をとおして神を指し示すのか。それは、神への信仰に、人間性の回復・保持の鍵があると考えたからである。

一九九一年、三浦夫妻の家のすぐ傍にある教会に牧師として赴任した込堂一博氏は、三浦夫妻を表敬訪問したときのことを次のように書いている。

「何がお好きですか」と問われ、「自然が好きです」と答えました。それに対して三浦さん（竹林注…綾子）は「私も自然と人間が大好きです」と答えられました。この答えに、私は三浦文学の魅力の秘訣を発見した思いでした。また一方で、自然は好きでも、人間をあまり好きではなかった私は、大いに反省を迫られた一言でもありました。（込堂一博〔二〇二〇、一一頁〕）

聖書によると、自然も人間も神によって創造された。神が創造した自然・人間を綾子は愛し、それらが損なわれることを悲しんだ。「自然は好きでも、人間をあまり好きではなかった」という文言からは込堂氏の実直さが伝わってくる。人間は罪深い。それを知れば知るほど、人間を好きになれなくなるのが普通であろう。綾子も人間の罪深さを知悉していた。そのことは作品を読めば分かる。しかし綾子は、人間の罪深さよりも人間本来の尊さのほうに目を向けていたのであろう。だからこそ人間らしさの回復を願い、人間性を喪失させる罪の問題を剔抉し、人々の目を神のほうに向けさせようとした。もともと綾子は人間が好きだったのかもしれないが、そうだとしても、そういう性格に加えて、愛なる神の眼差しと同じような見方・思いで綾子は人間を見ていたと言えよう。

三・三、希望・力を与える文学

綾子の作品を読んで希望・力を与えられた人は多い。難病を患って自分の存在価値を見出せなかった人が励まされ、前向きに生きるようになったり、自殺を考えていた人が、死ぬことを思いとどまったりしている（土屋浩志〔二〇一九〕、森惇〔二〇二二〕、三浦光世〔二〇〇一、第五章〕など）。三浦文学には、そういう力がある。

綾子も長年にわたって肺結核・脊椎カリエスを患い、晩年はパーキンソン病で苦しんだ。また、若かりし頃、入水自殺をしようとしたこともあった。そのような綾子を救い、励まし支えたのは神の愛であり、キリスト教信仰であった。三浦文学が伝道を目的としていることは既述のとおりであるが、その伝道は上滑りの言葉によるものではなく、綾子の体験に裏打ちされている。だからこそ、多くの人々が心打たれ、励まされるのである。

新約聖書に次のようなパウロの言葉が記されている。

> 神は、いかなる患難の中にいる時でもわたしたちを慰めて下さり、また、わたしたち自身も、神に慰めていただくその慰めをもって、あらゆる患難の中にある人々を慰めることができるようにして下さるのである。
>
> （第二コリント一章四節）

綾子も多くの患難の中で神からの慰めを受けた。そして、自分が体験した慰めをもって、患難の中にある人々を慰めた（今なお、作品をとおして慰めを与え続けている）のである。

綾子の作家活動中期の代表作『泥流地帯』『続　泥流地帯』は「苦難」をテーマとしている。一九二六年五月、十勝岳の噴火により山津波が発生。降り積もっていた大量の雪が融け、すさまじい泥流が周辺地域を襲い、百四十四人の命が失われた。また、苦労して開拓・耕作してきた田畑も、硫黄を含んだ泥土や大量の流木・岩石によって大きな害を受ける。この惨禍を題材としたのが『泥流地帯』『続　泥流地帯』である。上富良野に住む、主人公の石村兄弟（拓一・耕作）は幼くして父親を亡くし、父方の祖父母、姉・妹と共に貧しい農家で暮らしている。いろいろと苦労はあるが、仲の良い一家である。母親は事情があって家を出、都会で髪結いの修業をしている。十勝岳噴火による泥流は、この一家をも襲い、祖父母と妹を呑み込む。火口の近くで働いていた姉も命を失う。また、勤勉な生活態度で評判の良かった、三重からの入植者たちの地域でも大きな被害が出る。まじめに生きている人たちが、なぜこんな目に遭うのか、と石村耕作は問う。善人に大きな苦難が降りかかるのはなぜか、という問題が提起されているのである。

作中において、この問題への明快な答えは出されていない。というより、「分からない」というのが『泥流地帯』『続　泥流地帯』の答えであると言ってもよい。それでは、不可解な災禍の中で嘆くしかないのか。綾子は〈人知を超えた、愛なる神の考えがあることを信じ、苦難を前向きに受けとめて立ち上がろう〉というメッセージを、押し付けがましくない形で提示する。このメッセージに希望を見出し、励まされる読者がいる。また、様々な苦難を負いながらも誠実に、ひたむきに生きる登場人物たちの真摯な生き方に勇気づけられる読者もいる。「頑張って勉強し給えよ。人間の一番の勉強は、困難を乗り越えることだ」（『泥流地帯』「矢車」）という言葉を人生の支えにしている人もいる。

三浦文学が希望・力を与える文学であることを、『泥流地帯』『続　泥流地帯』を例として書いてきたが、読者に希望・力を与えているのは『泥流地帯』正・続のみではない。いろいろな作品から、読者それぞれが様々な形で励まされ、勇気づけられ、慰められている。三浦綾子読書会という全国規模の会があるが、その会報を読んだり同読書会に参加したりすると、そういうことがよく分かる。なお、『泥流地帯』正・続については本書の第三章で詳述する。

三・四、人間にとっての根本的問題を考えさせる文学

綾子の小説やエッセイを読むと、人間の根本に関わる諸問題について考えさせられる。例えば、生きる、死ぬということについてである。

『塩狩峠』の主人公、明治十年生まれの永野信夫は十歳（数え年。以下、同様）のときに祖母が目の前で脳溢血を起こして死ぬのを見る。また二十歳のとき、父親が祖母と同じく脳溢血で急死する。一方的に不意にやってくる死に、信夫は大きな恐怖を覚える。また、人間は必ず死ぬことを思い知らされる。そして死について、いろいろなことを考えるようになる。

信夫は親友、吉川修との会話の中で「君のおとうさんの死だって、ぼくの父のあの突然の死だって、残されたぼくたちが意味深く受けとめて生きていく時に、ほんとうの意味で、死んだ人の命が、このぼくたちの中で、生きているといえるのではないだろうか」と言う（「トランプ」）。含蓄に富む言葉である。また、信夫は「やがて自分も死ぬものとして、どのように生きるべきかということ」を思うようになる（「連絡船」）。死について考えることと、生について考えることとは表裏一体をなしているのである。信夫の父親、貞行が万一のときのために書いておいた遺書でも、人間は自分の死期を予知できないということから筆が起こされ、日常生活での自分（貞行）の言動を遺言と思ってほしい旨が記されていた。貞行は死を考えつつ日々を大事に生きていたのである。かつて、その遺書の言葉に信夫は「おれは自分の日常がすなわち遺言であるような、そんなたしかな生き方をすることができるだろうか」と思ったのであっ

た（『門の前』）。

信夫は篤信のクリスチャンである母親の菊に「人間は、死んだら何もかも終わりですね」と言ったことがある（『連絡船』）。そのとき菊は、死が全ての終わりだとは思っていないと答えた。そして、死んだ人間に未来があるのかという信夫の問いに、静かにうなずき、「死は永い眠りであって、また覚める」と口にするのであった。菊は、全能の神が死者をよみがえらせるという復活の信仰を持っていたのである。そのときには菊の話が腑に落ちなかった信夫だったが、やがて自分の傲慢の罪を知るようになり、キリスト教の洗礼を受ける。その洗礼式で読み上げる信仰告白文の末尾に、信夫は「約束された永遠の命を信じます。わたくしたちのために犠牲となられたイエス・キリストを思う時、わたくしもまた、この身を神に捧げて、真実の意味で神の僕《しもべ》になりたいと思っております」と記す（『隣人』）。篤信のクリスチャンになった信夫は婚約者の吉川ふじ子（親友である修の妹）に「ぼくは毎日を神と人のために生きたいと思う。いつまでも生きたいのは無論だが、いついかなる瞬間に命を召されても、喜んで死んでいけるようになりたい」と語っていた（『峠』）。死で全てが終わるのではない（永遠の命が与えられている）という信仰に立って、神に従い、神と人のために生きることを志したのである。

結納のため、ふじ子のいる札幌に向かう途中、信夫の乗っている列車に事故が起きる。車両の連結器が外れ、最後尾の客車が塩狩峠の勾配を逆走し始めたのである。信夫は客車のデッキに出てハンドブレーキを回すが、車両は停止しない。逆走する先に幾つもの急勾配カーブがあり、そのままでは脱線・転覆が必至だと考えた信夫は、客車の速度が緩んだタイミングで線路に身を投じ、客車の下敷きになって乗客の命を救う。この篤信のクリスチャンの犠牲の死に多くの人々が胸を打たれ、キリスト教信仰に導かれた。

『塩狩峠』のエピグラフには「一粒の麦、地に落ちて死なずば、唯一つにて在らん、もし死なば、多くの果《み》を結ぶべし」という新約聖書ヨハネ十二章二十四節の聖句が記されている。この聖句は、信夫の死んだ現場に行った吉川修の胸に浮かんだ言葉として、小説の末尾にも出てくる。『塩狩峠』では巻頭から巻末まで随所で死のことが扱われている。

右のヨハネ十二章二十四節の聖句はイエス・キリストが語ったものであり、「一粒の麦」はイエス自身を比喩的に指す。(注8) イエスの十字架の死によって多くの人々に救いがもたらされた。そのように、『塩狩峠』の信夫の死によって多くの人々の生命・魂が救われたのである。また、聖書はイエスが死後三日目に復活したことを記している。前述のとおり、信夫もキリスト教信仰を得、死からの復活を信じていた。イエスの死にせよ信夫の死にせよ、その先には復活（永遠の生）がある。

『塩狩峠』では、しばしば死と生とがセットで語られている。〈やがて死ぬ者として、どのように生きるか〉、〈死は全ての終わりなのか。死後の生はあるのか〉、〈生きている者は他者の死をどう受けとめればよいのか〉といった問題を『塩狩峠』は考えさせてくれる（この小説では、人間存在の平等性や人間の不自由さなど、生・死以外の様々な事柄も取り上げられている）。

人間にとっての根本的問題について考えさせるのは『塩狩峠』のみではない。他の作品においても〈人間とはどのような存在か〉、〈人間存在の価値はどういうものか。一人一人は、如何なる意味でかけがえのない存在なのか〉、〈人間はどこから来て、どこへ行くのか〉、〈真の幸福とは何か〉、〈なぜ人間関係がうまく行かなくなるのか。良好な人間関係はどのようにして築けるのか〉というような問題を考えさせてくれる。前節（三・三節）で三浦文学は希望・力を与える文学であると書いたが、短編小説には暗い内容のものが多い。人間の罪深さを思い知らされ、希望も力も湧かないような短編が少なくないのである（長編小説にも、そうした内容のものがある）。しかし、綾子がそのような作品を書いたのは、人間の罪を抉り出すことによって〈どのように生きるべきか〉、〈真の幸福とは何か〉といったことを読者に考えてもらいたいと願ったからである。右に挙げたような、哲学的な色合いの濃い諸問題に関心がある人にとって、三浦文学はじつに魅力的である。

三・五、北海道の風土に根ざした文学

綾子は、その一生を北海道で過ごした。小学校の教員として歌志内にいた二年半弱（一九三九年四月～一九四一年八月）と、札幌医科大学附属病院に入院していた一年九ヶ月ほど（一九五二年二月～一九五三年十月）の期間を除いては、旭川に住んでいた。そのことには様々な理由・要因があると考えられる。

綾子にとって旭川は自分が生まれ、自分を育ててくれた（例えば、厳しい冬の寒さによって忍耐力や勇気が鍛えられた）街であり、愛着があった。また、前川正と共に過ごし、光世と出会い、結婚し、生活してきた、思い入れのある土地だった。そして、多くの人々との親しい関係の中で暮らしている、かけがえのない生活空間であった。

旭川に魅力を感じない時期もあって、札幌に住みたいと幾度か思ったようであるが、旭川の良さ（特に自然環境の素晴らしさ）を再認識するようになったという（『丘の上の邂逅』「名もなき草はない」）。綾子はエッセイの中で、旭川は食べ物がおいしく、景色が良く、近郊にも景勝の地や温泉が多いことを書いている（『あさっての風』「雪の旭川」、『丘の上の邂逅』「旭川とわたし」など）。六十八歳のときに書かれたエッセイには次のようにある。

夏は暑く、冬は寒いきびしい気象の旭川、しかし私は、この旭川を離れようとは思わない。近くに、幾度訪ねても見飽きない美しい丘がある。秀峰大雪山や、十勝岳の連峰がある。それらの一つ一つには、風土が人を育てる

すばらしい精神性がある。そんな旭川が私は好きなのだ。

（『心のある家』「酒樽の匂い」）

「風土が人を育てるすばらしい精神性」に関しては、談話の中でも、自然の厳しさによって人間が鍛えられ、感受性が育つと語っている（『丘の上の邂逅』「芸術と風土　北海道編」）。また、旭川は人口が多すぎず、大都市に比して心の通じるコミュニケーションができる、人間性の豊かな街であるとも書いている（上掲の「旭川とわたし」）。

綾子は、北海道の、雪に閉ざされる冬の長さについて、次の①～③のような意味で貴重なものであると考えていた（上掲の「旭川とわたし」「芸術と風土　北海道編」）。

① 「希望を抱いて待つ」ということの大切さを教えてくれる。
② 北海道は冬が長いからこそ、他の季節の一日一日を、喜びを感じつつ大切に過ごせる。
③ 長い冬の間、家に閉じ込められることの多い生活は、思索に適している。

①の「希望を抱いて待つ」ということは、北海道の精神的風土として綾子が特に重視したものである。『塩狩峠』にも、北海道から上京してきた親友、吉川修との会話の中で永野信夫が「そんな長い冬では、待つというか、忍ぶというか、かなりの忍耐心も知らず知らずのうちに養われるだろう」と言う場面がある（「トランプ」）。そのように言った信夫は、三年後、「そうだ、おれはふじ子一人を自分の妻と心に決め生きて行こう。たとえ一生待つとしても！」と決意する（「しぐれ」）。修の妹、ふじ子は肺結核とカリエスを患い、病臥していたのである。北海道の鉄道会社で経理事務の仕事をしていた信夫は上司、和倉礼之助の娘との縁談を断わり、和倉にふじ子のことを話す。「その娘さん

が何十年もなおらなかったら、どうするつもりだ」という和倉の問いに信夫は「何十年でもなおるまで待つつもりです」と答える（「藻岩山」）。それから六年ほど後、ふじ子は外出できるほどに健康を取り戻し、ふじ子の回復を長年待った信夫との結婚の話がまとまる。肺結核とカリエスで病床にあったふじ子の治癒を信夫が待ち続け、ついにふじ子が回復するということの話は、ギプスベッドで療養していた綾子と、その治癒を待った光世とのこと（本章二・三節）が投影されている。

三浦文学中期の作品に『果て遠き丘』という小説がある。この小説の中で綾子は、待つことの大切さを強調している。主人公の一人、藤戸恵理子は、後に恋人になる西島広之との初めての待ち合わせで、約束の時刻に現れない広之を四十分待った。木工会社でデザイナーとして働いている広之は、社長から突然の相談があり、遅れてしまったのである。恵理子は広之に、二時間は待つつもりだったと話す。は恵理子を信頼していたし、思わぬことが突如として起きるのが人生だと思っていたからである。広之広之は恵理子が待っていてくれたことに感動し、二時間は待つつもりだったという話に、そういう人がこの世にいるとは想像もしなかったと感嘆する。また、自分の仕事への示唆も受けたと言う。良いものを作りたいと思うあまり焦っていた広之は、「ひとつのものを生み出すのに、時間をかけて待つということ」、時間をかけて醸し出すことの大切さを教えられたように思ったのである（「蛙の声」）。

広之は待つことが好きになる。次の箇所には、「待つ」ということについての綾子の考え方がよく表れている。

西島は待つということが好きだといった。一つの製品を生み出すためには、醗酵の期間が大事なように、人生というものはすべて、待つ間に熟して行くのだといった。待つということは、明日を信ずることであり、明日に望みをもって生きることでもあるといった。

（「雪びさし」）

綾子が重視する「待つ」とは、単なる我慢ではない。良き未来を信じ、希望を抱きながらの忍耐なのである。春の訪れを期待しつつ長い冬を耐えるという北海道の風土が、希望を抱いて待つ精神性を育てると綾子は考えていた。そして、この精神性の大切さを、作品をとおして伝えようとしたのである。

「希望を抱いて待つ」ということのほかに、綾子は北海道の精神的風土として、真実な生き方、開拓者精神、ピューリタン精神を挙げている（『小さな一歩から』「私の精神風土北海道」、上掲の「芸術と風土　北海道編」）。これらの精神的風土は三浦文学にも反映している。

まず、「真実な生き方」についてであるが、『泥流地帯』『続　泥流地帯』の石村拓一や『母』の小林多喜二は真実な生き方を貫いた人物であり、『氷点』『続　氷点』の辻口啓造は自分の罪深さの認識や虚無感の中で真実な生き方を探求した人物である。綾子が「真実な生き方」「真実に生きる」と言うときの「真実」とは「気持ちが真剣で心に偽りがないこと。真直《しんちょく》。真摯」の意味である（北原保雄編『明鏡国語辞典　第三版』〔大修館書店、二〇二一年〕、「真実」の項目の□二―③）。「気持ちが真剣で心に偽りがないこと」に加えて、まごころ・愛がこもっているという意味を表すことが多い。次に引用する『銃口』の一節における「真実」も、「まごころ」「愛」と言い換えてもよいような意味で使われている（もちろん、この「真実」にも「気持ちが真剣で心に偽りがない」という意味は含まれている）。

（竹林注…北森竜太の言葉）「近堂一等兵殿、人間にとって一番大事なもの、それは真実であると思います。あたたかい心であります。金を持っていることも、学校を出たということも、それほど尊敬に足ることとは考えられません。近堂一等兵殿のように、まだ見ぬ部下に、一生懸命親切をつくそうとして、待ちかまえていた人こそ、最も尊ぶべき存在と思います。この自分の一生の友人になって頂きたく思うものであります」（「声」）

「人間にとって一番大事なもの、それは真実であると思います。あたたかい心であります」という言葉には、綾子の価値観が端的に語られている。綾子がエッセイ「あなたの理想のタイプは」（『明日のあなたへ』所収）の中で「理想の男性」として『塩狩峠』の吉川修と『泥流地帯』『続　泥流地帯』の石村拓一を挙げ、「この吉川修や石村拓一のように、地味ではあっても、自分の人生を誠実に生きていく人間こそ、生涯を共にするにふさわしい人だと思う」と書いているのは、如何にも綾子らしい。修や拓一は「自分の人生を誠実に生きていく人間」であるのみならず、じつに温かく、思いやりの深い人物として造形されている。

北海道の精神的風土の一つとして綾子が挙げている開拓者精神について言えば、神の愛やイエス・キリストのことを伝えようとするという三浦文学のあり方そのものが開拓的である。「護教文学」「主人持ちの文学」といった批判をものともせず、「伝道の文学」「あかしの文学」（自分の信仰を作品の形で表現する文学）と言うべき領域を切り拓いたところに綾子のフロンティア・スピリットが見て取れる。綾子自身には、そのような文学の新領域を開拓しようという意図はなかったかもしれない。神の愛を伝えたい、イエス・キリストのことを知ってほしいという一念で作品を書き続けただけかもしれない。しかし結果的には、多くの人々に親しまれるキリスト教伝道文学の領域を創出することになったのである。綾子のパイオニア・ワークを受け継ぐ作家の誕生が待たれる。

開拓者精神は綾子の小説でも描かれている。『泥流地帯』『続　泥流地帯』の石村拓一・耕作兄弟が暮らす家は北海道上富良野の小作農家である。彼らの祖父、市三郎は福島からの入植者で、妻と共に苦労して土地を切り拓いて三十年、貧しいながらも生活が少し落ち着いたところである。市三郎は人生や人間についての深い洞察や生活の知恵に満ちており、拓一や耕作にとって、人間としての生き方・考え方や物事の見方を教えてくれる、人生の先達である。市三郎がなしたのは物理的な開拓のみではない。困難な開拓・貧しさの中で地道に、誠実に、たくましく、知恵をもって人生を切り拓き、子孫に貴重な精神的遺産を残したのである。その精神的遺産を受け継いだ拓一・耕作（特に拓一）は、十勝岳噴火で祖父母や姉・妹を失った後、上富良野の吉田村長たちと力を合わせ、復興困難と思わざるを得ないような土地の再生（換言すれば、土地の再開拓）に尽力する。拓一の「拓」は開拓の「拓」である。『続　泥流地帯』で土地の復興に力を尽くす拓一の姿や言葉は多くの読者の胸を打ち、励ましや力を与えている。

また、伝記小説にも開拓者精神に溢れた人物たちが描かれている。例えば、『夕あり朝あり』の主人公、五十嵐健治である（ただし、健治の出身は北海道ではなく新潟）。健治は幼時に裕福な実家（船崎家）から出され、貧しい五十嵐家の養子となった。金儲けを人生の目的として各地を放浪するが、うまくいかない。その後、愛国心に燃えて、日清戦争の軍夫となる。日清戦争後、ロシアを敵視し、スパイとして樺太に行くべく北海道に渡るが、だまされてタコ部屋に入れられる。タコ部屋からの脱走後、人生の目的を失って自殺を考える。しかし、小樽の街を歩いているとき、吸い寄せられるようにして或る旅館にふと入り、その旅館で働くことになる。そこを常宿としていたクリスチャン、中島佐一郎に導かれて入信。本州に戻り、東京で岡野洗濯店に勤める。後に三井呉服店（三越）に転職するが、志あってクリーニングの白洋舎を創業。試行錯誤の末に日本初のドライ・クリーニング開発に成功する。この開発の物語は壮絶であり、健治の開拓者精神が遺憾なく発揮されている。

ドライ・クリーニング開発に成功して間もなく、健治は機械の爆発によって全治九ヶ月の大やけどを負う。その後も、赤字覚悟の名古屋進出、白洋舎乗っ取り事件、関東大震災など多くの苦難・問題に遭う。しかし、それらを信仰によって乗り越え、日本クリーニング業界の先駆者として同業界および広く産業界の発展に大きく貢献する。白洋舎のウェブサイトに掲載されている代表取締役社長の「ごあいさつ」には「社員一人ひとりが「奉仕の徹底」「開拓者精神」を身に着ける」と記されており（二〇二一年八月十二日閲覧）、五十嵐健治の精神を大切にしていることが窺われる。

なお、健治は高齢になってから綾子を見舞っている。当時、綾子はギプスベッドで肺結核・脊椎カリエスの療養をしていた。二人には共通の知り合い（死刑判決を受けた後にクリスチャンになった文通仲間）がいて、その知り合いが、北海道に行く健治に綾子を見舞うよう依頼したのがきっかけである。空路で札幌に来、一流ホテルの便箋で手紙をよこした健治に綾子は反感を抱き、見舞いを拒否する。綾子は健治の年齢や経歴を知らず、先の文通仲間からの葉書に「五十嵐健治先生」と書かれていたこともあって、スポンサーでもついている裕福な牧師だろうと思ったのである。しかし健治は、その後、自分の関係するキリスト教雑誌を毎月綾子に送る。一年間、礼状も出さなかった綾子が一枚の葉書を出すと、謙遜な文面の返信が届いたという。このようにして二人の文通が始まり、健治が高齢であることや牧師でないことが分かる。やがて健治が講演のため再び北海道に行った折に二人の対面が実現した。その頃、三浦光世との関係のことで悩んでいた綾子は、聖書のヨナ書を基に語られた健治の話によって自分なりの解決が得られた気がしたという（『道ありき』第五十回）。爾来、健治が満九十五歳で召天するまで、健治と綾子の親交は続いた。

二〇一二年、筆者が東京都大田区の五十嵐健治記念洗濯資料館（白洋舎の建物内の展示室）を見学した際、単行本『夕あり朝あり』とともに、綾子が「夕あり朝あり」と揮毫した、墨痕鮮やかな色紙が展示されていた（数年後に再訪したときには、資料館が、すぐ近くにある白洋舎の別の建物内に移っており、規模がやや縮小されていた）。同資料館には健治の生涯や洗濯・クリーニング業の歴史に関する貴重な資料・物品が展示されていて、小説『夕あり朝あり』の世界を具体的にイメージするための助けになる。

右では、綾子が北海道の精神的風土として挙げたもののうち、希望を抱いて待つ精神、真実な生き方、開拓者精神について三浦文学との関わりを見てきた。綾子は、もう一つ、ピューリタン精神を挙げている。北海道は札幌農学校発祥の地であり、そのピューリタン精神を受け継いでいると言うのである（前掲の「芸術と風土　北海道編」）。綾子自身が聖書の教えを第一とし、質素で清い生活を大切にしたが、その作品においても登場人物の中にピューリタン精神を見て取ることができる。『塩狩峠』の永野菊・信夫や吉川ふじ子、『細川ガラシャ夫人』の主人公である玉子や清原佳代（玉子の侍女）、高山右近、『千利休とその妻たち』のおりき（利休の後妻）、『海嶺』に出てくるクリスチャンたち、『道ありき』の前川正、西村久蔵、三浦光世、伝記小説『岩に立つ』『愛の鬼才』『ちいろば先生物語』『夕あり朝あり』『われ弱ければ』の主人公をはじめとするクリスチャンたちである。右に名前を挙げた人物の中にはカトリックの信者もいるが、その信仰・生活においてはピューリタン的である。

綾子は評論家の白石凡から、小説は自分のよく知っている世界を書くとよいとの助言を受け、そのように心がけていた（『私にとって書くということ』「素人らしく自分のペースで」、三浦綾子〔一九七七b〕など）。小学校の教員をした体験があり、長年にわたって療養していたクリスチャンの綾子の小説には、学校・教員、病院・医者やクリスチャンが出てくることが少なくない。また、北海道で生まれ育ち、暮らしていた綾子にとって、北海道は最もよく知っている土地であった。自分のよく知っている世界を書くようにしていた綾子の小説の多くが北海道を舞台にしていることは、必然の結果である。「わたしの原点」と題するエッセイ（三浦綾子〔一九七七b〕）は次のように結ばれている。

　何を書いても、自分を生み、育てた、北海道というこの風土、そして人々から、わたしは離れることはできないだろう。このわたしをとりまく周辺が、単にわたしをいままで育てただけではなく、書くという作業によって、更にまたわたしを育てることを思えば、北海道に住んでいるということのありがたさが、いっそう深まるのである。

（八五頁）

この綾子の文章は、綾子と北海道、また三浦文学と北海道とが如何に密接に結び付いているかをよく表している。三浦文学と北海道との関係については、黒古一夫（二〇〇九、第四部第二章第三節、第五部第一節・第三節・第五節・第六節）を参照されたい。

三・六、分かりやすい文章と巧みなストーリー展開

三浦文学は読みやすく、かつ面白い。平易な文章で書かれていて、ストーリーが巧みに展開されているからである。三浦文学が幅広い読者を獲得し、多くの人々に親しまれている要因として、この分かりやすい文章と巧みなストーリー展開がある。

まず文章のほうであるが、三浦綾子（一九七八）には次のようにある。

私が文章を書くに際して心がけていることは、小学校五年の学力があれば、読める程度の言葉と字を使うのを原則としているということである。歴史物など、この願いどおりにはならないことがあるが。

なぜ「小学校五年の学力」なのかというと、綾子が小学五年生の頃に大人の小説を読み始めたからだという。綾子は、できるだけ多くの人々に自分の小説を読んでほしかったのである。

一九七六年に『北海道新聞』日曜版に連載された、三浦文学中期の代表作『泥流地帯』の冒頭と末尾を見てみよう。

外は闇だった。
星光《ほしかげ》一つ見えない。まるで墨をぬったような、真っ暗闇だ。あまりの暗さに、外に出た拓一は、ぶるっと体をふるわせる。いつもこうなのだ。もう六年生だというのに、拓一は夜、外に出るのが恐ろしい。

（冒頭。「山間《やまあい》の秋」）

遠くで汽車の汽笛の音がした。母の佐枝は、遅くとも明日には、帰って来るだろう。家も子も親も流されてしまった泥流の村に帰って来るだろう。
「な、耕作、母ちゃんばうんと大事にするべな」
「うん、大事にする」
耕作は深くうなずいた。再び、汽笛が長くひびいた。

（末尾。「煙」）

「小学校五年の学力」といっても個人差や時代による差があろうが、右の『泥流地帯』のような文章であれば、現在の小学五年生でも多くの子どもが読めそうである（ただし、「汽車の汽笛の音」をイメージしにくい子どもがいるかもしれない）。

本章三・一節で述べたように、綾子が小説を書く目的は神の愛やイエス・キリストを伝えることであった。したがって、できるだけ多くの人々に自分の小説を読んでほしいという思いは、できるだけ多くの人々に伝道したいということである。三・一節に引用した「一人でも多くの人に愛と信仰を伝えたい」という題名のインタビューで語られている、「神とともにある生活を、神の愛を、文章を通じてたくさんの人に伝えたい」という熱い思いがあって、綾子は平易な文章を書くように心がけていたのだと考えられる。

次に、ストーリー展開の巧みさについて述べたい。綾子はストーリーテラーと言われている（久保田暁一〔一九九八、一二〇頁〕、高野斗志美〔二〇〇一、二三二頁、二四六頁、二五六頁〕、黒古一夫〔二〇〇九、九頁〕など）。小説の筋立てが巧みであり、読者を惹きつける能力において卓越しているのである。

デビュー作『氷点』を例にとろう。『氷点』のストーリーは次のようなものである。

一九四六年の夏、旭川の郊外にある辻口家の応接室で、二人の男女が向かい合っていた。辻口病院の院長である啓造の妻、夏枝（数え年二十六歳）と同病院の眼科医、村井靖夫（数え年二十八歳）である。啓造は出張で留守にしており、長男の徹（満五歳）も家にいない。夏枝が村井の求愛を受けているところに、長女のルリ子（満三歳）が入ってくる。夏枝はルリ子を膝に抱き上げるべきだと思いつつも、村井と二人きりでいたい気持ちを抑えられず、ルリ子を外に遊びに行かせる。やむなく家を出たルリ子は、通りがかりの日雇い労働者、佐石土雄に連れられて川に行く。しかし、淋しさのあまり泣き出し、狼狽した佐石に扼殺される。

ルリ子の死から二ヶ月後の土曜日、肺結核の療養のため旭川を離れることになっていた村井は辻口家を訪問。しばらくの会話の後、夏枝のうなじに接吻して帰る。啓造は留守であった。その夜、夏枝のうなじにキスマークを見た啓造は、夏枝と村井との間に肉体関係があったものと誤解し、絶望する。そして、夏枝が養女を育てたいと言っていたのに便乗し、友人の医師、高木雄二郎が関係する札幌の乳児院から、ルリ子を殺した佐石の遺児を引きとる（佐石の妻は出産時に死亡していた）。夏枝への復讐が目的であった。その女児が佐石の子であることを夏枝は知らない。

夏枝は自分の提案で陽子と名づけたその子をかわいがって育てる。しかし、七年後、啓造が復讐目的で佐石の子を引きとったことを知り、愕然とする。それ以降、夏枝は陽子に対して陰湿ないじめを繰り返す。陽子と兄妹の関係で暮らしてきた徹は、健気に生きる陽子に味方し、やがて恋心を抱くようになる。

高校生の陽子は徹の友人、北原邦雄と恋仲になる。そのことを快く思わない夏枝は、陽子と北原の前で陽子の出生の秘密を告げる。そのときまで、陽子は夏枝のいじめに遭いながらも、自分は正しい、汚れのない存在だという思いに支えられてきた。しかし、辻口家の長女を殺した犯人の娘であることを告げられた陽子は、罪を犯す性質を自分が生得的に有していることを直観する。あまりにも潔癖であった陽子は絶望し、睡眠薬自殺を図る。昏睡状態の陽子のもとに、かつて乳児院で赤子の陽子を啓造・夏枝に渡した高木が駆けつける。そして、啓造や夏枝たちに、陽子が佐石の子ではないこと（夏枝に思いを寄せていたため、別の子を渡したこと）を打ち明ける。自殺を図ってから三日目の夜、陽子の脈が、微弱ながらも正常な脈拍となる。

以上が『氷点』のストーリーである。本章の三・二節で述べたように、この小説で綾子が伝えたかったのは、全ての人間が生得的に有している「原罪」（身勝手に考えたり行動したりする自己中心性）についてである。人間は誰しも幸福でありたいと願っている。しかし、なかなか幸福に生きることができない。その根本的原因は原罪にある。――これが、『氷点』をとおして綾子が伝えようとしたことである。読者が原罪の問題に気づき、そして願わくは、原罪の問題に対する解決を既に与えている神を信じてほしい、というのが綾子の思いであった。

本章の二・五節でも述べたが、『氷点』は『朝日新聞』連載時から大評判となり、単行本もよく売れ、単行本刊行の翌年のテレビドラマも高視聴率であった。しかし、『氷点』に込められた綾子の思いは読者に伝わりにくかった（三浦綾子〔一九六六 c〕）。それは、なぜか。

読者の多くはキリスト教の思想に馴染みが薄かった、ということが要因の一つとして挙げられよう（三浦綾子・三浦綾子記念文学館編著〔二〇〇四、第五章〕。『氷点』のストーリー展開の巧みさが他の要因として考えられることは後述する）。遠藤周作の小説『沈黙』に、司祭ロドリゴが踏絵に足をかけたときに鶏が遠くで鳴いたという描写がある（第Ⅷ章）。聖書に親しんでいるような読者であれば、この鶏鳴の描写から、イエス・キリストが十字架にかけられる前の一場面を連想するであろう。イエスが捕えられていた大祭司の家の庭で、イエスの弟子のペテロ（ペトロ）がイエスとの関係を否認し、鶏が鳴いた場面である（マタイ二十六章、マルコ十四章、ルカ二十二章、ヨハネ十八章）。遠藤も聖書の当該箇所と関連づけて鶏鳴の描写を入れた。しかし、日本の読者には遠藤の意図が伝わりにくかったようである。(注9)

『氷点』のテーマが「原罪」であることは、『朝日新聞』紙上での入選発表当日（一九六四年七月十日）の記事や、翌日掲載の「「氷点」――訴えたかった〝原罪〟」という綾子の文章（三浦綾子〔一九六四〕）に記されている。また、連載終了の翌日（一九六五年十一月十五日）に同新聞に掲載された「『氷点』を終えて――「原罪」を訴え得ただろうか」という綾子の文章（三浦綾子〔一九六五〕）にも「原罪」「罪」のことが書かれている。さらには、同日（連載終了の翌日）刊行された単行本の帯にも「人間の原罪を描いて」という文言が見られる。(注10) しかし、『氷点』は「原罪」について書いた小説であると繰り返し言われても、多くの読者にはピンとこなかった。小説におけるキリスト教的な思想・概念・素材などは、それを理解できるだけの素地が読者の側にないと、作者の空振りになりかねないのである。そうならないように綾子がどのような工夫をしたのかということを、『泥流地帯』『続　泥流地帯』を例として本書の第三章に記す。

『氷点』に込められた綾子の思いが読者になかなか伝わらなかった要因として、もう一つ、大きなものがある。それは『氷点』のストーリー展開の巧みさである。多くの読者が、ストーリーテラー三浦綾子の紡ぎ出す物語に引き込まれ、その筋に気をとられて、綾子が伝えようとしたメッセージに思いを致さなかった。それほど『氷点』のストーリー展開は見事だったのである。特に、最終章におけるどんでん返しは読者を驚かせた。主人公の陽子が、じつは殺人犯の子ではなかったという話である。赤子の陽子を引きとって育てた啓造・夏枝も、兄の徹も、そしてほとんどの読者も陽子は辻口家の長女を殺した佐石の娘だと思っていたのが、作品の末尾になって高木の告白によって引っくり返った（このような結末を予見した慧眼の士もいたようであるが）。夏枝は、我が子を殺した犯人の子でない人間を十年にわたっていじめ続けたのである。

あまり言及されないが、このどんでん返しには同作の序盤で伏線が敷かれている。啓造と夏枝が札幌の乳児院で高木から陽子（元の名は澄子）を引きとろうとする場面である。

「一体どういう人の子供なんですの？」

「夏枝さん、親など詮索しないことですな。だれの子だってかまわない。自分以外に親はないと、そう思ってくれなきゃ困るんだ」

「でも……」

「乳児院にいる子は、それぞれ不幸を背負って生まれてきた子なんでね。いばれるほどの親なんか、持っちゃいませんのさ」

「でも、親だけは知りたいんですもの」

兄にでも甘えるような口調であった。

「そりゃそうだろうな。じゃ、この際ほんとうのことを知らせておくとしようか」

ハッとして啓造は高木をみた。

高木は、

「父は医学博士辻口啓造、母は美人のほまれ高き、辻口夏枝」

と、すました顔でいった。

「いやですわ。そんなことをおっしゃって」

「そうか。じゃ父親は学生、母親は人妻、不義の子だ。こんなところならいいですな」

高木は、夏枝をからかうようにいった。

（「九月の風」。傍線、竹林。「……」は原文のもの）

高木は「じゃ父親は学生、母親は人妻、不義の子だ」と夏枝をからかうように言ったとあるが、最終章において、陽子の実父は北海道帝国大学理学部の学生だった中川光夫、実母は人妻の三井恵子であることが明らかにされる。戦時中、恵子は夫が出征していたとき、実家に下宿していた中川と恋愛関係に陥り、終戦直後に妊娠。(注11)恵子は高木の知り合いの産院の離れで五ヶ月暮らして出産し、夫が出征先から帰国する前に赤子を乳児院に預けたのである。(注12)出産の半月前、中川は心臓麻痺で急死した。

陽子が佐石の子ではなかったという、このどんでん返しは、最終章であることも作用して、『氷点』読後の印象に大きく残るであろう。『氷点』のストーリー展開の巧みさは両刃の剣であった。読者を物語の世界に引き込み、魅了した半面、作者の伝えたいメッセージに読者の意識が向きにくくなった。『氷点』の蹉跌を教訓としたのか、綾子は後に、ストーリーテラーとしての本領を発揮しつつ自分のメッセージをうまく伝える作家となる。

なお、『氷点』の読者に原罪のことがよく分かってもらえなかったことに対して「失敗だったかなと、しょぼんとしている」（三浦綾子〔一九六六c〕）と語った綾子は、『続　氷点』の最終章で「原罪」の語を使う。『氷点』正編では小説中に「原罪」という言葉を用いず、登場人物の身勝手なあり方や、「制御できないものが、自分の血の中に流れているのを夏枝は感じた」（「敵」）、「自己中心とは何だろう。これが罪のもとではないか」（「堤防」）、「私の血の中を流れる罪を、ハッキリと「ゆるす」と言ってくれる権威あるものがほしいのです」（「遺書」）、「おれは犯した罪のことを問題にしているが、陽子は罪の根本について悩んだのだ」（「ねむり」）といった表現をとおして原罪のことが語られていた。しかし、それでは不十分だったと考えたのであろうか、『続　氷点』の最終章で綾子は、自分を正しいとして他者を見下げる冷たさを持っていることに気づいた陽子に、啓造から聞いた「原罪」という言葉を思い出させる。また、『朝日新聞』への『続　氷点』の連載と同時期に、綾子は雑誌『主婦の友』への『光あるうちに』（信仰入門の〈原罪とは、例えば、自分を正しいとして他者を見下げることである〉ということを綾子は伝えようとしたのである。文章）の連載において、原罪について具体例を挙げつつ詳しく解説している。

三・七、光世との二人三脚での創作活動

本章二・六節でも記したことであるが、一千万円懸賞小説への『氷点』入選の二年後、一九六六年の夏頃から、綾子の創作活動が口述筆記の形式になった。綾子が口述する文章を光世が筆記するのである。(注13)口述筆記が始まった年の暮れに光世は退職し、綾子のサポートに専念するが、それ以前から光世は三浦文学の生成に大きく関わっている。『氷点』の応募原稿執筆時に綾子が光世に原稿を読んでもらい、アドバイスを受けたことや、光世が「氷点」というタイトルを提案したことは既に書いた(注14)（本章二・五節）。綾子は光世の協力について次のように書いている。

どんなに疲れていても、原稿には目を通してアドバイスしてくれた。何せ、いま泣いたカラスがすぐ笑ったという性格のわたしには、正反対の性格の辻口啓造、夏枝は書きづらい。三浦の助言がなければ、多分あんな夫婦は書けなかっただろう。とにかく「大丈夫、立派に書きあげられるよ」と、毎日励ましてくれた三浦の言葉は大きな励ましだった。

（『愛と信仰に生きる』「信仰で結ばれた愛」）

同エッセイに記されている「『氷点』は、いわば、わたしたち夫婦の子供である。十二か月かかって、この子をわたしたちは産んだ」という言葉は、応募原稿の『氷点』を光世との合作として捉える綾子の思いを端的に表している。光世は、綾子の応募原稿執筆の期間中に祈り続けたことが「一番の協力」だったと書いている（三浦光世〔一九六四、一〇四頁〕）。篤信の光世らしい言葉である。

『氷点』に「台風」という章があるが、この章は応募原稿にはなく、『氷点』の新聞連載時に光世の提案により書かれたものである（三浦光世〔二〇〇一、第一章〕）。そこでは、青函連絡船、洞爺丸の転覆（実際に一九五四年九月に起き、千名以上の死者が出た海難事故）が描かれている。ルリ子殺しの犯人の娘を育てさせた啓造への復讐をすべく夏枝が村井の来訪を心待ちにしていることを知らずに、啓造がその洞爺丸に乗っていて、九死に一生を得たという話である。洞爺丸が座礁して、船窓から海水が流れ込んできたとき、一人のキリスト教の宣教師が、救命具の紐が切れたと泣いている女性に自分の救命具を譲る。(注15) その場面を見、その宣教師が命を失ったことを後に知った啓造は、長い年月を経ても宣教師のことが心に残り続ける（「台風」の章以降のみならず、『続　氷点』にも、この宣教師についての話が出てくる）。「台風」の章の有無で小説の内容は大きく変わってくる。この章が入ったことによって、『氷点』の内容は格段に深みを増した。光世は、『氷点』を『氷点』たらしめる、じつに大きな提案をしたことになる。

光世の希望・勧めで書かれた小説もある。作家活動中期の代表作『泥流地帯』『続　泥流地帯』と晩年の代表作『母』である。前述のように、『泥流地帯』『続　泥流地帯』は、一九二六年五月に起きた十勝岳噴火を題材とした小説であり、『母』は、小林多喜二の母、セキが自分の半生を回顧して語る形式の小説である。いずれも、苦難をとおして愛なる神、愛なるイエス・キリストを指し示している作品であり、三浦文学の中でも特に感動的な屈指の名作である。

綾子と光世は日々、仕事を始める前に共に聖書を読み、神に祈りを捧げていた。聖書と祈りは三浦夫妻の生活において必要不可欠なものであり、第二章・第四章でも述べるように三浦文学の源泉・基礎でもあった。この、聖書を読み、祈るということを三浦夫妻は一緒に行なっていたのである。

また光世は、綾子の精神面・健康面を大きく支えた。光世の励ましや助言、日々の生活における一つ一つの言動が綾子を力づけ、教え導いた。綾子は光世について「協力者」「常にわたしの精神的指導者」であると言っている（三浦綾子〔一九七七ｂ〕）。肺結核・脊椎カリエスが治った後も体の弱い綾子をいたわり、マッサージをし、灸をすえ、「掌療法」として綾子の体に手を当てていることが多かった。『銃口』の連載中に綾子がパーキンソン病と診断され、症状が重くなって起居が不自由になってからも、付きっきりで献身的に介護した。このような心身両面での光世のサポートがあったからこそ多くの作品が生み出され続けたことは、いくら強調しても強調しすぎることはないであろう。綾子は自著が出版されるたびに、献辞を記した本を光世に贈っていた。それらの献辞を見ると、綾子が日頃どれほど光世に感謝していたかが、よく伝わってくる（『遺された言葉』「妻から夫へ　遺された言葉」）。

右のように、三浦文学は綾子と光世の二人三脚で生み出された。光世あっての三浦文学であったと言える。

四、おわりに

以上、本章では三浦綾子の生涯と三浦文学の特徴について述べた。三浦文学の特徴として、①「キリスト教信仰に基づく、伝道志向の文学」、②「人間の本質的な二面性・平等性の強調」、③「希望・力を与える文学」、④「人間にとっての根本的問題を考えさせる文学」、⑤「北海道の風土に根ざした文学」、⑥「分かりやすい文章と巧みなストーリー展開」、⑦「光世との二人三脚での創作活動」という七つの特徴を取り上げたが、これらが三浦文学の特徴の全てであるというわけではない。おもな特徴を挙げたものとして受け取っていただきたい。

本章で見たように、綾子の生涯と三浦文学の特徴・あり方とは深く繋がっている。このことについては次章以降の論の中でも繰り返し確認する。一般に文学は、作家の生涯と切り離して作品を味わってもよいのであるが、三浦文学の場合は、綾子の生涯と関連づけることによって個々の作品や三浦文学全体のあり方についての深い理解が可能になる。三浦文学はそういう文学である。

なお、本章では結婚以前の綾子（「堀田綾子」の時期のこと）について多く記し、三浦光世への言及も少なくなかったため、三浦綾子を「綾子」と書いたが、次章以降では原則として「三浦綾子」或いは「三浦」と書くことにする（結婚以前の綾子に言及するときには「綾子」と書くこともある）。単に「三浦」とするのでは綾子・光世のいずれを指しているのか紛らわしいような場合には、「綾子」或いは「光世」と記すなどして、指示対象を明確にする。

注

（1）　黒古一夫氏による綾子へのインタビューを基にした『さまざまな愛のかたち』では「S」というイニシャルが用いられている。このイニシャルは、筆者（竹林）が人づてに聞いた「西中一郎」の実名の名字と合致する。

（2）　建築にあたったのは、後に綾子が伝記小説『岩に立つ』の主人公にした鈴木新吉という棟梁である（作中では鈴本新吉という名）。この家で『氷点』『塩狩峠』『道ありき』といった三浦文学初期の代表作が執筆される。一九七一年に新たな家を建てた三浦夫妻は旧宅をキリスト教の宣教団体に寄贈。宣教師の住宅・礼拝所として使用された後、一九九三年、老朽化のため解体・撤去されることが決まる。しかし、保存を望む声が上がり、やがて北海道の和寒町《わっさむ》字塩狩に移築されることとなる。塩狩は小説『塩狩峠』の最重要場面の舞台となった地である。復元された家屋は、一九九九年、綾子召天の五ヶ月ほど前に塩狩峠記念館となり、今日に至っている。旧宅の寄贈や解体・復元の経緯については込堂一博（二〇一〇）に記されている。

（3）　自伝小説『命ある限り』には、朝日新聞東京本社学芸部の記者から「募集の規程では日刊紙一日分三枚半となっていましたが、三枚強に書き縮めて欲しい」という話があったと記されている（第一章）。しかし、一九六三年一月一日の『朝日新聞』朝刊（十五面）には「**応募枚数**　八百枚ないし千枚。ただし一回分は四百字詰め用紙三枚強（約千三百字）とする」とある。

（4）　「氷点」ブームの様子は、『週刊朝日』一九六六年四月八日号の記事「「氷点」ブームの沸点をさぐる」に詳しく紹介されている。この記事は、三浦綾子・三浦綾子記念文学館編著（二〇〇四）に収録されている。

（5）　例えば、DVD「三浦綾子の足跡」（ライフ・クリエイション、二〇〇九年）に収められている「祈りと執筆の日々」（一九九〇年にフジテレビで放送されたドキュメンタリー）では、綾子晩年の代表作『銃口』の口述筆記の様子を見ることができる。

（6）　キリスト教の神は、「父なる神」「子なる神（イエス・キリスト）」「聖霊なる神」の三者が一体となっている「三位一体」の神である。

（7）　ローマ八章一節・二節に「今やキリスト・イエスにある者は罪に定められることがない。なぜなら、キリスト・イエスにあるいのちの御霊の法則は、罪と死との法則からあなたを解放したからである」と記されている。

（8）パキスタン・アフガニスタンでの医療活動や用水路建設事業で多大な貢献をした中村哲氏を追悼した歌「ひと粒の麦～Moment～」（さだまさし作詞・作曲）をテレビ番組で聴いたとき、すぐに筆者の頭に浮かんだのはヨハネ十二章二十四節の聖句であった。中村氏もクリスチャンだったという（奥田知志〔二〇二二〕所収の追悼文「「誰も行かぬなら私が行く」――追悼中村哲さん」）。

（9）遠藤周作（二〇一七）には次のようにある。

私（竹林注…遠藤）の場合は自然描写にしろ、さりげなく書いた一行にしろ、ダブル・イメージ、トリプル・イメージをそこにこめたいと思っている。主人公のロドリゴが踏絵を踏まざるをえなくなったとき、朝がくる。彼は苦しい夜を送り、踏絵を踏んだとき朝になって、鶏が鳴いた。ところがその場面を日本のほとんどの読者は、「単に鶏が鳴いた」としか読んでくれないのである。しかし長い苦しい夜が明けて鶏が鳴いたと書けば、外国ではそこに聖書のなかのペテロのエピソードが隠されていることに気づくはずである。（五九頁）

（10）初版本の帯には、上部に「朝日新聞連載1千万円懸賞当選小説」と大きめに印刷され、その下に次のように書かれている。

大雪山の雪よりもつめたく、人の心の凍えるときがある。不信と偏見のなかであくまで生き抜こうとするけがれなき少女陽子の心は……北海道旭川を舞台に人間の原罪を描いてあたたかい涙と新鮮な感動を誘う（竹林注…文章中の「……」は元のまま）

末尾の一文は、人間の原罪を描いていることが「あたたかい涙と新鮮な感動」という良きものをもたらす、という意味に受け取られかねない、分かりにくい表現である。

（11）このとき、中川は既に大学の学部を卒業していたと考えられる。啓造・高木・中川の大学在籍時期の一部が重なっていること、『続　氷点』で啓造が中川について陽子に「同じ北大の、おとうさんの少し後輩のはずだよ」（「窓」）と言っていることなどからの推定である。啓造は一九四三年に二十八歳（数え年）であるから、一九一六年の生まれである。啓造より「少し後輩のはず」の中川は一九四〇年頃に学部を卒業したと思われるが、その後、大学院に進んだ可能性はある。

(12) 初版本の「ねむり」の章には「育児院」とあるが、『三浦綾子作品集』『三浦綾子全集』の同章では「乳児院」に改められている。

(13) 三浦綾子（一九六七）には、「十月以来原稿は全部、わたしの口述を三浦が筆記してくれている。いわゆる口述筆記である」と書かれている。「十月」というのは一九六六年の十月である。綾子・光世の口述筆記の詳細は三浦光世（一九九五、「口述筆記」の章）に記されている。三浦文学における口述筆記の重要性・意味については上出恵子（二〇〇一、第一章）を参照されたい。

(14) 綾子の小説『自我の構図』『広き迷路』『果て遠き丘』などのタイトルも光世が付けたものである（『遺された言葉』「妻から夫へ　遺された言葉」）。

(15) 「台風」の章に出てくる宣教師は一人であり、『続　氷点』には「後に新聞記事で知ったことだが、この洞爺丸には二人の宣教師が乗っていた」（「たそがれ」）とあるが、実際の洞爺丸事故では三人の宣教師が乗船していたようである（上前淳一郎（一九八〇）、田中正吾（一九九七））。一人はカナダ人のストーン師、他の二人はアメリカ人のリーパー師とオース師である。この三人のうち、ストーン師とリーパー師が救命具を譲って亡くなった。オース師は救命具を身に着けた状態で海に放り出されて意識を失ったが、助かった。

第一章　〈神を指し示す指〉としての三浦文学

一、はじめに

現代におけるキリスト教文学の役割の一つは、〈神を指し示す指〉たること――人々の目を神に向けさせること――であろう。三浦綾子の文学作品は、まさに〈神を指し示す指〉としての働きをなしている。

以下では、まず、三浦とキリスト教との関係を見る（第二節）。その後、三浦文学がどのような神（神の如何なる側面）をどのように指し示しているのか、ということについて述べる（第三節、第四節）。

二、三浦綾子とキリスト教

三浦は「私が入信したについて、いちばん大事なことは、敗戦の時に私が小学校の教師であったということなんです」と語っている（三浦綾子（二〇〇四、八～九頁））。敗戦時に三浦（当時は旧姓、堀田）が小学校教師であったことが、三浦の入信にとって「いちばん大事なこと」と言わしめるほど重要なのは、なぜであろうか。その理由を考えるためには、戦時中、三浦がどのような教師であったのかを見なければならない。本書の序章に記したことと重複するが、重要な内容なので、あらためて確認する。

三浦は、戦時中、軍国主義教育を熱心に行う教師であった。しかし、敗戦後に軍国主義教育が否定され、三浦は小学生たちに教科書の墨塗りをさせる。正しいと思い込んで教えてきたことを否定された三浦は、何を信じればよいのか分からなくなる。自分の教育が誤りであったとしたら、その教育を受けた子どもたちは一体どうなるのか。三浦は、自分の教え子たちのことで、やりきれない思いになり、一九四六年三月に辞職する。そして、その数ヶ月後、肺結核を発病。後に脊椎カリエスを併発し、十三年にわたって闘病生活を続けることになる。

一九四八年、虚無的な生き方をしていた三浦の前に、おさななじみの前川正が現れる。前川も肺結核を患っていた。クリスチャンの前川は、たびたび三浦のもとを訪れて、共に語り合ったり三浦の生き方を戒めたりする。そして、三浦のために熱心に神に祈る。或る日のこと、旭川の春光台の丘で、前川は、忠告を聞き入れようとしない三浦の目の前で自分の足を石で打ち叩く。それをとめようとした三浦の手を握って、前川は次のように言う。

「綾ちゃん、ぼくは今まで、綾ちゃんが元気で生きつづけてくれるようにと、どんなに激しく祈って来たかわかりませんよ。綾ちゃんが生きるためになら、自分の命もいらないと思ったほどでした。けれども信仰のうすいぼくには、あなたを救う力のないことを思い知らされたのです。だから、不甲斐ない自分を罰するために、こうして自分を打ちつけてやるのです」

（『道ありき』第十一回）

このとき、三浦は前川の愛に大きく心を動かされ、前川の信じる神を自分も求めたいという思いになる。やがて、自分の中に〈罪意識を持たないという罪〉があることに気づいて慄然とした三浦は、一九五二年、病床で受洗する。

三浦は、敗戦時に小学校教師であったことにより、教科書の墨塗り体験（墨塗らせ体験）をし、虚無に陥る。そういう不幸を味わい、魂が飢え渇いていたからこそ、三浦は前川の愛をとおして神を求めるようになり、信仰を得るに至ったのである。「私が入信したについて、いちばん大事なことは、敗戦の時に私が小学校の教師であったということなんです」という三浦の言葉は、そういう意味合いであろう。「不幸を知らない人には真の幸せは来ないわ」

（『続　氷点』「交差点」）という登場人物、相沢順子の言葉は、三浦の体験から出た言葉でもある。
前川は一九五四年に召天。その翌年、綾子は、生涯の伴侶となる三浦光世（篤信のクリスチャン）と出会い、肺結核・脊椎カリエスの治癒後、一九五九年に結婚する。三浦夫妻はキリスト教伝道に励む。雑貨店を営んでいた綾子は、一九六四年、朝日新聞社の一千万円懸賞小説の一位入選作『氷点』（単行本の刊行は一九六五年）で作家デビュー。それ以降、三浦綾子は「何を書くにしても神の愛を伝えるものを書けばよい」（『命ある限り』第四章第三節）という思いで執筆活動を続けた。三浦は次のように書いている。

小説はわたしが常日頃考えたり、話したり、行動したりしていることを核にし、形をととのえて世に発表したものにすぎない。……かつて短歌を作っていた時、「短歌は叫びだ」と聞いたことがある。わたしは小説も同じだと思う。つまりは叫びであると思う。何を考え何を見て叫ぶかはともかく、叫びだと思う。……わたしの場合、護教文学かも知れない、宣教文学かも知れない。それは、文学的には邪道かも知れない。そのことを充分承知の上で敢えて、わたしは今まで書きつづけてきた。とにかく、わたしは、文学を至上とするのではなく、神を至上とする以上、信者としての自分が日本に於て今しなければならないことは、キリストを伝えることであると思っている。だから、私には、キリスト信仰を持つ文学者のいだく「信仰と文学」両立のための悩みは無いとも言える。わたしは、今、ひたすらキリストを伝えたいのだ。では、わたしには、悩みは全くないのか。姿勢の上では、悩みはない。わたしは、敢えて護教、宣教の姿勢を取った。そのことを悔いてはいない。それが、よし非文学になろうとも、わたしはかまわない。

（三浦綾子〔一九七五、四～五頁〕）

この文章には三浦文学の精神が明確に語られている。三浦文学は〈神を指し示す指〉たること（人々の目を神に向けさせること）を志向しているのであった。

それでは、三浦文学は、どのような神（神の如何なる側面）をどのように指し示しているのであろうか。以下では、この問題について考察したい。

三、三浦文学が指し示している神

三浦文学が指し示している神は、おもに、①愛なる神、②罪を贖い赦す神、③人と共にいるインマヌエルの神、④教師なる神である。本節では、これら①〜④について見た後、①〜④が①「愛なる神」に集約されることを述べる。

三・一、愛なる神(注1)

小説『泥流地帯』『続 泥流地帯』のテーマは「苦難」である。(注2)一九二六年五月、十勝岳の大噴火によって山津波が発生した。泥流がすさまじい勢いで周辺地域を襲い、多くの人の命が失われる（『十勝岳爆発災害志』〔十勝岳爆発罹災救済会、一九二九年〕によると死者百二十三人、行方不明者二十一人）。その犠牲者の中に、真面目な生活態度で知られる多くの農民たちがいた。『泥流地帯』『続 泥流地帯』では、この出来事をどう理解すればよいのかという難題が扱われている。

主人公、石村耕作は、「一体どうして、まじめな者がこんなひどい目に遭うんですか」と問う（『続 泥流地帯』「移転」）。『続 泥流地帯』は、因果応報（善因善果、悪因悪果）の考えを否定する（「新秋」）。それでは、なぜ、真面目で良心的な人が苦難に遭うのか。『泥流地帯』『続　泥流地帯』は、この問題に対して明快な答えを与えてはいない。

三浦綾子が立てている真の問いは、〈なぜ苦難に遭うのか〉より〈苦難に遭ったとき、どうすればよいか〉である。石村耕作の母親であるクリスチャンの佐枝は、耕作たちの前で、〈「神は愛なり」ということだけを信じていればよい〉という牧師の言葉を語る。そして、「人間の思いどおりにならないところに、何か神の深いお考えがある」のだから、「苦難に遭った時に、それを災難と思って歎くか、試練だと思って奮い立つか、その受けとめ方が大事なのではないでしょうか」と話す（「新秋」）。佐枝の言葉を聞いた拓一（耕作の兄）も、「母さんの言うように、試練だと受けとめて立ち上がった時にね、苦難の意味がわかるんじゃないだろうか」と言う（「新秋」）。〈苦難に遭ったときには、愛なる神の、人知を超えた深い考えがあることを信じ、苦難を試練として受けとめて立ち上がろう〉というのが『続　泥流地帯』のメッセージである。

或る問題に対して、どのような問いを立てるかが大切である。問いの立て方によって、実りのある方向に事が進むか否かが左右される。なぜ苦難に遭うのか。その理由は、分かる場合もあるし、人間には分からない場合もある。〈なぜ苦難に遭うのか〉という問いは、人を苦悩や悲しみへと追いやりかねない。三浦綾子は、〈苦難の理由を知ることよりも、愛なる神に信頼することが大切である〉と考えたからこそ、〈苦難に遭ったとき、どうすればよいか〉という問いの立て方をしたのであろう。『泥流地帯』『続　泥流地帯』（特に後者）において、三浦は愛なる神を指し示している。そこには、〈「神は愛である」[注3]（第一ヨハネ四章十六節）という聖句を信じ、愛なる神に信頼するところに、希望・勇気・力が生じる〉という三浦の信仰が見て取れる。『泥流地帯』『続　泥流地帯』については第三章で詳しく述べる。

三・二、罪を贖い赦す神

小説『氷点』『続　氷点』は、各々、「原罪」「赦し」をテーマとしている。(注4)

『氷点』の最終章（「ねむり」）で、十七歳の辻口陽子は美瑛川畔で睡眠薬を大量に飲み、自殺を図る。育ての親である辻口夏枝から、自分（陽子）が殺人犯の子であることを告げられたのがきっかけとなって、正しいと信じてきた自分の中に「罪の可能性」があること（罪を犯す性質を自分も持っているということ）を知り、生きる力を失ったのである。しかし、陽子は早くに発見されて助けられ、一命をとりとめる。

『続　氷点』において昏睡状態から目覚めた陽子は、自分の罪よりも実母（三井恵子）の罪に目が行く。陽子は殺人犯の娘ではなく、三井恵子が夫（三井弥吉）の出征中に中川光夫という下宿人と不義の関係に陥ったことで生まれた子であった。この事実を聞かされた陽子は実母を激しく憎む。

しかし、『続　氷点』の最終章（「燃える流氷」）で、陽子は自分の罪を認識し、神に罪の赦しを求め、実母を赦すことができるようになる。網走に一人旅をした陽子は、オホーツク海の流氷を見ながら三ヶ月前の出来事を回想する。「陽子さん、ゆるして」と赦しを請うた恵子に何も答えずに立ち去ったときのことを思ったのである。恵子に対する自分の仕打ちを、「あなたがたの中で罪のない者が、まずこの女に石を投げつけるがよい」（ヨハネ八章七節）という聖句に照らした陽子は、「自分の心の底にひそむ醜さ」（自分を正しいとし、人を見下げる思いを持っていること）に目が向く。そして、「血の滴るように流氷が滲んで行く」光景にイエス・キリストの十字架の血潮を重ね、神を信じるに至る。

先ほどまで容易に信じ得なかった神の実在が、突如として、何の抵抗もなく信じられた。……あざやかな炎の色を見つめながら、陽子は、いまこそ人間の罪を真にゆるし得る神のあることを思った。神の子の聖なる生命でしか、罪はあがない得ないものであると、順子から聞いていたことが、いまは素直に信じられた。この非情な自分をゆるし、だまって受け入れてくれる方がいる。なぜ、そのことがいままで信じられなかったのか、陽子はふしぎだった。炎の色が、次第にあせて行った。陽子は静かに頭を垂れた。どのように祈るべきか、言葉を知らなかった。陽子はただ、一切をゆるしてほしいと思いつづけていた。……陽子は、北原に、徹に、啓造に、夏枝に、そして順子に、いま見た燃える流氷の、おどろくべき光景を告げたかった。自分の前に、思ってもみなかった、全く新しい世界が展《ひら》かれたことを告げたかった。そして、自分がこの世で最も罪深いと心から感じた時、ふしぎな安らかさを与えられることの、ふしぎさも告げたかった。

（「燃える流氷」。傍線、竹林）

陽子は、『氷点』で自殺を図る前、遺書に「私の血の中を流れる罪を、ハッキリと「ゆるす」と言ってくれる権威あるものがほしい」と書いた（「遺書」）。『続　氷点』の最終章において、陽子は「人間の罪を真にゆるし得る神」を知り、「神の子の聖なる生命でしか、罪はあがない得ないものである」ことを信じるに至ったのである。そして、「自分がこの世で最も罪深いと心から感じた時、ふしぎな安らかさを与えられること」を体験し、恵子への憎しみから解放されて、新たな人生を歩み始める。

「原罪」「赦し」をテーマとする『氷点』『続　氷点』は、人間の罪を描き、その罪を贖い赦す神を指し示している。これら二作品については第七章・第八章・第九章で詳しく述べる。

三・三、人と共にいるインマヌエルの神

『母』は、小林多喜二の母、セキの一人語りの形をとった小説である。多喜二の無惨な死に心を痛める老年のセキの愛唱歌は「山路越えて」（『讃美歌』四〇四番）。その第一節は「山路越えて ひとりゆけど、主の手にすがれる 身はやすけし」という歌詞である。セキは、この歌を歌うとき、生まれ故郷の山をイエス・キリストの手にすがって歩いて行く自分の姿がはっきり見えるようで、「何とも言えず安らかな気持ち」になると言う（第七章）。また、「今もこうして目をつぶると、故郷の山路ばこの歌うたいながら歩いていくわだしの姿と、手ば引いて下さるイエスさまの姿とが、目に浮かんでならないの」（第七章。傍線、竹林）と語る。セキは次のように言う。

ほんとはね、これ（竹林注…多喜二を失った悲しみを綴った詩[注5]）はイエスさまにしか見せないつもりでいたんだ。人になんぼ見せても、わだしの辛さをどうしてくれるわけにもいかない。イエスさまだら、この辛さをちゃーんとわかってくれると思うの。死ぬ時には手ば引いて、山路ば一緒に行ってくれるお方だもんね。

（第七章。傍線、竹林）

キリスト教では、人と共にいる神（イエス・キリスト）を「インマヌエル」の神と言う（イザヤ七章十四節、マタイ一章二十三節）。「インマヌエル」とは、ヘブライ語で《神は私たちと共にいる》という意味の言葉である。セキは、インマヌエルの神なるイエス・キリストを知り、平安（「何とも言えず安らかな気持ち」）を得る。このセキに近藤牧師は「生きてる時も死んだ時も、イエスさまと一緒だってことわかれば、イエスさまの立派なお弟子さんですよ」と言う（第七章）。イエス・キリストは、いつも共にいて、「辛さをちゃーんとわかってくれる」神、「こったらわだしのために泣いてくれる」神である（第七章）。三浦は『母』において、〈人と共にいて、その痛みに寄り添うインマヌエルの神〉を指し示している。

三・四、教師なる神

小説『積木の箱』は、中学校教師の杉浦悠二が、担任クラスの生徒である佐々林一郎（中学三年生。妻妾同居の家庭環境に深く傷ついている）を立ち直らせようとする物語である。杉浦は一郎を助けようと懸命に働きかけるが、うまくいかない。或る夜、一郎は学校に放火する。自分の放火によって父親を困らせ、その生活を改めさせようとしたのである。杉浦は、一郎が放火したことを知りつつ、宿直していた自分の失火であることにする。そのことによって杉浦は他校に転任することになる。一郎は、それでもなお、杉浦に心を開かない。教師の職に就いていることに自信を失った杉浦は、勤め先を去る終業式の日、心が慰められる。既に十日前に卒業した担任クラスの生徒たちが自分を見送りに来てくれたからである。自分が生徒たちによって慰められていることに気づいたとき、杉浦はハッとする。先行研究では注目されてこなかった箇所だが、ここが大事なところである。

悠二はふと、立ちどまる思いになった。いったいこれはどういうことなのだろう。あんなにも絶望を感じていた自分が、たあいもなく喜びに満たされている。生徒たちを導く立場の自分が、逆に生徒たちに支えられている。（もし生徒たちが来てくれなかったとしたら）悠二はいま初めて、真に自分を支えるものが、自分自身の中には何ひとつないことに気づいた。こんな揺らぎやすい自分に、生徒を導き育てる教師の資格があるのだろうか。自分にも教師が欲しい。この弱い自分を導いてくれる確固とした真の教師が欲しい。初めて悠二はそう思った。

（終章。傍線、竹林）

杉浦は、「真に自分を支えるものが、自分自身の中には何ひとつない」ことに気づき、「この弱い自分を導いてくれる確固とした真の教師が欲しい」と思ったのである。

杉浦は自分の力や熱心さで一郎を助けようとした。そうできると信じていた。しかし、現実は杉浦の期待どおりにならなかった。杉浦は絶望する。絶望したかと思えば、見送りに来た生徒たちによって「たあいもなく喜びに満たされている」のである。この「揺らぎやすい自分」「弱い自分」に杉浦は気づいた。この気づきが大切である。なぜなら、みずからの弱さに気づくことによって、杉浦は「自分を導いてくれる確固とした真の教師」を求めるようになったからである。(注6)

三浦綾子が「真の教師」と書くとき、それは神のことを指す。三浦は、「〝真の教師がほしい〟ということを主人公に言わせておりますが、ほんとは真の教師とは神様のことを言いたかったんです」と語っている（三浦綾子〔二〇〇四、二二頁〕。ただし、「真の教師」である神に杉浦が気づいたわけではない）。聖書にも、「あなたがたの教師はただひとり、すなわち、キリストである」と記されている（マタイ二十三章十節）。『積木の箱』は「真の教師」なる神を指し示している。「弱い自分を導いてくれる確固とした真の教師」の必要性は、小学校教師として疑うことなく軍国主義教育を施してしまった三浦自身が強く感じたものであった。

三・五、三浦文学が指し示している神

以上、本節（第三節）では、三浦文学が①愛なる神、②罪を贖い赦す神、③人と共にいるインマヌエルの神、④教師なる神、を指し示していることを見た。これら①〜④は、畢竟、①「愛なる神」に集約される。神は、その愛のゆ

えに、罪を贖い赦し、人と共にいて、その痛みに寄り添い、そして人を教え導く。三浦文学が指し示す神は、約めて言えば「愛なる神」である。

三浦綾子のエッセイ「「氷点」から「母」まで」（三浦綾子〔一九九三〕）は、入信・結婚後の三浦の人生・作家活動の焦点が「愛なる神」「キリストの愛」を伝えることにあったことを明確に示している(注7)。三浦は、結婚の二年後に雑貨店を開いた。その理由は、「多くの人と親しくなってキリストの愛を伝えたい」ということであった。また、作家を志望したのも、「キリストの愛を伝えるには、雑貨店経営よりも、ものを書くほうがよいのではないか」と思ったからであった。『氷点』の応募原稿の執筆時も、「書いている間、いつも心にねがったのは、この小説を読む人が、人間本来の罪（原罪）に目覚め、目覚めることによってキリストの愛を知ってくれたなら、ということ」だった。そして、『氷点』以降の小説も、「キリストの愛を伝えたい思いをこめて」書かれた。

> 以来（竹林注…『氷点』以降）今日まで二十八年の間に、小説は三十六冊を書いた。その三十六冊目は、小林多喜二の母セキを書いた「母」で、これも「氷点」ほどではないとしても、ベストセラーとして多くの人に読まれている。とにかく三十六冊それぞれ、キリストの愛を伝えたい思いをこめて書いてきた。三浦（竹林注…三浦光世）が「ぜひ書いてほしい」と願った「母」も、その思いの中で生まれた。余命もあと僅かになってきたが、ものを書く限り、私はこの姿勢を変えないつもりである。
>
> （三浦綾子〔一九九三、四九頁〕）

「三十六冊それぞれ、キリストの愛を伝えたい思いをこめて書いてきた」「ものを書く限り、私はこの姿勢を変えないつもりである」と明言されているように、三浦文学は本質的に、「キリストの愛」を伝えんとする文学――「愛なる神」を指し示す文学――である。

四、三浦文学が神を指し示す方法

それでは、三浦文学は、この「愛なる神」をどのように指し示しているのであろうか。その方法は、おもに次の二つである。

A．人間の罪や弱さを示すことによって神に目を向けさせる（『氷点』『続　氷点』『積木の箱』『塩狩峠』など）。（注8）

B．苦難の中で（苦難をとおして）神を指し示す（『泥流地帯』『続　泥流地帯』『母』『海嶺』など）。（注9）

A・Bともに、人間の性質や人生におけるマイナスの状態・出来事をとおして「愛なる神」を指し示すという方法である。

三浦綾子は、なぜ、このような方法をとっているのか。それは、〈マイナスの状態・出来事の中でこそ、人は「愛なる神」を受け入れやすい〉と三浦が考えているからであろう。

本章第二節で見たように、三浦自身も敗戦による挫折・虚無の中で神を求めるようになり、自分の罪（罪意識を持たないという罪）に慄然として入信に至ったのであった。「自分がこのような弱い存在（竹林注…「真に愛することのできない、弱い、変わりやすい、罪深い者であり、真の自由を知らぬ不自由な存在」）であることを知ったその隣に神がいる」（『光あるうちに』「キリストの教会」）、「苦難に喘ぐ者の傍らには、神が正《まさ》しくそこに立っておられる」（『泉への招待』「苦難の意味するもの」）という三浦の言葉は、〈マイナスの状態・出来事の中でこそ、人は「愛なる神」を受け入れやすい〉という意味として了解される。

〈マイナスの状態・出来事の中でこそ、人は「愛なる神」を受け入れやすい〉という三浦の見方は、聖書のルカ五章三十一～三十二節、ルカ六章二十～二十一節、第二コリント十二章九～十節などの聖句（注10）と軌を一にするものである。

五、おわりに

以上、本章では、三浦綾子とキリスト教との関係を見た後、〈神を指し示す指〉たることを志向する三浦文学が、どのような神（神の如何なる側面）をどのように指し示しているのか、ということについて述べた。三浦文学は、人間の罪・弱さや苦難といったマイナスの状態・出来事をとおして「愛なる神」を指し示しているのであった。

様々な面で大きな危機に瀕している現代において、右のような特徴を有する三浦文学の〈神を指し示す指〉としての働きは、その効果を最大限に発揮すると言えよう。（注11）三浦文学によって生きる力が与えられた、生きる道が示された、と語る多くの人々の存在（注12）が、その証左である。

注

（1）　本節（三・一節）の内容は竹林一志（二〇一二）を基にしている。

（2）　三浦綾子（二〇〇二）所収の「小説『泥流地帯』を回顧して」、三浦光世（二〇〇一、第九章）を参照されたい。

（3）　本章で引用する聖書本文は、三浦が親しんでいた『聖書　口語訳』（いわゆる口語訳聖書）に拠る。

（4）『氷点』のテーマが「原罪」（三浦の理解では、全ての人が生得的に有している自己中心性のこと）であり、『続　氷点』のテーマが「赦し」であることについては、三浦綾子（一九六六ａ）、三浦綾子（一九九六、第八章）を参照されたい。

（5）次の詩（文章）である（『母』第七章。改行の位置は『母』の本文に拠る）。

あーまたこの二月の月（竹林注…多喜二が他界した月）かきた
ほんとうにこの二月とゆ月か
いやな月こいをいパいに
なきたいどこいいてもなかれ
ないあーてもラチオて
しこすたしかる
あーなみたかてる
めかねかくもる

なお、この詩の元原稿（セキの肉筆）は小林セキ（二〇一一）で見ることができる。改行の位置は『母』の本文と同じである。

（6）三浦綾子は作品中で聖句を引用することが多い（特に長編小説では、その傾向が強い）。しかし、田中澄江（一九九一）や河内美香（二〇〇一）が指摘しているように、『積木の箱』では、長編小説でありながら聖句が（明確に聖書の言葉としては）引用されていない（ただし、登場人物の言葉の背後に聖句が透けて見える箇所はある）。そこには三浦の意図があるはずである。三浦は、杉浦が人間的努力の末に自分の弱さに思い至るようにと、『積木の箱』では聖句を引用せず、徹底的に〈人間のドラマ〉を展開したのであろう。人間が自分の力や熱心さでやれるだけのことをして、それでどうなるか、ということを描いたのが『積木の箱』である。そして、人間の限界・弱さを示すことによって、「弱い自分を導いてくれる確固とした真の教師」の必要性を示そうとしているのである。

（7）「愛なる神」「キリストの愛」を伝えんとする三浦の働きの原動力は、神（キリスト）の愛によって自分の人生が変えられたという体験・認識である（『光あるうちに』終章）。

（8）『塩狩峠』の主人公、永野信夫は、伊木一馬（キリスト教の伝道者）の勧めに従って聖書の言葉を徹底的に実行しようとする過程で自分の罪深さを認識し、神を信じるに至る。

（9）『海嶺《かいれい》』は、江戸時代末期に遠州灘で難破した千石船の乗組員、岩松（のちに岩吉と改名）・音吉・久吉を主人公とする長編小説である。彼らは一年二ヶ月にわたって太平洋を漂流した後、北アメリカに漂着する。その後、三人は幾多の曲折を経て、ついにアメリカの商船モリソン号で日本への帰途につく。しかし、モリソン号は、（日本人漂流者を送り届けに来たことを日本側に知らせていたにもかかわらず）浦賀沖でも鹿児島湾でも砲撃に遭い、日本を離れることになる。母国に捨てられた岩吉たちは、自分たちを「決して捨てぬ者」、「わしらを買い取って、救い出してくれるお方」がいること（外国で知った、キリスト教の神の存在）を噛みしめる。

（10）次のような聖句である。

健康な人には医者はいらない。いるのは病人である。わたし（竹林注…イエス・キリスト）がきたのは、義人を招くためではなく、罪人を招いて悔い改めさせるためである。（ルカ五章三十一～三十二節）

あなたがた貧しい人たちは、さいわいだ。神の国はあなたがたのものである。あなたがた いま飢えている人たちは、さいわいだ。飽き足りるようになるからである。あなたがた いま泣いている人たちは、さいわいだ。笑うようになるからである。（ルカ六章二十～二十一節）

主が言われた、「わたしの恵みはあなた（竹林注…パウロ）に対して十分である。わたしの力は弱いところに完全にあらわれる」。それだから、キリストの力がわたしに宿るように、むしろ、喜んで自分の弱さを誇ろう。だから、わたしはキリストのためならば、弱さと、侮辱と、危機と、迫害と、行き詰まりとに甘んじよう。なぜなら、わたしが弱い時にこそ、わたしは強いからである。（第二コリント十二章九～十節）

（11）この意味において注目すべき活動の一つに、東日本大震災の被災地に対する「三浦綾子の本を送る活動」（被災地における本の無料配布を含む）がある。この活動は、三浦綾子記念文学館が中心となって、二〇一一年七月に準備が始まり、同年九月から二〇一二年五月にかけて行われた（被災地に「三浦綾子の本を送る活動」実行委員会『被災地に三浦綾子の本を送る活動　報告書』、二〇一二年）。

（12）　こうした人々の存在は、『塩狩峠に生かされて――「塩狩峠」一〇〇年メモリアルフェスタ記念文集』（「塩狩峠」一〇〇年メモリアルフェスタ実行委員会編、二〇〇九年）や、三浦綾子記念文学館に置かれている「想い出ノート」（来館者が自分の思いや感想を記すノート）などで知ることができる。

第二章　三浦文学と聖書

一、はじめに

本章では三浦文学と聖書との関係について考察する。以下では、まず、三浦文学と聖書との関係を概観する（第二節）。その後、従来、先行研究で論じられていなかった問題――三浦が、その小説において、どのようにして読者を聖書へと導こうとしているのかということ――について考察する（第三節）。

二、三浦文学と聖書との関係についての概観

三浦綾子の創作活動の原動力（コア）は、聖書の言葉によって救われ、養われ、励まされ、導かれているところにある。（注1）三浦には、自分が聖書の言葉によって救われ、養われ、励まされ、導かれていることの明確な認識と、そのことへの溢れる感謝・喜びがあった。その認識・感謝・喜びが、三浦のうちに、聖書の言葉（特に、聖書で語られている神の愛）を他者に伝えたいという強い思いを生み出した。（注2）

三浦にとって、文学は、聖書の言葉を他者に伝える手立てであった。人生を変え、人生を支える力がある聖書へと読者を導かんとして、三浦は作品を書いたのである。次の三浦の文章を見られたい。

率直にいって、誰か一人でもよいから、聖書の示す神の言葉にふれていただきたいという祈りをこめて、わたしはあの小説『氷点』を書いた。だから、「あの小説によって、ぼくは聖書を読むようになった。そして、神の真

実を知った」と、いうことでなければ、どんなに賛辞を受けても、心の底から喜ぶことはできないのである。
（『あさっての風』「感銘の一著――聖書」）

「誰か一人でもよいから、聖書の示す神の言葉にふれていただきたいという祈りをこめて」書かれたのは、『氷点』のみではないであろう（『泉への招待』「聖書と私」、水谷昭夫（一九八六）、岡野裕行（二〇〇五、第六章、第七章））。三浦は聖書の言葉によって人生が変わり、「生きる力」を与えられた。そして、聖書は「必ず、その人（竹林注…謙虚な心で聖書を読む人）の生きる上に、大きな影響を与える書である」という確信を持っていた（『あさっての風』「感銘の一著――聖書」）。そういう体験・確信に基づいて三浦は作品に多数の聖句を引用し、様々な方法で読者を聖書へと導こうとしているのである（詳しくは次節で述べる）。(注3)

よく知られているように、三浦の作品には、聖書由来のテーマが多く（例えば、『氷点』の「原罪」、『続　氷点』の「赦し」、『ひつじが丘』の「愛」、『塩狩峠』の「犠牲」、『泥流地帯』『続　泥流地帯』の「苦難」）、しばしば聖句が引用される。(注4)また、三浦文学には、聖書の思想・言葉を念頭に置いての叙述――聖書に照らしつつ読むことによって深く味わえる箇所――が少なくない（竹林一志（二〇一四））。例えば、『氷点』の次の箇所を見られたい。

（やっぱり辻口が一番いいわ）そう思った。夏枝は啓造を愛している。医者としても夫としても尊敬していた。何の不満もなかった。（それなのに、何故村井さんと二人でいることがあんなに楽しいのかしら）夏枝にはそれがふしぎだった。今はこうして、夫が一番いいと思っていても、再び村井に会うとどうなるか、自信がなかった。制御できないものが、自分の血の中に流れているのを夏枝は感じた。
（「敵」）

夏枝は、夫の留守中、村井と二人きりでいたい思いに勝てずに、三歳の娘ルリ子を外に出してしまった。そして、再び村井に会うとどうなるか自信がないというのである。
右に引用した箇所は、新約聖書のローマ七章と深い関係がある。

わたしの内に、すなわち、わたしの肉の内には、善なるものが宿っていないことを、わたしは知っている。なぜなら、善をしようとする意志は、自分にあるが、それをする力がないからである。すなわち、わたしの欲している善はしないで、欲していない悪は、これを行っている。もし、欲しないことをしているとすれば、それをしているのは、もはやわたしではなく、わたしの内に宿っている罪である。

（ローマ七章十八〜二十節。本文は口語訳聖書に拠る）

「制御できないものが、自分の血の中に流れているのを夏枝は感じた」と『氷点』に書かれている、その「制御できないもの」とは、ローマ七章でパウロが書いている「罪」――自分がしたくないこと、自分の良心に反することをさせる悪の力――である。三浦のエッセイにも、「人間って誰でも原罪があるんだもの、自分でも制御しがたい力で、思わぬ方向に動いて行くんだもの。だから、つまり、その原罪を書きたくて氷点を書いたわたしではありませんか」とある（三浦綾子〔一九六七、三一頁〕）。夏枝が感じた、自分の血の中に流れている「制御できないもの」とは、人間が生まれながらに有している罪――原罪――のことなのである。
このように、三浦文学は「御言葉の受肉化」を図ったものである（三浦綾子〔一九七八〕、本書第三章）。そして、そ

の文体は聖書を手本とするものであった。(注5)
また、聖書と三浦文学とは内容面で大きく重なる。聖書には、人間の罪と、そこからの救いについて繰り返し記されているが、三浦文学においても同様である。三浦は人間の罪深さを鋭く深く描いた上で、罪からの救いの道が開かれていることを伝えようとしている。三浦が目指していたのは、聖書のような文学であった（『私にとって書くということ』「創作活動の苦労」、『孤独のとなり』「わたしはなぜ書くか」、水谷昭夫〔一九八九、一三一頁〕）。
こうした三浦文学によって聖句に触れたり聖書を読むようになったりして、生き方が変えられた多くの人々がいる。(注6)
以上のことから、三浦文学は、〈聖書から発し、聖書によって成り、聖書に至る〉文学であると言える（「聖書に至る」とは、読者を聖書に導くということである）。

三、三浦文学の伝道ストラテジー ―― 聖書との関わりで

三・一、三浦文学の、聖書への導き方

三浦綾子の創作活動の目的が伝道にあったことは、三浦自身が繰り返し述べており、よく知られている。前章でも引用したが、次の文章を見られたい。

わたしの場合、護教文学かも知れない、宣教文学かも知れない。それは、文学的には邪道かも知れない。そのことを充分承知の上で敢えて、わたしは今まで書きつづけてきた。とにかく、わたしは、文学を至上とするのではなく、神を至上とする以上、信者としての自分が日本に於て今しなければならないことは、キリストを伝えるこ

とであると思っている。だから、私には、キリスト信仰を持つ文学者のいだく「信仰と文学」両立のための悩みは無いとも言える。わたしは、今、ひたすらキリストを伝えたいのだ。では、わたしには、悩みは全くないのか。姿勢の上では、悩みはない。わたしは、敢えて護教、宣教の姿勢を取った。そのことを悔いてはいない。それが、よし非文学になろうとも、わたしはかまわない。

（三浦綾子〔一九七五、四〜五頁〕）

この文章に記されているように、三浦文学は「キリストを伝えること」を目的としている。そして、その伝道ストラテジーの中核は、読者を聖書へと導くことであった（岡野裕行〔二〇〇五、第七章〕）。三浦は、自分の作品の読者が聖書を読み、神を信じ、神に信頼する生き方をすることを願っていたのである。

聖書と三浦文学との関係については、従来、様々に言及され、論じられている（水谷昭夫〔一九八六〕、佐古純一郎〔一九八九〕、久保田暁一〔一九九八〕、上出恵子〔二〇〇一〕、高野斗志美〔二〇〇一〕、岡野裕行〔二〇〇五〕など）。しかし、〈三浦が、その作品において、どのようにして読者を聖書へと導こうとしているのか〉ということについては、従来、十分に調査・考察されてこなかったように見える。本節（第三節）では、この問題について、三浦の小説を対象として述べることとする。

三浦は、エッセイでは、聖書を読むことを直接的に勧めているが（『光あるうちに』、『あさっての風』「感銘の一著——聖書」、『わが青春に出会った本』「聖書」、『忘れてならぬもの』「「氷点」を書き終えて」）、小説では、おもに次のような方法で読者を聖書に導こうとしていると考えられる。

①　聖書の影響を受けた、すぐれた人物を描く。

② 意外性・驚きを伴う聖句や聖書の内容を引用・紹介する。
③ 聖句が困難克服の力や手がかりを与えることを示す。
④ 聖句が人生の指針となることを示す。

以下、これら①〜④について順に見ていきたい。

三・二、方法①について

三浦は、聖書の影響を受けた、すぐれた人物（篤信のクリスチャン）を描くことによって、読者を聖書に導こうとしている（聖書を読んでみる気にさせようとしている）と考えられる。このような人物としては、『塩狩峠』の永野信夫、『道ありき』の前川正や三浦光世、『愛の鬼才』の西村久蔵、『ちいろば先生物語』の榎本保郎、『夕あり朝あり』の五十嵐健治などが挙げられる。

『塩狩峠に生かされて――「塩狩峠」一〇〇年メモリアルフェスタ記念文集』（「塩狩峠」一〇〇年メモリアルフェスタ実行委員会編、二〇〇九年）には次のような言葉が見られる。

確かに私も人のために何かしたいとは思いますが、自分の命と引き換えになんて絶対できないと思います。永野さんのこの博愛の精神は本当にすごいと思いました。私も試しに聖書を読んでみました。

（鈴木照葉「「塩狩峠」を読んで」一二二頁）

自分の結納の日、自分の身体をなげ出して列車を止め人々の命を救った人が本当にいた（注7）なんて本当に感動を覚えた。主人公永野信夫さんは、クリスチャンで熱心に教会に行ったことを知り、生まれて初めて教会にも行ってみた。生まれて初めて聖書も開いてみた。

（小西洋子「小説「塩狩峠」との出会い」六二頁）

これら二人の読者は、永野信夫という登場人物をとおして、信夫を然らしめた聖書に興味を抱くようになったのである。

篤信のクリスチャンに感化を受けて聖書を読むようになるということは、作中においてもある。『氷点』の辻口啓造が、その一例である。啓造は、洞爺丸事故の折に救命具を譲って亡くなった宣教師を慕わしく思い、たびたび聖書を開くようになる（注8）（「答辞」）。

三・三、方法②について

三浦は、その小説において、意外性・驚きを伴う聖句や聖書の内容をしばしば引用・紹介する。そのことによって、聖書を（あまり）読んだことのない読者に、聖書への興味を持たせようとしているのであろう。

この種の聖句の例としては、マタイ五章二十八節「色情を懐《いだ》きて女を見るものは、既に心のうち姦淫したるなり」（『塩狩峠』『続　氷点』『愛の鬼才』など）、ローマ三章十節「義人なし、一人だになし」（『塩狩峠』『愛の鬼才』）、ルカ二十三章三十四節「父よ、彼らを赦し給へ。その為す所を知らざればなり」（『塩狩峠』『細川ガラシャ夫人』『愛の鬼才』『母』）などが挙げられる（注9）。

次の文章は、西村久蔵（札幌北一条教会の長老、実業家）の生涯を描いた伝記小説『愛の鬼才』の一節である。

「……おじいさま、マタイ伝の第五章には、次のようなキリストの言葉が書かれてあります」久蔵は目をつむり、聖句を思い出しながら、〈「姦淫するなかれ」と云えることあるを汝等きけり。されど我は汝らに告ぐ、すべて色情を懐きて女を見るものは、既に心のうち姦淫したるなり〉の聖句を告げた。真明は膝を乗り出し、「何？　何と言うた。今一度申してみよ」久蔵は再びくり返した。「ふーむ。すべて色情を懐きて女を見るものは、既に心のうち姦淫したるなり、か。これは手きびしい。〈男女七歳にして席を同じゅうせず〉より、はるかにきびしい」深く刻まれた眉間の皺が少し浅くなったようであった。……「おじいさま。先ほど申し上げましたように、聖書によれば、色情を懐いて女を見る者は、姦淫の罪を犯したと同様にみなされます。また、人を心の中で怒っても、それは殺人と同罪にみなされます」「何!?　心の中に怒ればすなわち殺人じゃと？　それは無茶じゃ」「ぼくも初めはそう思いました。けれども、怒りが胸に宿らぬうちに人を殺すことはありません。怒りが火を噴いて殺人に至るのです。怒りの火も、殺人の火も、同じ炎です。質的には同じです。小さくても大きくても、罪は罪なのです」「ならば、久！　人間罪のない者はないということになるではないか」「はい。罪のない人間は、この世に一人もいないのです。聖書には〈義人なし、一人だになし〉と、はっきり書いてあります」「何？　義人なし、一人だになしと？」真明は苦い顔をした。

（第四章。傍線、竹林）

この箇所は、西村久蔵と、その祖父、西村真明とのやりとりである。久蔵の語る聖句や聖書の内容に対する真明の驚きが描かれている。この場面をとおして、三浦は、聖書を（あまり）読んだことのない読者に真明の驚きを共有してもらい、聖書への興味を抱かせようとしているのではなかろうか。

また、三浦の小説では、聖書をめぐる意外な話が紹介されることもある。小林多喜二の母、セキの一人語りの形をとった小説『母』において、セキは、多喜二が教会に通ったり聖書を熱心に読んだりしていたことや、多喜二がよく口にしていた言葉「光は闇に輝く」が聖書由来であることを語っている（第六章）。三浦は、多喜二と聖書との意外な関係を知った読者が聖書に興味を持ってくれたら、と願っていたのではなかろうか。

三・四、方法③について

三浦の小説では、しばしば、聖書の言葉が人生における困難克服の力や手がかりを与える。八十歳を過ぎた五十嵐健治（白洋舎の創業者）が自分の半生を語るという形をとった『夕あり朝あり』において、健治は様々な困難の中で聖句に支えられる。

例えば、ドライ・クリーニング開発のための研究がうまく進まなかったとき、ピリピ二章十三〜十四節、マタイ六章三十一〜三十四節の聖句(注10)に励まされ、導かれる（「転機」「ベンゼン・ソープ」）。また、ドライ・クリーニングの機械の爆発で大やけどを負った健治は、ヘブル十二章五〜六節、同十〜十二節、ピリピ一章二十九節の聖句(注11)に奮い立ち、苦難に遭ったこと（そこにある神の恩恵）を深く感謝する（「ベンゼン・ソープ」）。

次に引用する一節は、ライバル業者（スター商会）が現れた際のものである。

私のところに働いている職人たちも、少なからず動揺した。お得意先にも、洋行帰りのスター商会に頼もうと鞍替えした人もある。いやはや、競争者というものは、何かと脅かす存在ですなあ。そんな中で、私は聖書の、〈神もし我らの味方ならば、誰か我らに敵せんや〉の言葉を読んだ。聖書の言葉というものは不思議なものですなあ。この言葉を読むや否や、いささか動揺していた私の心が、平安になった。神に祈って始めた白洋舎です。神がこの事業をなさしめた以上、必ずやお守りくださるにちがいない。そう思って、朝に夕に、この聖言《みことば》を繰り返し繰り返し口ずさんだ。気力が衰えてくる時この言葉を口に出すと、たちまち力が体に満ちるのを覚えた。

（『一難去って』）

「神もし我らの味方ならば、誰か我らに敵せんや」という聖句（ローマ八章三十一節）によって心の平安と力を得た健治は、その後、母親のように慕っていたクリスチャン、高梨梅にスター商会のことを話す。そして、「聖書には、汝の敵を愛せ、とありますわね。スター商会が敵かどうかはともかく、スター商会のために、一緒に祈りましょう」という梅の言葉に、「かりそめにも神を信ずる者として、人様に故なき敵愾心を抱くとは何事か」と反省し、スター商会の事業のためにも祈るようになる（『一難去って』）。この梅の言葉の中にも聖句（「汝の敵を愛せ」）が出てくることに注目したい。

また、或るとき、皇太后の襟巻を染めることになった健治は、その襟巻を台無しにしてしまう。納期を翌日に控えて、同じ品が見つからず途方にくれた健治は、聖書を開く。そして、「われら四方より患難《なやみ》を受くれども窮せず、為《せ》ん方つくれども希望《のぞみ》を失はず、責めらるれども棄てられず、倒さるれども亡びず」という聖句（コリント後〔第二コリント〕四章八～九節）を目にし、この箇所を繰り返し読んで、「そうだ！　神がいかなる道を与えてくださるか、楽しんで待とう」という心境になる（『一難去って』）。

従業員に白洋舎転覆を謀られたときも、健治を支え、導いたのは聖書の言葉であった。

神はどんなことがあっても、決して捨てないお方だ。そう堅く堅く信じましたから、私は早速、聖書をひらいた。ロマ書の第八章に、〈神もし我らの味方ならば、誰か我らに敵せんや〉という言葉が目に飛びこんできた。これには力を与えられましたなあ。勇気を与えられましたなあ。立ち上がろうとする意欲を与えられましたなあ。ロマ書の第十二章には、またあの有名な言葉があった。〈愛する者よ自ら復讐すな、ただ神の怒りに任せまつれ。録《しる》して『主言ひ給ふ、復讐するは我にあり、我これを報いん』とあり、『もし汝の仇飢ゑなば之に食はせ、渇かば之に飲ませよ……』〉これを読んで泣きましたなあ。泣いて泣いて、自分の口惜し涙は拭われましたな。そして直ちに、私はKやMを始め、向こうについた人々のために、真剣に祈った。彼らが正しい道に帰ることができるように祈った。また、自分の不徳から、多くの人を躓かせたことを、神に詫びた。

（「挫折」。「……」は原文のもの）

また、太平洋戦争中、白洋舎の支店や工場が次々と焼失したが、健治は、その報を聞く度に「わたしは裸で母の胎を出た。また裸でかしこに帰ろう。主が与え、主が取られたのだ。主のみ名はほむべきかな」というヨブ記の聖句を思い、励まされる(注12)（「得失」）。

聖句が困難克服の力や手がかりとなることは、『夕あり朝あり』のみならず、『愛の鬼才』『雪のアルバム』『ちいろば先生物語』などでも描かれている。三浦は、聖書の言葉がそのようなものであることを示すことによって、自分の作品の読者（クリスチャンを含む）を聖書へと導こうとしているのだと考えられる。

三・五、方法④について

三浦は、その小説において、聖書の言葉が人生の指針となることを示している。

榎本保郎牧師の生涯を描いた『ちいろば先生物語』において、新婚時代の榎本夫妻は刑務所から出た男（K夫）を家に同居させる。その決断をさせたのは、「人を偏り視るな」（ヤコブ二章一節）、「愛には懼《おそれ》なし」（第一ヨハネ四章十八節）という聖句と、次のマタイ二十五章三十五～三十六節の言葉である（「梅雨のあとさき」）。

なんぢら我が飢ゑしときに食《くら》はせ、渇きしときに飲ませ、旅人なりし時に宿らせ、裸なりしときに衣《き》せ、病みしときに訪《とぶら》ひ、獄《ひとや》に在りしときに来《きた》りたればなり

また、保郎が、開拓・牧会してきた、愛着のある世光教会を離れることにしたのも、創世記十二章一節の聖句「あなたは国を出て、親族に別れ、父の家を離れ、わたしが示す地に行きなさい」によることであった（「窓」「惜別」）。

世光教会（京都）を離れた保郎は、愛媛の今治教会の牧師となる。しかし十二年後、アシュラム運動（しばし日常生活から退き、集会において各自、聖書を読み祈る）に専念するため、辞任する。その契機となったのは、「エリヤよ、あなたはここで何をしているのか」（列王紀上、十九章九節）、「出て、山の上で主の前に、立ちなさい」（列王紀上、十九章十一節）という聖句であった（「支え」）。

アシュラム運動に専念するようになって二年後、肝硬変に苦しむ保郎は、死を覚悟してアメリカ・ブラジルでの集会のために旅立つ（アメリカに向かう飛行機内で吐血して、ロサンゼルスの病院に搬送され、約二週間後に召天）。そのとき、行くべきか否か迷う保郎の背中を押したのも「主がお入り用なのです」（ルカ十九章三十一節）という聖句である（「アシュラム・センター」）。

聖書の言葉に導かれた保郎の歩みは、常軌を逸しているように見えるかもしれないが、じつに確かで、祝福に満ちた、魅力的な生き方であると言えよう。

『細川ガラシャ夫人』でも、高山右近や玉子（細川ガラシャ）が「人に従はんよりは神に従ふべきなり」（使徒五章二十九節）、「主に仕えるように自分の夫に仕えなさい」（エペソ五章二十二節）といった聖句を指針として生きた様子が描かれている（「こんてむっすむん地」「玉子受洗」「恩寵の炎」など）。

三浦は、聖句が人生の指針となることを示すことによって、読者を聖書にいざなおうとしているのであろう。

三・六、方法①〜④と三浦綾子の人生

三浦は、読者を聖書に導くために、なぜ、これらの方法をとったのか。それは、三浦自身の歩み（以下のA〜D）と深い関係があろう。

敗戦後、虚無に陥り、肺結核にかかって療養生活を送っていた三浦（当時、堀田）は、篤信のクリスチャンであるおさななじみ、前川正との再会によって聖書を読むようになる（『道ありき』第十一回〜第十三回）。――A

そして、或るとき、前川に勧められて読んだ旧約聖書「伝道の書」（Ecclesiastes）の意外な聖句に「すっかり度胆を抜かれた」ことで、キリスト教やクリスチャン・聖書についての認識を改め、求道生活が「次第にまじめになって行く（『道ありき』第十四回）。――B

やがて三浦は受洗し、前川との結婚を夢みるが、肺結核を患っていた前川は満三十三歳で亡くなる。深い悲しみに沈んだ三浦に「生きる力」を与えたのは、「聖書の中の数々の言葉」であった（『あさっての風』「感銘の一著――聖書」）。

三浦は、前川の死後も療養生活を続けるが、ギプスベッドに固定された三浦を、イザヤ四十章三十一節、詩篇三十篇

五節、ヘブル十一章一節などの聖句が力づける[注13]（『明日のあなたへ』、『忘れてならぬもの』「わたしの病床体験」、『愛と信仰に生きる』「ゆるす」）。結婚後も、様々な悲しみや苦しみの中で三浦を支えたのは聖書であった[注14]（『わが青春に出会った本』「聖書」）。――C

また、三浦の人生において聖書は、「生きる姿勢を立て直すための土台」であり（『あさっての風』「感銘の一著――聖書」）、「あらゆる人生の惑いに答えてくれた」唯一の書であり（『小さな一歩から』「聖書と私」）、三浦夫妻の「生活の中心」、生き方の基準であった（『愛と信仰に生きる』「ゆるす」）。――D

これらA～Dは、各々、上記の方法①～④と対応している。

A――①　聖書の影響を受けた、すぐれた人物を描く。
B――②　意外性・驚きを伴う聖句や聖書の内容を引用・紹介する。
C――③　聖句が困難克服の力や手がかりを与えることを示す。
D――④　聖句が人生の指針となることを示す。

三浦が読者を聖書に導くために①～④の方法をとったのは、三浦自身が、前川正を見て聖書を読むようになり、「伝道の書」の意外な聖句に驚嘆して認識・生き方が変わり、様々な苦難の中で聖書の言葉に支えられ、また、聖句が人生の指針として確かなものであることを実感していたからであろう。

四、おわりに

以上、本章では、聖書と三浦文学との関係を概観した後、これまで先行研究で論じられていなかった問題――三浦が、その小説において、どのようにして読者を聖書へと導こうとしているのかということ――について述べた。三浦文学は〈聖書から発し、聖書によって成り、聖書に至る〉文学であり、おもに次のような方法で読者を聖書に導こうとしているのであった。

① 聖書の影響を受けた、すぐれた人物を描く。
② 意外性・驚きを伴う聖句や聖書の内容を引用・紹介する。
③ 聖句が困難克服の力や手がかりを与えることを示す。
④ 聖句が人生の指針となることを示す。

三浦は、その小説（特に伝記小説（注15））において右の①～④のような方法によって読者を聖書へと導こうとしているのであるが、言うまでもなく、聖句引用や聖書の内容の紹介をとおしても、読者は聖書（の一部）に触れることになる。このようにして聖句に触れたり、自分で聖書を読むようになったりして、生き方が変えられた多くの人々がいる（このことについての三浦の証言は注（6）に記した）。

聖書と現代文学との関係は多種多様であるが（上智大学キリスト教文化研究所編〔二〇一四〕）、三浦文学のような聖書との関係性は珍しいであろう。本章では、聖書との間に極めて密接かつ独特な関係を有する、現代文学の一例を示すことができたのではないかと考える。

注

（1）このことは下記の三浦の作品・文章から分かる（単行本は、いずれも三浦綾子著）。『道ありき』、『光あるうちに』、『あさっての風』「感銘の一著――聖書」、『わが青春に出会った本』「聖書」、『泉への招待』「聖書と私」、『小さな一歩から』「二人で読む聖書」「聖書と私」、『忘れてならぬもの』「わたしの病床体験」「わたしはなぜ　キリスト教を信じるのか」、『愛と信仰に生きる』「ゆるす」。なお、『泉への招待』所収の「聖書と私」と、『小さな一歩から』所収の「聖書と私」とは、題名は同じだが、異なる内容の文章である。

（2）このことについては下記の三浦の作品・文章を参照していただきたい（単行本は、いずれも三浦綾子著）。『光あるうちに』、『あさっての風』「感銘の一著――聖書」、『泉への招待』「聖書と私」、『孤独のとなり』「わたしはなぜ書くか」、『小さな一歩から』「「氷点」から「母」まで」、『命ある限り』、『愛と信仰に生きる』「ゆるす」、『ごめんなさいといえる』「私の創作の原点」。

（3）水谷昭夫（一九八六）は次のように書いている。

この四つの領域、長篇小説、中短篇小説、エッセイ、そして講演、その全体が三浦綾子の世界であるということを、理解しておかねばならない。彼女はその一つ一つを誠実に、おごらず、たかぶらず、また多くの文芸講演に見られるシニカルな謙譲という恰好もとらず、ひたすら、一つのことを訴え続けていくのである。

聖書を読んでみませんか。

である。（二三四頁）

三浦は「聖書を読んでみませんか」ということのみを訴えたわけではないが、右に引用した水谷氏の文章は、自分の活動（執筆や講演）をとおして人々が聖書を読むようになることを強く願っていた三浦の思いをよく捉えている。

三浦は、聖書やキリスト教のことを知らない読者からの手紙への返信においても、聖書を読むことを勧めていた。乾寿夫氏（三浦綾子読書会の会員）は、『氷点』を読んで三浦に手紙を送ったところ、「私にだまされたと思って聖書を読んでみませんか」と書かれた返信を受け取り、聖書を読むようになったという（乾寿夫「大切な人生の宝物」『三浦綾子読書会会報』七十五号、二〇一五年）。

（4）　三浦の小説には、聖句が出てこないものもある。三浦文学における、聖句引用のない小説の意義や位置づけについては、第三章第五節を参照されたい。なお、『積木の箱』に関しては、第一章の注（6）で述べた。

（5）　三浦は次のように書いている。

私にも文章はかくあるべきだというものはあります。そしてそれは、やはり聖書に根ざしております。聖書を読んで、その簡潔な文章に美しさを感じます。（『私にとって書くということ』「創作活動の苦労」）

（6）　三浦は、「私の小説を読んで聖書を読むようになり、人生が変わった、という手紙が毎日のように寄せられてくる」と書いている（『泉への招待』「聖書と私」）。

（7）　実際は、『塩狩峠』の主人公、永野信夫のモデルである長野政雄氏に婚約者はいなかった。

（8）　啓造は、学生時代、英語の勉強が目的で宣教師（洞爺丸で会った宣教師ではない）のところに通い、聖書を読んだこともあったが、卒業後は聖書を読まなくなっていた（「雪虫」）。洞爺丸の宣教師の影響で聖書を開くことが多くなった啓造であるが、作者は「聖書をパラパラ読むだけでは、啓造の心の中にまだ信仰の実りはない」（「答辞」）と付け加えている。単に聖書を読むのみならず、〈どのような心・姿勢で聖書を読むかが大切である〉ということを言わんとしているのであろう。

（9）　ここに挙げた三つの聖句の本文は文語訳聖書のものである。これらの聖句は三浦の小説において文語訳で引用されることが多い。なお、三浦が作中で聖句を引用する際、文言や表記が変えられている場合もあるが、本章における聖句引用は元の聖書本文に従う（ただし旧字体は新字体に改める。また、三浦の作品から引用した文章中に聖句が出てくる場合は、作品の本文のままとする）。

（10）　次のような聖句（文語訳）である。

神は御意《みこころ》を成さんために汝らの衷《うち》にはたらき、汝等をして志望《こころざし》をたて、業を行はしめ給へばなり。なんぢら呟《つぶや》かず疑はずして凡ての事をおこなへ。

（ピリピ二章十三～十四節）

何を食《くら》ひ、何を飲み、何を著《き》んとて思ひ煩ふな。是みな異邦人の切に求むる所なり。汝らの天の父は凡てこれらの物の汝らに必要なるを知り給ふなり。まづ神の国と神の義とを求めよ、然《さ》らば凡てこれらの物は汝らに加へらるべし。この故に明日のことを思ひ煩ふな、明日は明日みづから思ひ煩はん。一日の苦労は一日にて足れり。

（マタイ六章三十一～三十四節）

（11）次のような聖句（文語訳）である。

わが子よ、主の懲戒《こらしめ》を軽んずるなかれ、主に戒めらるるとき、倦むなかれ。そは主、その愛する者を懲しめ、凡てその受け給ふ子を鞭《むち》ち給へばなり。

（ヘブル十二章五～六節）

霊魂《たましひ》の父は我らを益するために、その聖潔《きよき》に与らせんとて懲しめ給へばなり。凡ての懲戒、今は喜ばしと見えず、反《かへ》つて悲しと見ゆ、されど後これに由《よ》りて練習する者に、義の平安なる果《み》を結ばしむ。されば衰へたる手、弱りたる膝を強くし

（ヘブル十二章十～十二節）

汝等はキリストのために啻《ただ》に彼を信ずる事のみならず、また彼のために苦しむ事をも賜りたればなり。

（ピリピ一章二十九節）

（12）『夕あり朝あり』で引用されている聖句は文語訳が多いが、この箇所では口語訳である。口語訳聖書の刊行は一九五〇年代の半ばであるから、戦時中に健治が励まされたヨブ記一章二十一節の聖句は文語訳である（「我裸にて母の胎を出《いで》たり又裸にて彼処《かしこ》に帰らん　ヱホバ与へ　ヱホバ取たまふなり　ヱホバの御名は讃《ほむ》べきかな」）。

（13）次のような聖句である（本文は、三浦のエッセイ中での引用と同じく口語訳のもの）。

しかし主を待ち望む者は新たなる力を得、わしのように翼をはって、のぼることができる。走っても疲れることなく、歩いても弱ることはない。

（イザヤ四十章三十一節）

夜はよもすがら泣きかなしんでも、朝と共に喜びが来る。

（詩篇三十篇五節）

信仰とは、望んでいる事がらを確信し、まだ見ていない事実を確認することである。

（ヘブル十一章一節）

（14）　三浦は、「聖書は私たち（竹林注…三浦夫妻）の力であり救いであった。聖書こそは、私たち二人の宝である」と書いている（『小さな一歩から』「二人で読む聖書」）。

（15）　岡野裕行（二〇〇九）が「三浦文学の核となる表現手段は、実在の人物をモデルとし、対象となる人物の壮絶な人生をなぞるように描いていく評伝小説にある」（三七頁）としているのは、本章の観点からも注目に値する。

第三章　三浦文学における聖句の受肉化

――『泥流地帯』『続　泥流地帯』を対象として

一、はじめに

三浦綾子の文学は、三浦のキリスト教信仰を作品の形で表現した「あかしの文学」であり、「御言葉の受肉化」を図ったものである（三浦綾子〔一九七八〕）。本章では、三浦文学中期の代表作『泥流地帯』『続　泥流地帯』(注1)を対象として、「御言葉の受肉化」とは如何なることか、これら二作品において聖句の受肉化がどのようになされているのか、ということについて考察する（本章で「聖句」と言うのは聖書の言葉のことであり、「神は愛なり」のような、聖書中の短い言葉に限らない）。

『泥流地帯』『続　泥流地帯』は、一九二六年五月に北海道で起きた十勝岳噴火による惨事を題材として書かれた、「苦難」をテーマとする小説である。この小説を取り上げることで、聖句を受肉化した文学の言葉（或いは、文学の言葉に受肉化された聖句）が現今のコロナ禍において如何なる意味を有するのか、ということについても考えたい。

二、聖句の受肉化とは

三浦文学において聖句の受肉化とは如何なることであろうか。『クリスチャン新聞』十周年記念の企画「あかし文学賞」(注2)との関わりで同紙に寄せた文章の中で、三浦は次のように記している。

あかしの文学は、自分の信仰を小説に託して書くわけだから単に説を述べるだけであってはならない。御言葉の受肉化をはからなければならない。つまり具体的に、そのストーリーと小説の中の人物によって、示さなければならない。

（三浦綾子〔一九七八〕）

そもそも「受肉」とは、キリスト教において父・子・聖霊という三位一体の神の、子なる神がイエスという人間としてこの世に来たことを表す語である。イエスという、肉体を持つ、目に見える存在をとおして、目に見えない神について具体的に知ることが可能となった。原義から派生した意味における「受肉」とは〈遠い存在が、或る形を有する何かをとおして身近なものとなり、具体的に把握できるようになること〉であり、そのようにすることが「受肉化」であると言ってよいであろう。（注3）上に引用した三浦の文言に基づけば、三浦にとって「御言葉の受肉化」とは、聖句や聖句への作者の信仰を、小説のストーリーと登場人物によって読者に分かりやすく示すことである。それでは、〈聖句や聖句への作者の信仰を、小説のストーリーと登場人物によって分かりやすく示す〉とは具体的にどういうことであろうか。三浦文学におけるこの問題について正面から論じた研究は管見に入っていない。以下では、『泥流地帯』『続　泥流地帯』のストーリー・登場人物を見ながら、三浦文学における聖句の受肉化のありようを考察したい。

三、『泥流地帯』における聖句の受肉化

『泥流地帯』は大正六年（一九一七年）、主人公の一人、石村拓一が小学六年生（十三歳〔数え年。以下、同様〕）の時点から語り始められる。拓一は、父方の祖父母である市三郎・キワ、姉の富（十五歳）、弟の耕作（十歳）、妹の良子《よしこ》（六歳）と共に北海道上富良野の貧しい小作農家で暮らしている。父親の義平は大正二年に冬山造材で木の下敷きに

なり、三十二歳で他界。そのとき三十一歳だった母親の佐枝は夫の死から二年後、札幌に髪結いの修業に行き、拓一たちと離れて暮らしている。上富良野の市街の金持ち、深城《ふかぎ》が佐枝に付きまとい、悪い噂まで流したため、市三郎・キワが佐枝を札幌に行かせたのであった。

或る日、耕作は深城の娘、節子（耕作より一歳上）の額に小さな傷を負わせる。佐枝を悪く言う深城に向かって投げつけた石が節子に当たってしまったのである。しかし、節子はそのことを根に持たず、耕作に好意を抱くようになる。

やがて、成績優秀で勉強好きな耕作は尋常小学校の恩師、菊川先生の勧めにより、家族の理解を得て中学受験をすることになる。一等の成績で合格したが、自分の中学進学に伴う家計の逼迫によって姉の富の結婚に支障が生じることを知り、中学校での学びを断念。高等小学校に進み、師範学校を経て教員になる道を志す。高等小学校に入った年の六月、耕作は研究授業で優秀さを示し、授業後、視学に声をかけられる。耕作の家が農業を営んでいることを知った視学は「頑張って勉強し給えよ。人間の一番の勉強は、困難を乗り越えることだ」と励ます。

その年の秋、拓一・耕作が思いを寄せる曽山福子（耕作と同い年）が深城の料理屋に芸者として売られる。父親が酒・博打で深城に多額の借金をしていたためであった。家の仕事（農業）や冬山造材で働いていた拓一は、いつか福子と結婚したいと思い、少しずつ竹筒に貯金をする。

髪結いの修業をしに札幌に行った佐枝は、器量よしのため、しつこく再婚を勧められたり勤め先の主人に言い寄られたりして、一所にい続けることができず、小樽・函館と移り住む。そして、函館で肺病にかかり、オーストラリア人の女性宣教師の家で療養することになる。また、拓一たちの祖母、キワも中風にかかる。父親が冬山造材で命を落とし、母親・祖母が病気になったことについて、「きっと何かの祟りだ」と言われることの多い耕作は、祖父の市三郎に「この石村の家、何かに祟られているべか」と問う。かつて教会に通ったことのある市三郎は「聖書には『正しき者には苦難がある』って、ちゃんと書いてあったぞ」と言い、イエス・キリストの十字架の死について話し、石村家が祟られているわけではないと語る。また、「辛いこと、苦しいことを通して、神さまが何かを教えてくれてるのかも知れんな。つまり、試練だな」とも言う。

高等小学校を卒業した十六歳の耕作は、同校の校長や菊川先生（尋常科での恩師）、視学の計らいで尋常高等小学校の代用教員となる。石村家の事情により師範学校への進学が困難だったためである。耕作の教員生活は、教え子たちと心を通わせる、温かいものであった。

耕作が十八歳の春、耕作を慕う深城節子は、その思いを耕作に打ち明ける。そして、父親の持ち込んだ縁談を断って家を出る。節子の思いを聞いた耕作も、節子のことが好きになる。

翌大正十五年五月二十四日、十勝岳の大爆発が起きた。佐枝が函館から上富良野に帰ろうとしていた矢先であった。轟音を聞いて様子を見に裏山に登った拓一と耕作は、山津波の襲来を目にする。二人は、家から出て来た祖父に向かって早く逃げるようにと叫ぶが、祖父母と良子は山津波に呑み込まれてしまう。その三人を助けるべく拓一は泥流に飛び込む。激流に押し流された拓一は頭部に衝撃を受けて失神したが、大木に引っかかって助かる。しかし、祖父母と良子は遺体で発見される。また、結婚して家を出ていた富（拓一・耕作の姉）の命も失われた。

耕作の胸には、祖父・良子の野辺送りの際に耳にした「心がけのいいもんは助かるよ」という、富の姑の言葉が刺さっている。耕作は拓一に「まじめに生きている者が、どうしてひどい目にあって死ぬんだべな」「まじめに生きていても、馬鹿臭いようなもんだな」と言う。その耕作に拓一は、耕作の疑問に対する答えは自分にも分からないが、まじめに生きることが馬鹿臭いとは思わないと語る。そして、「母ちゃんばうんと大事にするべな」と言う。その言葉に耕作も深くうなずく。

以上が『泥流地帯』のストーリーである。

三浦は一九八七年の講演の中で『泥流地帯』に言及し、次のように語っている。

「ヨブ記」という書が旧約聖書にあって、私は、その旧約聖書のヨブ記をテーマに、この『泥流地帯』を書いたわけです。とにかく、人間が苦難に遭うのはなぜか、ということをです。正しい人間が正しくない人間よりも苦難に遭うということもあるわけでしょう？　そういうときに、「どうして、どうして」と思うことがあるわけです。

（三浦綾子〔一九九七〕所収の「私と小説」(注4)）

『泥流地帯』（また次節で取り上げる『続　泥流地帯』）における聖句の受肉化について考えるために、ここでヨブ記の内容を見ておきたい。

「ウツの地」に住むヨブは「誠実で直ぐな心を持ち、神を恐れて悪から遠ざかっていた」人である（ヨブ記一章一節。聖書の日本語訳は『聖書　新改訳２０１７』に拠る。以下、同様）。ヨブは多くの財産を所有し、「東の人々の中で一番の有力者」であった（一章三節）。このヨブについて神はサタンに「彼のように、誠実で直ぐな心を持ち、神を恐れて悪から遠ざかっている者は、地上には一人もいない」と言う（一章八節）。しかし、サタンは神に反論し、「手を伸ばして、彼のすべての財産を打ってみてください。彼はきっと、面と向かってあなたを呪うに違いありません」と答える（一章十一節）。そのサタンに神は、ヨブの財産に手を出すことを許可。外敵の襲撃、天からの火、大風によってヨブは家畜、若いしもべたち、そして息子・娘たちを一時に失う。しかし、ヨブは地にひれ伏して礼拝し、「私は裸で母の胎から出て来た。また裸でかしこに帰ろう。主は与え、主は取られる。主の御名はほむべきかな」と言うのであった（一章二十～二十一節。太字の「主」は『聖書　新改訳２０１７』のもの）。

その後、サタンはヨブの信仰を評価する神に「手を伸ばして、彼の骨と肉を打ってみてください。彼はきっと、面と向かってあなたを呪うに違いありません」と言い、神から「では、彼をおまえの手に任せる。ただ、彼のいのちには触れるな」と、ヨブの体に手を出すことを許される（二章五～六節）。サタンの仕業により、ヨブの体は足の裏から頭頂まで悪性の腫物ができる。ヨブの妻は「神を呪って死になさい」と言うが、ヨブは「私たちは幸いを神から受けるのだから、わざわいも受けるべきではないか」と答え、神に対して不信仰な言葉を口にしなかった（二章九～十節）。

しかし、やがてヨブは苦しみのあまり、「私が生まれた日は滅び失せよ」（三章三節）と激しい言葉を発するようになる。そこから、ヨブを見舞いに来た三人の友とヨブとの間に議論が始まる。三人の友は善因善果・悪因悪果の見方を基にして、ヨブを様々な角度から批判。これに対してヨブは自分の正しさを主張する。ヨブの苦しみは、肉体上の大きな痛みのみならず、〈なぜ自分がこのような目に遭うのか分からない〉というところにある。ヨブは神に「何のために私と争われるのかを教えてください」と言う（十章二節）。

ヨブと三人の友との論争の後、そのやりとりを聞いていたエリフという若者が意見を述べる。エリフはヨブの欠点を指摘し、ヨブのとるべき姿勢を示す。エリフの主張の要点は「人は神を理解することができないのだから、自らを賢いとせず、力と公正と正義の神を恐れよ」ということである（『聖書　新改訳　注解・索引・チェーン式引照付』〔改訂新版、新改訳聖書刊行会訳、いのちのことば社、二〇〇五年〕「ヨブ記　緒論」）。

その後、「知識もなしに言い分を述べて、摂理を暗くするこの者はだれか」と神が語り始める。神は自然界に対するヨブの無知・無力さを思い知らせる。ヨブは神に「あなたには、すべてのことができること、どのような計画も不可能ではないことを、私は知りました」と答える（四十二章二節）。また、「私はあなたのことを耳で聞いていました。しかし今、私の目があなたを見ました。それで、私は自分を蔑み、悔いています」と言う（四十二章五〜六節）。神はヨブの三人の友に対して、「わたしのしもべヨブのように、わたしについて確かなことを語らなかった」と責める（四十二章七節）。三人が神の命じたとおりにヨブのところで全焼のささげ物をささげ、ヨブが彼らのために祈ると、神はヨブを元どおりにする。そして、ヨブはその後半生において、苦難の前よりも大きな祝福を与えられた。

『泥流地帯』の拓一・耕作、その家族は善良な人たちである。その善良な人たちに災難が次々と降りかかる。拓一たちの父親は冬山造材で命を落とし、母親は離れた地で肺病にかかり、祖父母と姉・妹は十勝岳の噴火で死んでしまう。家が流され、畑も泥土や大量の石で無惨な状態となる。『泥流地帯』の拓一・耕作はヨブのような〈受難者たる善人〉の立場に置かれている。ヨブ記を下敷きにして『泥流地帯』を書いた三浦の側から言えば、拓一・耕作を『泥流地帯』におけるヨブとして設定していることになる。これが『泥流地帯』における「御言葉の受肉化」の、一つの形であろう。ヨブという、はるか遠い昔の人物を拓一・耕作という現代の人物に移しかえ、家族の死・病、火山の爆発といったイメージしやすい話材を用いることによって、ヨブ記の内容や「苦難」の問題を読者に身近な形で提示しているのである。

なお、耕作のモデルは三浦の夫、光世であり、(注5) 拓一・佐枝（母親）・市三郎・キワ（祖父母）は各々、光世の兄・母親・母方の祖父母がモデルとなっている（三浦綾子〔一九七七b〕、三浦綾子〔一九九九b、第一章〕）。また、『泥流地帯』の舞台である上富良野は、三浦が生涯を過ごした旭川の近くにある。三浦は一九六二年六月、自宅から十勝岳の噴火を見ている。一九二六年五月の十勝岳爆発による惨事を題材として「苦難」をテーマに小説を書くよう三浦に勧めたのは光世であるが、そのように勧められたとき、三浦は自分の目で見た十勝岳爆発の光景を思い出し、心が動かされたという（三浦綾子〔一九九九b、第一章〕）。『泥流地帯』における聖句の受肉化について考えるとき、主人公たちのモデルと作品の舞台が身近な人物・場所であったことは意味深いものに思える。ヨブ記の内容や「苦難」の問題を読者に身近な形で提示するにあたり、作者自身において登場人物や舞台が具体的にイメージしやすかったと考えられるからである。

「まじめに生きている者が、どうしてひどい目にあって死ぬんだべな」という耕作の疑問は、文字どおりには、祖父母や姉・妹を含めて真摯で誠実な生き方をした被災地の人々の悲惨な死を問題にしている。(注6) しかし、そのように問う耕作の心には〈まじめに生きている自分が、なぜこのような目に遭うのか〉という思いも潜在していよう。「まじめに生きていても、馬鹿臭いようなもんだな」という耕作の言葉は、祖父母や姉・妹の生の意味のみならず、自分自身の生の意味に対して投げかけられた問いでもあろう。即ち、〈まじめに生きることに意味があるのか〉という問いである。

ヨブも、苦難に遭った当初は「主は与え、主は取られる。主の御名はほむべきかな」「私たちは幸いを神から受けるのだから、わざわいも受けるべきではないか」と言っているが、やがて「私が生まれた日は滅び失せよ」と自分の生を否定するような言葉を口にする。その裏には、神の前で誠実に生きてきた自分の生き方に意味があったのか、という懐疑があろう。苦難の意味が分からず、自分の生を肯定できない、という点でヨブと耕作は共通している。

苦難の意味が分からないという点では拓一も同様である。しかし、拓一は「おれはな耕作、あのまま泥流の中でおれが死んだとしても、馬鹿臭かったとは思わんぞ。もう一度生まれ変わったとしても、おれはやっぱりまじめに生きるつもりだぞ」と語る（「煙」）。〈受難者たる善人〉として拓一・耕作が『泥流地帯』のヨブだと言えることは前述のとおりであるが、拓一と耕作との間には、このような違いも見られる。この拓一と耕作の考え方の相違は、『続　泥流地帯』において、より対照的に描かれることになる。

〈受難者たる善人〉の一人である耕作は、父親の死や母親・祖母の病気について「きっと何かの祟りだ」と言われたり、祖父・妹の野辺送りの際に「心がけのいいもんは助かるよ」という言葉を聞いたりする。善因善果・悪因悪果の考えに基づく言葉が〈受難者たる善人〉の前で発せられるというのは、ヨブと三人の友との間で起きたことと同様である。ヨブと三人の友との対立の図式が小説『泥流地帯』の中に取り込まれていると言えよう。このことも「御言葉の受肉化」の一環であると見られる。ヨブの友が展開している論よりも、「きっと何かの祟りだ」「心がけのいいもんは助かるよ」というような考え方や言葉は読者にとって身近に感じられるであろう。

『泥流地帯』で忘れてならないのは、拓一たちの祖父、市三郎の存在である。上富良野に入植する前、福島で教会に通っていたことのある市三郎は、既述のように、「この石村の家、何かに祟られているべか」という耕作の問いに対して、祟りではないと答える。市三郎は「聖書には『正しき者には苦難がある』って、ちゃんと書いてあったぞ」と言い、罪なきイエス・キリストが罪人の身代わりに十字架にかかったことを話す。そして、「どうして辛いことや苦しいことが、あるんかなあ」という拓一の言葉に「辛いこと、苦しいことを通して、神さまが何かを教えてくれてるのかも知れんな。つまり、試練だな」と言う（「土俵」）。「聖書には『正しき者には苦難がある』って、ちゃんと書いてあったぞ」というのは、「正しい人には苦しみが多い」（詩篇三十四篇十九節）のような聖句に基づく言葉であろう。この詩篇三十四篇十九節の聖句は、『泥流地帯』について記した三浦光世（二〇〇一、第九章）の中でも言及されている。

市三郎によって語られたイエス・キリストの贖罪における〈身代わり〉ということについて、耕作は身近な例と関連づけて理解する。この箇所では、三浦が聖句の受肉化を図っていることがよく見て取れる。以下に引用する文章である。

「じっちゃん、つまりこうだべ。学校で誰かがガラス割ったとするべ。先生が、誰が割ったって怒鳴った時、割りもしない者が、おれですって言えば、先生がそいつを怒るべ。そしたら、本当に悪いことをした奴は、先生に叱られんですむもんな。そして、心の中で、すまんことをしたなあって、思うもな」

耕作は時々、他の者に代わって詫びることがある。だから、祖父の言葉がすぐにわかった。それは、家の中でもよくあることだ。子供たちの不始末を、よく祖母が、

「あ、それはばっちゃんが悪かった。ばっちゃんのしたことだ」

と祖父に詫びることがある。そしてそれは、母の佐枝もよくしていたことだと、耕作は思い出す。悪くない者が、自分が悪いと言って詫びる。それがキリストの十字架ということなんだなと、のみこみのいい耕作にはすぐにわかった。（「土俵」）


この引用箇所では、三浦が耕作の視点から、身近な例を引いて〈身代わり〉の贖罪について読者に分かりやすく説明している。どのように書けば、読者がキリストの十字架の意味を具体的に把握できるか、ということを考えた三浦の工夫が感じられる。

三浦の小説には、聖書の内容や聖句を語って重要な視点を提供する、三浦の声の代弁者的な人物（注7）が登場することがある（例えば、『天北原野』の菅井兼作や『雪のアルバム』の中山章）。その人物の言葉として聖書の言葉が語られるのであり、そこでは「御言葉の受肉化」が図られていると考えられる。市三郎も、そのような人物の一人であり、『続　泥流地帯』では拓一・耕作の母、佐枝が同様の役割を果たすことになる。

以上で見たように、『泥流地帯』では、主人公の一家を中心とする登場人物たちが多くの苦難に遭うというストーリーの中で、拓一や耕作が〈受難者たる善人〉として聖書のヨブの立場に据えられている。(注8)そして、〈受難者たる善人〉の前で、ヨブの三人の友が語ったのと本質的に同様の、善因善果・悪因悪果の考えに基づく言葉が発せられる。また、市三郎が三浦の声の代弁者的存在として聖書に基づく話をし、その話（の一部）について耕作の視点から説明が加えられる。『泥流地帯』では、そのようなあり方で聖書の言葉の受肉化がなされているのであった。

四、『続　泥流地帯』における聖句の受肉化

三浦のデビュー作『氷点』は続編を想定せずに書かれた、それ自体でまとまった一つの作品である。ところが、『氷点』の新聞連載終了後に、同作の結末（自殺を図って昏睡状態にある陽子が助かりそうだというもの）に不満を抱いた女子高校生が命を絶つ。このことに大きな衝撃を受けた三浦が「陽子が生きなければならない理由を書いておかねばならぬ」という思いで執筆したのが『続　氷点』であった（三浦綾子〔一九七一ａ〕）。『泥流地帯』と『続　泥流地帯』との関係は、『氷点』と『続　氷点』との関係のようなものではない。『泥流地帯』は連載の途中で、掲載紙『北海道新聞』の担当者から分量、連載終了時期についての要請があり、三浦の予定より分量が少なくなったようである（三浦光世〔二〇〇一、第十章〕）。三浦が思う存分に書き上げたものではないということである。そのような事情もあってか、ヨブ記を下敷きにして「苦難」というテーマを追究した小説としては、『泥流地帯』は物足りなさを感じさせる。三浦光世（同上）によると、『泥流地帯』の連載終了から半年ほど後（同作の単行本が新潮社から出版された頃）に北海道新聞社から続編連載の依頼があり、『続　泥流地帯』が書かれることになったら

しい。『続　泥流地帯』を読むと、『泥流地帯』『続　泥流地帯』を二作としてではなく、一つの作品として捉えたほうがよいと思わされる。『泥流地帯』は「中断された形」（三浦光世〔同上〕）である観が否めない。(注9)

本節では、以下まず『続　泥流地帯』のストーリーを見る。その後、『続　泥流地帯』において聖書の言葉の受肉化がどのように行われているかを考える。『続　泥流地帯』についての考察との関連で『泥流地帯』についても言及することになる。

『続　泥流地帯』は、十勝岳の噴火から一ヶ月半ほど後、七月十一日の村葬の場面で始まる。百四十四人の遺骨が棺に納められ、(注10)千五百人が集まっている。その会衆の中に拓一・耕作、その母親の佐枝もいる。誠実な人柄で慕われている上富良野村長、吉田貞次郎が弔辞の中で村の再興に言及し、耕作は土地の復興の意思を強く持つ拓一のことを考える。拓一は亡き祖父母の開拓の苦労を思い、三重からの入植者たちが見切りをつけた田を借りて稲作を試みようとしているのであった。しかし、その土は泥流の影響で硫黄臭い土になっている。耕作には、とても復興できるとは思えない。耕作は一途な拓一を評価しつつも、土地の復興については否定的である。

或る日、菊川先生を囲んで、拓一や耕作など何人かの同窓生が集まる。菊川先生は十勝岳爆発時の泥流で妻子を失っている。一同の間で、今度の災害で命が助かった人は普段の心がけが良かったのか、という話になる。また、被災した地域は祟られているのかという疑問や、神罰か仏罰だという声も出る。菊川先生は、普段の心がけと命が助かったか否かとは無関係だと言い、祟りや神罰・仏罰で被災したのでもないと話す。その菊川先生に耕作は「したら先生、一体どうして、まじめな者がこんなひどい目に遭うんですか。こんなひどい苦しみに」と問う。真実な生き方が報われるものであってほしい、というのが耕作の思いである。菊川先生は耕作に「どうしてこんな目に遭ったかなんて、考えてる暇は先生にはないよ。それは、第一考えてわかることではないからな。お寺さんか、キリスト教の牧師さんにでも、聞かなきゃわからんことだよ」と言う。そして、「とにかく、災害に遭うと、人の情が身に沁みるよ。先生はなあ、家内と子供は失った代わりに、感謝ということが、わかったような気がするなあ。失ったものばかり数え上げてみても、生きる力にならん。自分に残されたものを、数えて感謝しなくちゃなあ」と語る。

十勝岳爆発の翌年の二月、深城が妻のハツを家から追い出す。他の女性を家に引き入れるためであった。その仕打ちに憤った節子（深城の先妻の子）は、ハツと共に旭川の医師、沼崎重平のもとに身を寄せる。キリスト信者の沼崎は人々から敬慕される人格者であり、大きな病院の院長である。その病院で節子とハツは住み込みで働く。

拓一は吉田村長と思いを一つにして村の土地の復興に励む。土地の復興は無理だと考えていた耕作も、学校の仕事の傍ら拓一の作業を手伝い、復興に前向きになってゆく。しかし、深城ら復興反対派は博徒を使い、ひどい遣り口で復興を妨害する。

十勝岳の噴火から一年経った五月末、拓一は心血を注いできた田に種を蒔く。種は芽を出すが、酸性の土質ゆえに根を下ろさなかった。しかし、拓一は諦めず、将来を期する。その拓一に悲劇が起きる。六月の或る日、耕作が夜道で復興反対派の輩たちに絡まれているところに助けに入り、耕作をかばって棍棒で殴打され、左足下腿部の骨折という重傷を負ったのである。

耕作の胸には、なぜ善人の拓一が次々と災難に遭い、深城のような悪人が順風満帆に生きているのか、という思いが憤りとともにわだかまっている。その耕作にと、佐枝は入院中の拓一の病室に、紙を挟んだ聖書を置いて行く。拓一の世話をしに来る耕作にヨブ（約百）記を読ませようとしてのことであった。紙の挟まれた箇所を開いた耕作はヨブ記を読み始める。そこには、子や財産を一時に失ったヨブが神の主権を尊び、不満を口にしなかった、という話が書かれていた。この箇所を三度読んだ耕作は、かつて祖父、市三郎から聞いた話であることに気づく。

入院していた拓一は三ヶ月後に家に帰るが、骨折したところは変形治癒で、足を引きながら歩く体となってしまっている。それを見た叔父の修平は立腹し、なぜ拓一がこのような目に遭うのか、と疑問を口にする。耕作はその話を聞きながら、三ヶ月の間に幾度か読み返したヨブ記のことを思う。ヨブ記は耕作にとって難解であった。耕作は善因善果・悪因悪果の考えを根強く持っていたからである。拓一・耕作は善因善果・悪因悪果の考え方が人間の願望・理想に過ぎず、現実に即したものではないことに気づいている。耕作は修平に、義人ヨブの受けた苦難やキリストの十字架の話をする。

苦難を悪行の結果として捉えたり先祖の祟り、神罰・仏罰と考えたりすることは妥当でないという拓一・耕作の意見を聞いた修平は納得しつつも、「しかし、どうしていい者がいい目を見るとは限らないのかなあ」と言う。拓一は、人間の頭では計り知ることのできない何かが隠されているのではないかと答え、佐枝に話を振る。佐枝は、「神は愛なり」ということだけを信じていればよい、と牧師が言っていたことを話す。愛なる神がなぜ災難を下すのかという修平の問いに、佐枝は「今、拓一が言ったように、人間の思いどおりにならないところに、何か神の深いお考えがあると聞いていますよ。ですからね、苦難に遭った時に、それを災難と思って歎くか、試練だと思って奮い立つか、その受けとめ方が大事なのではないでしょうか」と語る。正しい者がなぜ災難に遭うのか、どうしても分からないと言う修平に、拓一は「わかってもわかんなくてもさ、母さんの言うように、試練だと受けとめて立ち上がった時にね、苦難の意味がわかるんじゃないだろうか」と明るい声で返す。その拓一の言葉に耕作も深くうなずく。

翌年の六月、稲が根づく。田草取りなどの重労働を経て、稲刈りの日が来る。その日は福子が節子と共に深城の店（深雪楼）をこっそり出て、旭川に向かう日でもあった。福子は節子の強い勧めにより、苦界から逃れて旭川の沼崎重平のもとに身を寄せることになったのである。拓一と福子は互いに結婚したいという気持ちを抱いている。福子が無事に始発の汽車に乗れたら、その窓から節子が白いハンカチを振って拓一たちに知らせることになっている。福子が乗れなかったら、赤いマフラーが振られる。朝の六時半過ぎ、稲に鎌を入れていた拓一・耕作の耳に上富良野駅を出た一番列車の汽笛が聞こえる。丁度、吉田村長が稲刈りの手伝いに来たところである。間もなく列車が現れた。客車の窓から振られたのは白いハンカチであった。

以上が『続　泥流地帯』のストーリーである。

善人が苦難に遭うのはなぜか――『泥流地帯』において提示された問題が、『続　泥流地帯』でも耕作や修平（耕作の叔父）によって繰り返し問われている。菊川先生や拓一・耕作は善因善果・悪因悪果の考え方を否定するのであるが、善人が苦難に遭う理由についての明確な解答は出されていない。菊川先生は十勝岳爆発による災禍について、「どうしてこんな目に遭ったか」は「考えてわかることではない」と言う（「移転」）。また拓一も、「どうしていい者がいい目を見るとは限らないのかなあ」という修平の疑問に対して、「それは俺たちには、わからないけどさあ。吾々人間の頭では計り知ることのできない何かが隠されているんじゃないのかなあ」と答える（「新秋」）。拓一は『泥流地帯』の末尾でも、「まじめに生きている者が、どうしてひどい目にあって死ぬんだべな」という耕作の問いに「わからんな、おれにも」と答えている（「煙」）。

まじめに生きている善人がひどい目に遭う理由は人間には分からない、ということが『泥流地帯』『続　泥流地帯』で繰り返し語られている。貧しさの中で開拓・農業に励んできた市三郎たちの死、泥流により荒れ果てた土地、その復興を志す拓一のことなどを考える耕作が抱く「なぜ、こんな苦しみを、孫子の代まで負っていかなければならないのか」（『続　泥流地帯』「移転」）という思いについて、佐古純一郎氏は「この耕作の「なぜ?」という問いに対して誰しも簡単に答えることはできないのであって、三浦さんもこの小説でその答えを出しているわけではない」と書いている（新潮文庫『続　泥流地帯』末尾の「解説」）。佐古氏の言うとおりであろう。

しかし、善人が苦難に遭う理由が人間には分からないからといって、その理由が全く存在しないということにはならない。「一体どうして、まじめな者がこんなひどい目に遭うんですか」という耕作の問いに対して「考えてわかることではない」と言った菊川先生は「お寺さんか、キリスト教の牧師さんにでも、聞かなきゃわからんことだよ」と続ける（「移転」）。人知を超えた次元に答えがあるのではないか、ということである。なぜ善人が良い目を見るとは限らないのかという修平の疑問に対する拓一の返答（「吾々人間の頭では計り知ることのできない何かが隠されているんじゃないのかなあ」）も、菊川先生の言葉と軌を一にしている。

クリスチャンの佐枝は〈人知を超えた次元〉をキリスト教の神に限定する。人間には分からない事柄の背後に愛なる神の深い考えが存在する、というのが佐枝の見方である。ここで佐枝は三浦の声の代弁者となっている。(注11) 佐枝の見方は、『泥流地帯』で市三郎が語った「辛いこと、苦しいことを通して、神さまが何かを教えてくれてるのかも知れんな。つまり、試練だな」（「土俵」）という言葉と通底する。佐枝も市三郎と同じく「試練」という語を用いて、「苦難に遭った時に、それを災難と思って歎くか、試練だと思って奮い立つか、その受けとめ方が大事なのではないでしょうか」と言う（「新秋」）。理不尽と思えるような苦難が善人に降りかかる理由は分からなくても、愛なる神の摂理があることを信じ、苦難を試練として受けとめて奮起することが大切である――これが『泥流地帯』『続　泥流地帯』の結論であろう。

拓一は佐枝の言葉を受けて、「母さんの言うように、試練だと受けとめて立ち上がった時にね、苦難の意味がわかるんじゃないだろうか」と言っている（「新秋」）。「苦難の意味」という言葉に注目したい。苦難の理由を知ることよりも、苦難の意味をつかむことが重要であり、そのためには苦難を試練として受けとめて立ち上がる必要がある、というのが三浦の言わんとすることであると考えられる。

それでは、「試練」とは何か。この語は『泥流地帯』『続　泥流地帯』に三回出てくる。いずれも、先ほど引用したものである。『泥流地帯』における市三郎の言葉、『続　泥流地帯』における佐枝・拓一の言葉の中に一回ずつ使用されている。『日本国語大辞典　第七巻』（第二版、小学館、二〇〇一年）には「試練」の語釈として次のように書かれている。

さまざまなことを試みて人をきたえること。また、ある事を成し遂げたり人生を送っていったりする上でぶつかる苦難。それによって精神的にきたえられる場合についていう。

「それによって精神的にきたえられる場合についていう」という記述は重要である。三浦が、祈りについての入門書『天の梯子』の中で「病床は自分に与えられた試練の場所である。自分を練り鍛える場所である」（第四章）と書いているのも、苦難をとおして練り鍛えられる体験として「試練」を捉えているものと見られる。新約聖書に記されている、「様々な試練にあうときはいつでも、この上もない喜びと思いなさい。あなたがたが知っているとおり、信仰が試されると忍耐が生まれます」（ヤコブ一章二～三節）という言葉が思い起こされる。

『泥流地帯』の市三郎も「辛いこと、苦しいことを通して、神さまが何かを教えてくれてるのかも知れんな。つまり、試練だな」と言っている。苦難が単なる「辛いこと、苦しいこと」ではなく、それをとおして神から何かを学べるような性質のものであると捉えられるとき、その苦難は「試練」と呼べる――市三郎の言う「試練」とはそういう意味であろう。「苦しみにあったことは　私にとって幸せでした。それにより　私はあなたのおきてを学びました」

という聖句（詩篇一一九篇七十一節。引用中の一字スペースは『聖書　新改訳２０１７』のもの）が連想される。

先に見たように、十勝岳爆発による山津波で妻子を失った菊川先生は、大きな災禍が降りかかった理由を考えている暇は自分にはないし、その理由は「考えてわかることではない」と言いつつも、「災害に遭うと、人の情が身に沁みる」「家内と子供は失った代わりに、感謝ということが、わかったような気がする」「自分に残されたものを、数えて感謝しなくちゃなあ」と話している（『続　泥流地帯』「移転」）。被災したことで人情の有り難さを知り、今自分にあるものに目を向けて感謝することの大切さを学んだ、ということである。苦難に遭った理由は分からなくても、菊川先生は苦難をとおして大事なことを教えられたのである。

佐枝の言う「試練」も、市三郎の言う「試練」と同様に、愛なる神の深い考えが背後に存在する苦難のことであると了解される。愛なる神の深い考えがあるのだから、その苦難は単なる災難ではなく、何らかの益となるものであるに相違ない、というのが佐枝の理解であろう。拓一の言う「試練」も、「苦難の意味」の把握に繋がる（その点で有益な）ものを指している。

ヨブ記においてヨブが体験した苦難も、上のような意味での「試練」であった。ヨブは自分に次々と降りかかった苦難の理由――なぜ自分がこのような目に遭うのか――を、ヨブ記の最後に至っても神から知らされていない。しかしヨブは、顕現した神の語る言葉によって、自分の無知・無力さと、神が全能者であり、ヨブの理解を超えた摂理・計画を有していることを知る。ヨブは大きな苦難をとおして、神がどういう存在であるかを学んだのである。神はその学びをヨブにさせるために、サタンの求めに応じ、ヨブに災いをもたらすことを許可したと言えよう。サタンはヨブを神から引き離すべくヨブに災難をもたらしたが、神はサタンの狙いを逆手に取って、ヨブをより深い信仰へと導いたのである。

ヨブが苦難の理由を神から知らされなかったにもかかわらず、苦難をめぐる論争が神の顕現によって終わったことについて、三浦は次のように書いている。

神の知恵とそのみ心は、人間には計りがたく、きわめがたいものなのだ。だから、人間にとっては、「神がいられる！」という一事がわかれば、それで充分なのだ。あとはすべてを神にゆだね、託すればよいのだ。人間の考えをはるかに越えた、神の配慮を喜べばいいのだ。人間の知恵はしょせん頼むに足りない。神への全き深き信頼、それが信仰なのである。

（三浦綾子〔一九七四、第十二章〕）

ただし、「すべてを神にゆだね、託すればよい」「人間の考えをはるかに越えた、神の配慮を喜べばいい」と言われても、そもそも神の存在が信じられないという人も少なくないであろう。そのような人にとって、「神への全き深き信頼」というのは遠い世界、自分とは異なる世界のことのように感じられるはずである。上の引用箇所に示されている三浦の信仰を小説の中でストレートに表現しても、受け入れ難い読者が多いであろうことは容易に想像できる。三浦も、そのことをよく分かっていたにちがいない。そこで三浦は、『続　泥流地帯』においてクリスチャンの佐枝に、三浦の信仰をやわらかな形で語らせている。善人が大きな苦難に遭うのはなぜか、ということについて拓一から「母さんは教会に住みこんでいたから、いろいろ聞いてるだろうけどさ」と話を振られた佐枝は「ええ、母さんもね、これはいろいろ考えたことだし、お話も聞きましたよ。母さんに話してくれた牧師さんはねえ、『神は愛なり』って。そのことだけを信じていたらいいって」と言う（「新秋」）。「神は愛なり」ということだけを信じていたらよいというのは三浦の信仰であり、佐枝の信仰でもあるのだが、佐枝が牧師から聞いた話として語られている。そのような間接的な語り方のほうが幅広い読者に受け入れられやすい、という三浦の考えが透けて見える。

愛なる神がなぜ災難を下すのかという修平の問いに対する佐枝の返答「今、拓一が言ったように、人間の思いどおりにならないところに、何か神の深いお考えがあると聞いていますよ」も間接的な表現である。「人間の思いどおりにならないところに、何か神の深いお考えがある」というのは三浦の信仰、佐枝の信仰である。しかし、「今、拓一が言ったように」と拓一の言葉を引き合いに出し、さらに「〜と聞いていますよ」と伝聞表現で語っている。佐枝が引き合いに出した拓一の言葉は「吾々人間の頭では計り知ることのできない何かが隠されているんじゃないのかなあ」というものであるが、この言葉においても三浦の信仰が間接的に表現されている。三浦は、不条理に思える苦難の背後に「人間の頭では計り知ることのできない何かが隠されている」と考えている。それが三浦の信仰である。しかし、その信仰を、クリスチャンでない拓一の言葉として、また「〜じゃないのかなあ」という断定的でない表現で語っている。

このような間接的表現は『泥流地帯』における市三郎の言葉「辛いこと、苦しいことを通して、神さまが何かを教えてくれてるのかも知れんな。つまり、試練だな」にも見られる。「辛いこと、苦しいことを通して、神さまが何かを教えてくれてる」というのは三浦の信仰なのであるが、三浦は「〜のかも知れんな」という断定的でない表現で市三郎に語らせている。市三郎のモデルは、三浦光世の母方の祖父、宍戸吉太郎《きちたろう》氏である（三浦綾子〔一九七七b〕）。三浦光世（二〇〇六）によると、宍戸氏は北海道に移住する前、二十歳の頃、福島でキリスト教の洗礼を受け、北海道においても「祖父の家では、折にふれて聖書が読まれ、讃美歌の声が聞こえ、聖画（聖書を題材とした絵）が掲げられていた」（四一頁）という。この宍戸氏をモデルとした市三郎は、「じっちゃん、キリスト信者か」という問いに「福島で、伊達の教会に通ったもんだが、まだそこまで行かんべな」と答えている（このことは注（7）でも触れた）。また、話の中で聖書に言及する市三郎に孫が尋ねた「じっちゃん、その聖書って、どこにある？」という問いに対して、「内地から来る時、青森でな、ちょっと間に風呂敷包みを盗まれてな。そん中に入ってたんだ」と言う（『泥流地帯』「土俵」）。三浦光世が十三歳まで十年ほど預けられていた宍戸家とは異なり、拓一や耕作の育った市三郎の家では、聖書が読まれたり讃美歌が歌われたり聖画が掲げられたりしていたわけではない。

『泥流地帯』では市三郎が、クリスチャンに近い人物、「半クリスチャン」として設定されている。三浦文学では半クリスチャンが作中で重要な役割を担っていることがあり（例えば、小説『銃口』において主人公の北森竜太に大きな影響を与えた坂部久哉）、市三郎もその一例である。クリスチャンの登場人物がキリスト教信仰や聖書について語っても、ノン・クリスチャンの読者は、自分とは縁遠い話として受けとめるかもしれない。しかし、同じ話を半クリスチャンが語れば、ノン・クリスチャンの読者の受けとめ方は少し異なるのではないか。作者の伝えたいメッセージが、より受け入れられやすくなるのではないか。三浦には、そのような考え・期待があったものと見られる。

上述のように、『泥流地帯』『続　泥流地帯』では、クリスチャンの佐枝、ノン・クリスチャンの拓一、半クリスチャンの市三郎をとおして三浦の信仰・メッセージが間接的な表現で語られている。また、『続　泥流地帯』ではヨブ記の内容が耕作の視点から紹介されている。耕作はヨブ記やキリストの十字架の話を基にして、善因善果・悪因悪果の考えの問題点（『泥流地帯』『続　泥流地帯』で三浦が語りたかったことの一つ）を指摘する。ヨブ記の内容紹介や因果応報的見方の問題点の指摘が、クリスチャンの佐枝によってではなく、ノン・クリスチャンの耕作によってなされていることに注目したい（因果応報的見方が妥当でないことは、菊川先生・市三郎・拓一によっても語られている）。ここでも三浦は、ノン・クリスチャンの視点・言葉だからこそ読者に与えることのできる効果――三浦の伝えたいことが読者に受け入れられやすくなること――を狙っているのであろう。

第一節・第二節で述べたように、三浦文学は、三浦の信仰を作品の形で表現した「あかしの文学」であり、「御言葉の受肉化」を図ったものである。「御言葉の受肉化」とは、聖句や聖句への作者の信仰を、小説のストーリーと登場人物によって読者に分かりやすく示すことであった（第二節）。「分かりやすい」というのは、理解のしやすさのみならず、身近に感じられるということでもある。子なる神が受肉したことによって、神が人間にとって身近な存在となった。「受肉」と「身近性」とは密接な関係にある。『泥流地帯』『続　泥流地帯』において、聖句や聖句への三浦の信仰が読者にとって身近なものに感じられるようにと、三浦は半クリスチャン（市三郎）、ノン・クリスチャン（耕作・拓一・菊川先生）、クリスチャン（佐枝）という三タイプの人物を設定し、伝聞・婉曲といった間接的表現を多用しているのであった。

五、聖書の言葉、文学の言葉とコロナ禍

第三節・第四節では、『泥流地帯』『続　泥流地帯』を対象として、聖書の言葉の受肉化がどのようになされているのかを見た。聖句を受肉化した文学の言葉（或いは、文学の言葉に受肉化された聖句）は現今のコロナ禍において如何なる意味を有するのであろうか。

世界中の人が当事者であるコロナ禍にあっては、誰もが多かれ少なかれ様々な苦難を負っていると言えよう。その苦難の中で一人一人が問われているのは、『続　泥流地帯』で佐枝が語った「災難と思って歎くか、試練だと思って奮い立つか」ということではなかろうか。苦難の受けとめ方の問題である。

コロナ禍において聖書のヨブ記から力を与えられる人もいるであろう。或いは、生まれつき目の見えない物乞いに

ついてイエス・キリストが語った「この人が罪を犯したのでもなく、両親でもありません。この人に神のわざが現れるためです」という言葉（ヨハネ九章三節）に励まされる人もいよう。しかし、ヨブ記を読んでも難解であったり、しっくりこなかったりするかもしれない。その可能性は十分に考えられる。そもそも、神とサタンの対話などということが本当にあったのか、ヨブ記の話自体が現実味を帯びていない、絵空事のような印象を抱く読者もいるのではないか。聖書に「この人が罪を犯したのでもなく、両親でもありません。この人に神のわざが現れるためです」とあっても、「神」の存在が信じられない人にとってはピンとこなくても不思議ではない。

三浦は聖書やキリスト教信仰のことを、何とかして多くの人に伝えたいと願っていた。分からない人には分からなくてよい、信じられなければ信じなくてよい、というような割り切り方をしなかった。小説において様々な仕掛けを作り、工夫を凝らして、聖書の言葉や自分の信仰を分かりやすく、読者に受け入れられやすい形で伝えようとした。『泥流地帯』『続　泥流地帯』には、そういう三浦の努力・工夫の跡が随所に見られる。そして、そこには、不自然な作為が（あまり）感じられない。

コロナ禍において、「なぜ、こんなひどい目に遭うのか」という問い・嘆きに苛まれている人は少なくないであろう。そういう人に『泥流地帯』『続　泥流地帯』は一つの道を示す。「なぜ、こんなひどい目に遭うのか」、その理由は人間の頭では分からないかもしれない。しかし、理由を知ることより大事なことがある。それは苦難の受けとめ方である。ひどい災難が降りかかったと嘆いたままでいるのではなく、何らかの益に繋がるものと受けとめて立ち上がること。さらに言えば、理由の分からない苦難の背後にも愛なる神の摂理があると信じること。――『泥流地帯』『続　泥流地帯』は、こういう道を読者の前に、押し付けがましくない形で提示している。そして、善因善果・悪因悪果の見方に囚われて自他を苦しめてはならないことを教えている。『泥流地帯』『続　泥流地帯』を読んで希望や力が与えられた、入信に繋がった、という人たちがコロナ禍以前からいる（例えば、近藤弘子〔二〇一九〕、土屋浩志〔二〇一九〕に綴られている体験談を参照されたい）。「苦難」というテーマのもと、ヨブ記を下敷きにして聖句の受肉化を図った『泥流地帯』『続　泥流地帯』の言葉（そこに受肉化された聖書の言葉）はコロナ禍において苦しむ人々にも示唆や希望・力を与えるにちがいない（平松庸一〔二〇二〇〕には、コロナ禍の中で『泥流地帯』『続　泥流地帯』から感動や示唆を与えられたということが記されている）。

六、ヨブ記・『泥流地帯』『続　泥流地帯』における人間関係

ヨブ記、『泥流地帯』『続　泥流地帯』をめぐって、コロナ禍との関連でさらに述べておきたいことがある。第三節で述べたように、ヨブ記と『泥流地帯』との間には、善因善果・悪因悪果の考えに基づく言葉が〈受難者たる善人〉の前で発せられるという共通性が見て取れる。ヨブと三人の友との対立の図式が『泥流地帯』の中に取り込まれているのである（この図式が『続　泥流地帯』にも見られることは後に触れる）。

ヨブ記において、三人の友がヨブを訪ねて来たのは「ヨブに同情し、慰めようと」してのことであった（ヨブ記二章十一節）。三人は当初、ヨブに降りかかった災いを悲しみ、ヨブが極めて大きな痛みの中にあるのを見て、一言も発せず、長いことヨブと共に地に座っていた。しかし、ヨブが自分の生を呪うと、友の一人、エリファズが口を開く。その言葉はヨブに力を与えはしなかった。「だれか、潔白なのに滅びた者があるか。どこに、真っ直ぐなのに絶たれた者があるか。私の見てきたところでは、不法を耕して害悪を蒔く者が、自らそれらを刈り取るのだ」（四章七～八節）といった、因果応報的な考えに基づく言葉を投げかけられたヨブは「真っ直ぐなことばは、なんと痛いことか」（六

章二十五節）と言っている。エリファズ以外の二人の友も様々なことを語るが、彼らの言葉もヨブの助けになっていない。三人の友はヨブを慰めようとして訪ねて来たのであるが、対立・分断が引き起こされてしまっている。彼らが来る前、ヨブは妻から「あなたは、これでもなお、自分の誠実さを堅く保とうとしているのですか。神を呪って死になさい」（二章九節）と言われている。三人の友によって、ヨブはさらに孤立感を深めたであろう。

『泥流地帯』においても、父親が若くして死に、母親・祖母が病にかかった耕作や良子に「きっと何かの祟りだ」と言う人がいたり、(注12)十勝岳の噴火による山津波で家族を失った耕作の傍で「心がけのいいもんは助かるよ」と心ない言葉を発する人（耕作の姉の姑）がいたりする。『続　泥流地帯』でも、暴漢に襲われている耕作をかばって足に重傷を負った拓一に対して、「悪いことつづきってのは、やっぱり心がけが悪いんじゃないかとか、この家を借りたから、前に住んでいた人たちの祟りに遭ったとか」いうことを面と向かって言った人がいることが、拓一の口から語られている（「新秋」）。

しかし、注目したいのは、『泥流地帯』『続　泥流地帯』において〈受難者たる善人〉が孤立していないことである。拓一と耕作は苦しみを共にし、支え合い、助け合っている。十勝岳噴火以前は、拓一・耕作の人生の師と言うべき祖父の市三郎が共に住んでおり、祖母・姉妹もいた。近くには何かと助けてくれる叔父家族もいる。噴火後は、函館から帰って来た佐枝が二人の支えとなる。若くして夫を失った佐枝は長いこと家族と離れて暮らし、肺病にかかりもしたが、函館でオーストラリア人宣教師との良き出会いがあり、キリスト教信仰を得た。曾山福子は、父親の借金のため、尋常小学校を卒業した年の秋に芸者として売られ、苦界で苦しみ、十勝岳噴火時に兄以外の家族を失うが、拓一・耕作・佐枝や深城節子が彼女の力となる。その福子は、土地の復興に励む拓一を勇気づける存在である。(注13)菊川先生、花井先生（教員となった耕作の同僚）や吉田村長夫妻、村の青年団の人たち、また旭川の沼崎重平も、こうした連帯・

助け合いの輪の中にいる。〈受難者たる善人〉が連帯・助け合いの輪の中で支えられている『泥流地帯』『続　泥流地帯』は、〈受難者たる善人〉が孤立するヨブ記を反転した構図となっている。

ヨブ記においても、三人の友がヨブを訪ねて来たのは良い動機によることであった。ヨブ記の末尾で、三人の友が神の命令に従ってヨブの目の前で全焼のささげ物をささげ、ヨブがその友たちのために祈った、というのはヨブと友たちとの和解を意味していよう。また、ヨブの苦難が過ぎ去り、神がヨブの財産を以前の二倍にした後、「彼のすべての兄弟、すべての姉妹、それに以前のすべての知人」が来て、家で共に食事をし、ヨブを慰めたと書かれている（四十二章十一節）。このようにヨブは、最終的には連帯の輪の中に戻されている。

コロナ禍の中で、人間にとって、また社会において何が大切なのかが問われている。イギリスでは二〇一八年一月に孤独担当大臣（Minister for Loneliness）が任命された。日本でも二〇二一年二月、内閣官房に孤独・孤立対策担当室が設けられた。ヨブ記も『泥流地帯』『続　泥流地帯』も、人間同士の結び付きの中で助け合い、支え合うことの大切さを教えてくれているのではなかろうか。また、そういう連帯の妨げとなり、人間相互の間に分断をもたらすのが因果応報的な見方に基づく言葉であることを示していよう。（注14）コロナ禍においてヨブ記、『泥流地帯』『続　泥流地帯』から学べることは少なくない。

七、おわりに

以上、本章では『泥流地帯』『続　泥流地帯』を対象として、三浦文学における「御言葉の受肉化」とは如何なることなのかを見てきた。三浦文学における「御言葉の受肉化」とは、聖句（即ち聖書の言葉）や聖句への三浦の信仰を、小説のストーリーと登場人物によって読者に分かりやすく示すことであった。具体的には次のようなことである。『泥流地帯』『続　泥流地帯』では、主人公の一家を中心とする登場人物たちが多くの苦難に遭うというストーリーの中で、石村拓一や耕作が聖書のヨブのような〈受難者たる善人〉として設定されている。そして、家族の死・病や火山の爆発といった、読者にとってイメージしやすい話材を用いて、善人がなぜ大きな苦難に遭うのか、まじめに生きることに意味があるのか、という問題が追究されている。また、〈受難者たる善人〉の前で善因善果・悪因悪果の考えに基づく言葉が発せられる、というヨブ記に見られる図式が『泥流地帯』『続　泥流地帯』の中に取り込まれている。そこにおいて三浦は、「きっと何かの祟りだ」「心がけのいいもんは助かるよ」「悪いことつづきってのは、やっぱり心がけが悪いんじゃないか」といった、読者にとって身近に感じられるであろう言葉を用いている。『泥流地帯』『続　泥流地帯』における「御言葉の受肉化」はヨブ記のみならず、イエス・キリストの十字架における〈身代わり〉ということとの関連でも指摘できる。この十字架の〈身代わり〉については、三浦の声の代弁者たる市三郎が家族の前で話すのであるが、その〈身代わり〉とは如何なることかが、耕作の視点から身近な例をとおして語られている。

また三浦は『泥流地帯』『続　泥流地帯』において、聖句や聖句への三浦の信仰を読者が身近に感じ、受容しやすいようにと、半クリスチャン（即ち、クリスチャンに近い市三郎）、ノン・クリスチャン（耕作・拓一・菊川先生）、クリスチャン（佐枝）という三タイプの人物を設け、間接的な表現を多用している。このことも、「御言葉の受肉化」の一つのあり方・方法なのであった。

本章では、上のようなあり方で聖句を受肉化した文学（具体的には『泥流地帯』『続　泥流地帯』）の言葉――換言すれば、そこに受肉化された聖句――が現今のコロナ禍において如何なる意味を有するのか、ということについても述べた。さらに、コロナ禍との関連で、ヨブ記・『泥流地帯』『続　泥流地帯』における人間関係のありようを見た。

二〇二二年は三浦綾子生誕百年にあたる。また、上富良野町の「地域再生計画」（内閣府認定）の一環として、「泥流地帯映画化プロジェクト」が進められている。この映画はいずれ全国で公開される予定である。このような機会に『泥流地帯』『続　泥流地帯』が広く読まれ、そして『泥流地帯』『続　泥流地帯』がきっかけとなって多くの人々が聖書を開くようになれば、と願っている。三浦が願っていたのも、自分の作品を契機に人々が聖書を読むようになることであった（本書第二章）。

本章では聖句の受肉化という観点から『泥流地帯』『続　泥流地帯』について見てきたが、この作品には、聖句の受肉化ということとは異なるところで指摘できる魅力や重要な内容が数多くある。それらについては機会を改めて述べたい。また、『泥流地帯』『続　泥流地帯』以外の三浦の小説や他の作家の作品において〈聖句の受肉化〉が如何なるあり方で見られるのか、ということについても今後考察したい。

注

（1）『泥流地帯』は一九七六年一月から同年九月にかけて『北海道新聞』日曜版に連載され、一九七七年三月に新潮社から単行本が刊行された。『続　泥流地帯』は一九七八年二月から同年十一月にかけて同新聞の日曜版に連載され、一九七九年四月に新潮社から単行本が刊行された。この二作品が書かれるに至った経緯については三浦光世（二〇〇一、第九章・第十章）に記されている。

（2）「あかし文学賞」は『クリスチャン新聞』が「これからの文書伝道の推進を目的」として、「教職者を含む、プロテスタント教会員」から「神との出会いに導くあかしの文章を広く公募」したものである（『クリスチャン新聞』一九七八年一月一日号、七面）。三浦は同賞の選考委員の一人であった。三浦文学が「あかしの文学」であることは、三浦自身が公言していたとおりであるが（『ごめんなさいといえる』『氷点』読者の便りから」、三浦綾子（一九七五））、募集の趣旨説明（三浦が執筆したものではない）の中でも触れられている。

（3）三浦綾子（一九七六）には、『泥流地帯』執筆のための取材時に、一九二六年五月の十勝岳爆発で被災した人たちの話を聞きながら「私（竹林注…三浦）の胸にあった、永遠のテーマともいえる「人間の苦難」が次第に受肉して行った」（傍点、竹林）と記されている。

（4）引用の冒頭「「ヨブ記」という書」は、三浦綾子（一九九七）を改題・文庫化した三浦綾子（一九九九ａ）の本文に拠る。一九九七年刊の単行本の初版には「「ヨブ記」という章」とある。

（5）光世は耕作と同様に、幼時に父親と死別し（ただし、光世の父親は肺結核による死）、その後、長いこと母親と離れて暮らす。光世の母親も佐枝と同じく、夫の死後、髪結いになるべく札幌に出たのである。光世には兄が一人、姉と妹がそれぞれ一人ずついたのも耕作と同じである（ただし、光世の姉は伯父夫妻の養子になっていた）。成績優秀であった光世は尋常小学校から中学校に進むことを望んでいたが、預けられていた母方の祖父母の家（農家）の経済事情により希望が叶わず、高等小学校に進学する。成績優秀でありながら家の経済事情により中学校で学べなかった点で、耕作と同様である。また光世は、母親が札幌に出た後に十三歳まで十年ほど、農業を営む祖父母の家に預けられ、耕作のように、学校に通いながら農作業を手伝っていた。性格に関しても、三浦綾子（一九九七）に「「耕作」というのは、三浦（竹林注…光世）の性格そのまんまを使って書いた小説です」と記されている（「私と小説」）。

ただし、光世と耕作とは出生年に十六年の差がある（光世は一九二四年、耕作は一九〇八年の生まれ）。また、光世の出生地は東京であり、北海道で幼年期・少年期を過ごした場所も、上富良野とは相当に離れた滝上《たきのうえ》の奥地である。耕作とは異なって、教員の経験はなく、十勝岳の噴火で被災したこともない。

光世の生い立ちは三浦光世（二〇〇六）に詳述されている。光世の生い立ちや体験が『泥流地帯』『続　泥流地帯』にどのように取り入れられたかということについては、三浦光世（二〇〇一、第九章・第十章）を参照されたい。

（6）『泥流地帯』では「三重団体」の災難が特筆されている。三重団体は一八九〇年代に三重から上富良野に入植した人々（また、その人々が暮らす地域の名）である。まじめで勤勉な生活をし、日頃から評判の良い農民たちであった。山津波によって、その地域に甚大な被害が出た。

（7）クリスチャンであることも、そうでないこともある。市三郎は「じっちゃん、キリスト信者か」と聞かれて、「福島で、伊達の教会に通ったもんだが、まだそこまで行かんべな」と答えている（「土俵」）。

（8）次々と苦難に遭う〈受難者たる善人〉は拓一・耕作のみではない。二人の母親である佐枝や、耕作と同い年の福子も同様である。佐枝は三十一歳で夫を失い、深城に目を付けられ、十一年もの間、四人の子と離れて暮らさねばならなくなる。器量よしのため一所に留まれず、肺病にかかり、ようやく上富良野に戻れることになったときに十勝岳の爆発で二人の子と義理の両親を亡くす。また、福子は極貧の農家に生まれ、父親の酒・博打の借金により、尋常小学校を卒業した年の秋に料理屋（事実上、遊女屋）の芸者として売られる。そして、十勝岳の爆発時に兄以外の家族を失う。『続　泥流地帯』で福子は佐枝に「わたし、どうしてこんなにつらい思いばかりしなければならないのかしら」と言っている（「同志」）。

（9）三浦綾子（一九七六）にも、『泥流地帯』について次のように記されている。

あの泥流が襲った後、どのようにして人々は悲しみから立ち上ることができたか。それを思い、主人公一家が辿るその後を思うと、どうも書き終ったとは言えない気がするのだ。もし機会があれば、この後の、拓一、耕作、福子、佐枝、節子たちの生活を書いてみたいと思う。そのことによって、テーマを更に深めることができれば、幸いである。

（10）『泥流地帯』『続　泥流地帯』末尾の「参考文献並びに資料」の中に挙げられている『十勝岳爆発災害志』（十勝岳爆発罹災救済会、一九二九年）を見ると、死者百二十三人、行方不明者二十一人（合計百四十四人）と記録されている。『続　泥流地帯』には「棺の中には、百四十四名の遺骨が納められている」（「村葬」）と書かれているが、先の記録に従えば、実際には百四十四人全員の遺骨はなかったであろう。なお、『十勝岳爆発災害志』の村葬についての記述には「多数の遺骨を納めた白木の棺を壇上に安置し」（一九八頁。傍線、竹林）とある。

（11）三浦綾子（一九七一b）は、「どうしてあんな正直な人が、あんな目にあうのか。どうしてあんな信仰深い人が、あんなにも苦しみにあわねばならないのか。一体どうして、人間はこんなにも不当な苦難にうめかねばならぬかと思うことが、この世にはあまりにも多い。わたしたちは、一体この事実をどのように考えたらいいのだろう」と問題提起をした後、「わたしなりの苦難についての考えを述べることを許してもらえるなら、それはやはり、神の御心であるという以外に、言いようのない気がする」と書いている。そして、「それ（竹林注…苦難）にはそれなりの、神のみが知る深いご計画があるにちがいない。苦しみは、もしかしたら神からの貴重なプレゼントなのかも知れない」と述べている（「いかに祈るべきか」の章）。

ただし、そう述べた直後に、「だからといって、すべてを神の責任に帰するということではない。当然、その人の責めに帰すべき苦しみ、あるいは社会や政治の責めに帰すべき苦しみも世には数多い。わたしの言いたいのは、それらのいずれにも帰することのできない苦難がこの世には存在するということなのだ」と付言している。この付言は『泥流地帯』『続　泥流地帯』との関連でも重要である。『泥流地帯』『続　泥流地帯』において、福子が深城の料理屋（遊女屋）に芸者として売られることになった責任は、おもに福子の父親に帰せられている。また、福子を含む、苦界の女性たちの苦しみについて国・社会や人身売買に関与する人々の責任が問題とされ、自分の命をかけて苦界の女性たちを助けている佐野文子《ふみこ》（実在の人物）の愛や活動の様子が紹介されている。懸命に働く小作農家が貧しさに苦しんでいることの責任の所在（悪徳地主や国の問題）が登場人物たちの視点から問われている場面もある。

（12）誰かが耕作や良子に「きっと何かの祟りだ」と言った場面が描かれているわけではなく、「きっと何かの祟りだって、よく言われるんだ」（耕作の言葉）、「わたしもそう言われるんだから」（良子の言葉）という形で書かれている（「土俵」）。

（13）石村家を訪ねて来た福子が語った「拓ちゃんのこの苦労で、この田んぼがいい田んぼになったら、百年後、二百年後の人たちも、この田んぼのおいしいお米を食べれるんだもねえ」という言葉を聞いて、土地の復興に力を尽くす自分の仕事をそのように評価されたことのない拓一は「福ちゃんの今の言葉で、元気が出たよ」「全身から力が湧いてくるようだよ」と言っている（『続　泥流地帯』「蕗のとう」）。

（14）ヨハンナ・シュピリの『ハイジ』にも、ハイジの父方の祖父が、息子夫婦の憐れな死について「じいさんが神さまにそむいた罪のむくいだ」と陰に陽に言われ、村の牧師からも懺悔を勧められて、人付き合いをしなくなり、神への信仰も失ったことが語られている（「じいさんが神さまにそむいた罪のむくいだ」という日本語訳は岩波書店刊『ハイジ　上』〔上田真而子訳、岩波少年文庫、二〇〇三年〕のもの）。この祖父は、後にハイジをとおして信仰・人間関係の回復へと導かれている。

第四章　三浦文学と祈り

一、はじめに

三浦綾子の文学は「祈りの文学」と呼ばれている（佐古純一郎〔一九七七、一九八九〕）。クリスチャンである三浦は日々の執筆・口述筆記を、神への祈りをもって始め、祈りをもって進めていた。(注1) また、自分の創作活動のために祈ってほしいと多くの人々に依頼しており、三浦文学の背後には「祈りの輪」があった。(注2)

作品においても、『細川ガラシャ夫人』『ちいろば先生物語』『夕あり朝あり』などで「祈り」が重要な役割を担っていることが、先行研究において指摘されている（佐古純一郎〔一九八九〕、水谷昭夫〔一九八九〕、木谷喜美枝〔一九九八〕）。しかし、三浦の小説全般において「祈り」がどのように描かれているのかということについては、調査・研究があまり進んでいないように見える。

そこで本章では、三浦の小説全般を対象として「祈り」の描かれ方を見、三浦がそのような描き方をした理由を考察する。本章で調査対象とした小説は、『三浦綾子全集』所収の五十作品と、同全集に収められていない「暗き旅路に迷いしを」「雨はあした晴れるだろう」「この重きバトンを」「茨の蔭に」「カッコウの鳴く丘」「長いトンネル」『銃口』『命ある限り』『明日をうたう』、計五十九作品である。(注3)

以下では、まず、伝記小説とそれ以外の小説（仮に「非伝記小説」と呼ぶ）とで「祈り」の描かれ方が異なっていることを指摘する（第二節、第三節）。その後、「祈り」をめぐる、伝記小説と非伝記小説との共通点を確認するとともに、両者間の相違の意味を考える（第四節）。そして最後に、祈る人物や「祈る」「祈り」といった言葉が全く出てこない小説について、「祈り」が不在である理由を考察する（第五節）。

二、伝記小説における祈り

三浦綾子の伝記小説（『愛の鬼才』『ちいろば先生物語』『夕あり朝あり』『われ弱ければ』など）には、神に祈るクリスチャンの姿が頻繁に出てくる傾向がある。（注4）

白洋舎の創業者、五十嵐健治が自分の半生を語る形式の作品『夕あり朝あり』の末尾で、健治は波瀾万丈の人生を振り返り、「祈る幸いを与えられた」ことの恵みを噛みしめる（「試練」）。『夕あり朝あり』で描かれている、クリスチャンになってからの健治の歩みは、自他の上に神の導き・助けを求める祈りや、神への感謝の祈りで満ちている。

木谷喜美枝（一九九八）は、「なによりも、『夕あり朝あり』の世界を覆うのは、《祈り》《祈る》ということばである」、「五十嵐健治氏の信仰の基底に《祈り》を見た作者は、それをおおきく取り上げたのである」と述べている（一三〇～一三二頁）。的確な指摘・見解であるが、留意したいことが二点ある。

一つ目は、「《祈り》《祈る》ということば」で覆われている三浦作品は『夕あり朝あり』のみではない、ということである。『愛の鬼才』や『ちいろば先生物語』も、「《祈り》《祈る》ということば」で覆われていると言うにふさわしい作品である。「《祈り》《祈る》ということば」で覆われているというのは、三浦の伝記小説の多くに見られる特徴だと言えよう。

留意したい点の二つ目は、「五十嵐健治氏の信仰の基底に《祈り》を見た作者は、それをおおきく取り上げた」という木谷氏の見解に関してである。確かに三浦は健治の祈りをクローズアップしているのであるが、（注5）『夕あり朝あり』には健治以外の人物たちの祈りも描かれていることを押さえておきたい。例えば、「宿の主人たち」の章では、「祈りというのは、商売繁昌、家内安全を祈るものだと思って」いた入信前の健治が、奉公先の旅館、住吉屋の主人夫婦（クリスチャン）の食前の祈り――貧しい人々、孤児のための祈り――に驚嘆したことが語られている（この場面については木谷氏も触れている）。

『愛の鬼才』や『ちいろば先生物語』においても、主人公の祈りのほか、他の登場人物たちの祈りが描かれ、場合によっては、その祈りが主人公に大きな影響を与えている。例えば、『ちいろば先生物語』において、主人公、榎本保郎のために這いつくばって祈った奥村要平の祈りは、「ヤソ嫌い」だった保郎がキリスト教信仰へと導かれる大きな契機になる。

『夕あり朝あり』と同様に、『愛の鬼才』『ちいろば先生物語』『われ弱ければ』でも、クリスチャンの主人公が、困難の中にあるときも平穏なときも日々祈る姿が描かれている。そのような姿を三浦が作中に繰り返し描いたのは、祈りの人であった主人公を称揚するためというよりも、祈りを聞き、祈りに応える神の存在と、その神に祈ることの幸いを伝えるためであろう。特に『ちいろば先生物語』『夕あり朝あり』は、〈主人公の祈りに対する、神の応答の物語〉と言ってもよいような内容である。

三浦文学は「愛なる神」を指し示す――読者の目を「愛なる神」に向けさせる――文学である（本書第一章）。三浦は『ちいろば先生物語』集英社文庫版の刊行にあたり、同作について「故榎本保郎牧師の伝記小説で、連載の時から反響もあった。再び大いに読まれ、キリストを知る者が一人でも多くあらんことを祈る」（『難病日記』第四章）と記している。祈りについての入門書として三浦が書いた『天の梯子』の中にも、「たとえ神を信じてはいなくても、神を信ずる者の祈りを知ったなら、きっとその祈りの対象である神が、次第にわかってくるのではないか」（第一章）という一文がある。三浦は伝記小説において、主人公の生涯や、主人公をはじめとするクリスチャンの祈りを描くこと

により、神について語っているのである。（注6）

三浦の自伝小説に関して言うと、自身の入信前を専ら描く『草のうた』『石ころのうた』「暗き旅路に迷いしを」（注7）と、その後を描く五作──入信前後、結婚までを綴る「太陽は再び没せず」（注8）『道ありき』、結婚後、『氷点』の一千万円懸賞小説入選までを綴る『この土の器をも』、作家生活を綴る『命ある限り』『明日をうたう』──とで、大きく様相を異にする。

『草のうた』『石ころのうた』「暗き旅路に迷いしを」では、クリスチャンの登場人物が少なく、したがってクリスチャンの祈る姿もほとんど出てこない。『草のうた』に、小学二年の綾子が、初めて行った教会で前川正（後に綾子を信仰に導く人物）の父親の祈りを聞いたこと、また、翌年から一年だけ通った、教会の日曜学校における大槻博子先生の祈り、そして、後に知った、大槻先生の臨終時の祈りが記されている程度である。一方、「太陽は再び没せず」『道ありき』『この土の器をも』『命ある限り』『明日をうたう』には、三浦自身を含め、クリスチャンの祈る場面が頻繁に出てくる。

三、伝記小説以外の作品における祈り

前節で述べたように、伝記小説には、神に祈るクリスチャンの姿が頻繁に出てくる傾向がある。一方、伝記小説でない作品では、〈神に祈る人〉と〈神に祈らない人〉（以下では単に、〈祈る人〉〈祈らない人〉と言う）とが対比的に描かれる場面が比較的多い。（注9）

例えば、『ひつじが丘』には次のような場面がある。札幌の教会の牧師夫妻（広野耕介・愛子）が食前に祈っている

のを、同じ食卓についている高校三年の娘、奈緒実が眺めているくだりである。

いま、広野家の食事が始まろうとしていた。耕介が低い声で、食前の祈りをささげている。広い教会の裏手にある牧師館は、しずかだった。庭のエルムの木に、せみがひとつ鳴いている。

耕介と愛子が頭を垂れて敬虔に祈る姿を、奈緒実は見おろすような姿勢でながめていた。食卓の上には、塩うでのじゃがいも、チーズ、そして冷たい牛乳。

「……今日もこの食事によって、神に仕えまつる力をあたえ給え……」

長い祈りが終わった。耕介と愛子がアーメンを唱和した。しかし奈緒実は、だまって牛乳を一口飲んだ。

（「……」は原文のもの）

祈る耕介・愛子と、祈らない奈緒実とが対照的である。「耕介と愛子が頭を垂れて敬虔に祈る姿を、奈緒実は見おろすような姿勢でながめていた」、「しかし奈緒実は、だまって牛乳を一口飲んだ」という表現から、奈緒実は両親の祈り・信仰に対して反発するような思いを抱いていることが読み取れる。

この場面の二時間後、奈緒実は同級生の兄である、社会人の杉原良一と偶然再会し、良一に好感を抱く。高校卒業後、短大に通っていた奈緒実は札幌を離れ、両親の意に反して良一と函館で暮らすことになる。楽しい生活も数ヶ月のみで、やがて良一の冷酷な面が表れる。次に引用するのは、そのような暮らしの中の一場面である。

秋のある朝のことであった。奈緒実は朝の食事の前、いつものように黙禱をささげていた。娘の頃には、耕介の長い食前の祈りを、奈緒実は大きな目をキッパリとあけて、じっと皮肉な表情でみつめていた。祈ることに反発を感じていた。だが、良一との結婚生活の中で、奈緒実は誰に強いられるでもなく、祈りたくなっていた。

（神さま。今日も新しい朝を与えて下さいましてありがとうございます。この朝の食事を感謝いたします。この食事によって、良一さんにも私にも、今日一日の力を与えて下さいますように）

目をあけると良一が唇をゆがめて笑った。

「おれは抹香くさいことがきらいなんだ」

とげのある語調である。

「何を怒っていらっしゃるの」

奈緒実は良一が冗談を言っていると思いたかった。

「とにかく、おれは祈りなんかきらいなんだ」

いらいらしたように、良一は箸で茶碗をたたいた。

「良一さん。もっとやさしくおっしゃってよ」

なだめるように言う奈緒実の言葉の終わらぬうちに、

「うるさいっ！」

良一の手が飯台をひっくり返していた。

かつて〈祈らない人〉であった奈緒実が、良一との生活の中で〈祈る人〉となり、祈る奈緒実と、祈らない（祈りを嫌う）良一とが対比的に描かれている（この良一も、ついには〈祈る人〉となる）。

「娘の頃には、耕介の長い食前の祈りを、奈緒実は大きな目をキッパリとあけて、じっと皮肉な表情でみつめていた。祈ることに反発を感じていた」という箇所は、三浦の自伝小説『道ありき』の次の場面と重なる。入信前（求道中）の三浦自身――当時二十七歳の堀田綾子――についての叙述である。傍線部が『ひつじが丘』の「奈緒実は大きな目をキッパリとあけて、じっと皮肉な表情でみつめていた」という表現と大きく重なることに注目されたい。[注10]

クリスチャンの祈る祈りにも、わたしは疑いを持った。[注11]祈り会で次々に祈る信者の祈りを、わたしは聞いた。みんなが両手を組み、敬虔に頭を垂れているのに、わたしはカッキリと目を見ひらいて、一人一人の顔をじっとみつめた。（第十四回。傍線、竹林）

ちなみに、「みんなが両手を組み、敬虔に頭を垂れているのに、わたしはカッキリと目を見ひらいて、一人一人の顔をじっとみつめた」というのは、この場面の前後を読むと、一九四九年の夏か秋のことであると考えられる。『ひつじが丘』で、「耕介と愛子が頭を垂れて敬虔に祈る姿を、奈緒実は見おろすような姿勢でながめていた」と描写されているのも、同じく一九四九年（八月）のことである。

〈祈らない人〉であった奈緒実が、やがて〈祈る人〉となったように、『道ありき』には、〈祈らない人〉であった堀田綾子が、やがて信仰を得て〈祈る人〉となったことが語られている。

〈祈る人〉と〈祈らない人〉との対比は、『積木の箱』『塩狩峠』[注12]『千利休とその妻たち』『青い棘』『あのポプラの上が空』などでも描かれている。『塩狩峠』の主人公、永野信夫は、両親・妹――〈祈る人〉――と対照的に〈祈らない人〉であったが、『ひつじが丘』の奈緒実や『道ありき』の堀田綾子と同様、〈祈る人〉へと変えられてゆく。[注13]

三浦が作中で、〈祈る人〉と〈祈らない人〉とを対比するという手法をとったのは、なぜか。

次に引用するのは『ひつじが丘』の一場面である。奈緒実の高校時代の担任教師であった竹山（奈緒実の結婚後も彼女に思いを寄せ続け、葛藤しているクリスチャン）が、研究会のために出かけた函館で奈緒実の家を訪ねている。奈緒実の夫、良一がなかなか帰って来ないので、二人は食事を始めることにする。

鍋に材料を入れ終わるのを見て、竹山は、

「祈りましょうか」

と、ひざを正した。

「ええ」

パッと奈緒実の目が輝いた。父母と共にいた頃は、毎食前の祈りがひどくつまらなく思われていた奈緒実だった。それが、良一と結婚して、全く祈りのない生活に入ると、次第にそれが耐えられないほど淋しくなった。いつのまにか奈緒実がふたたび祈るようになった時、

「俺は抹香くさいことがきらいなのだ」

と良一にとがめられ、あげくの果てに飯台をひっくり返されたことさえあった。

それだけに、今、竹山に祈ろうと言われた奈緒実の喜びは大きかった。

祈り終わると、奈緒実は思わず竹山と顔を見合わせて微笑した。良一との間にはかもし出すことのできない雰囲気があった。

この一節には、祈りのない生活に淋しさを感じ、祈ることに喜びを見出した奈緒実の姿、そして、共に祈る人たちの間に醸し出される温かい雰囲気が描かれている。

また『塩狩峠』では、昏睡状態の父親を前にして、「ひれふして何者かに祈らずにはいられない気持ち」になりながらも祈れない主人公の心中について、「母と待子（竹林注…主人公の妹）が両手を組んで祈る姿を見ると、信夫はいいようもない羨望を感じた」（「門の前」）と描写されている。

三浦は、〈祈る人〉と〈祈らない人〉、また〈祈りのある生活〉と〈祈りのない生活〉とを対比することによって、神に祈ることの幸いを伝えようとしているのだと考えられる。

四、伝記小説と非伝記小説との共通点、及び両者の相違の意味

本章第二節・第三節で述べたように、三浦の小説において、伝記小説とそれ以外の作品（仮に「非伝記小説」と呼ぶ）とで「祈り」の描かれ方――「祈り」がどのように描かれているのか、ということ――に違いが見られる。伝記小説には、神に祈るクリスチャンの姿が頻繁に出てくる傾向がある。一方、非伝記小説では、〈祈る人〉と〈祈らない人〉とが対比される場面が比較的多い。

しかし、伝記小説と非伝記小説との間には、「祈り」をめぐる共通点もある。それは、神に祈ることの幸いを伝えんとする三浦の思いが込められている、ということである。罪人が神に祈り得る者とされていることの幸い、祈りをとおして神に心を向ける、そのこと自体の幸い、祈りによって心に平安・力が与えられることの幸い、祈りを聞き、祈りに応える神の存在を感じられることの幸い、祈りへの応答において神の業を拝することのできる幸い、等々、

〈神に祈ることが如何に幸いであるか〉を三浦は伝えようとしている。その点において、伝記小説と非伝記小説との間に径庭はない。

それでは、なぜ、伝記小説と非伝記小説とで「祈り」の描き方が異なっているのか。

この問題を考えるためには、三浦が何のために小説を書いていたのか、ということを押さえておく必要があろう。三浦が小説を書く主目的は、三浦自身が繰り返し語っているように、愛なる神（キリスト）を伝えることであった（本書序章、第一章）。愛なる神は罪人を、神に祈り得る者とし、その祈りを聞き、最善の形で祈りに応える。そういう愛なる神が存在することを、また、その神に心を向け、祈ることの幸いを三浦は伝えたかった。

しかし、読者は一様ではない。クリスチャンもいれば、そうでない人もいる。クリスチャン、ノン・クリスチャンといっても、各々、様々である。そこで三浦は、伝記小説と非伝記小説とで読者へのアプローチの仕方を変えたのであろう。〈主人公の祈りに対する、神の応答の物語〉たる『ちいろば先生物語』『夕あり朝あり』に代表される直接的アプローチと、〈祈る人〉と〈祈らない人〉、また〈祈りのある生活〉と〈祈りのない生活〉との対比を作中に挿入するなどして、神に祈ることの幸いを比較的やわらかく伝えようとする間接的アプローチ、大きくこの二種を三浦は用意した（直接的アプローチ、間接的アプローチといっても、その中身は多様であるが[注14]）。そして、伝記小説では、おもに直接的アプローチによって、また非伝記小説では、おもに間接的アプローチによって、神に祈ることの幸いを伝えようとしているのだと考えられる[注15]。

五、「祈り」不在の小説

三浦の小説には、祈る人物や「祈る」「祈り」という言葉（ないし、それらに類する言葉）が全く出てこないものもある。「暗き旅路に迷いしを」（未完の短い小説）、「井戸」「足」「羽音」「奈落の声」「死の彼方までも」「片隅のいのち」「尾燈」「喪失」「貝殻」「壁の声」「毒麦の季《とき》」「カッコウの鳴く丘」「長いトンネル」（以上は短編小説）、『裁きの家』『自我の構図』『石の森』である。これらの小説に、祈る人物、人の祈る姿や「祈る」「祈り」といった言葉が出てこないのは、なぜであろうか。

注目したいのは、これらの小説――「祈り」不在の小説――の内容の暗さである。人間の罪深さ（神に心を向けない、自己中心的な姿）と、それに起因する悲惨が、これでもかというほどに描かれていることが多い。

「祈り」不在の小説と似たことが、作中に聖書の言葉が出てこない「聖句」不在の小説においてもある。三浦の小説には、しばしば聖句が引用される。小説における聖句引用は、クリスチャンである三浦にとって伝道ストラテジーの一環であった（本書第二章）。しかし三浦は、一部の小説（特に短編小説）において敢えて聖句を出さない。これら「聖句」不在の小説で描かれる内容は、「祈り」不在の小説と同様、暗い傾向がある。[注16] その暗さは、やはり人間の罪性に起因するものである。

三浦は、そのような「聖句」不在の小説をとおして読者に、〈なぜ、このような悲惨なことになるのか〉〈どうすればよいのか〉ということを考えさせようとしているのであろう。闇を描くことで、そこに欠けているものや問題点に気づかせ、神のほうへ導こうとする。[注17] それが、〈小説を書くのは伝道のためである〉と明言する三浦の狙いであろう。

「祈り」不在の小説においても三浦は、神に心を向けない人々の姿と、人間の罪性に起因する悲惨――祈りのない世界の暗さ――を徹底的に描くことによって、神に心を向けることの必要性を示唆していると考えられる。「聖句」不在の小説も「祈り」不在の小説も、三浦の伝道ストラテジーの外にあるものではない。

六、おわりに

以上、本章では、三浦の小説において「祈り」がどのように描かれているのか、ということを見つつ、三浦がそのような描き方をした理由を考察した。本章の要点は下記のとおりである。

① 伝記小説と、それ以外の小説とで、「祈り」の描き方が異なっている。伝記小説には、神に祈るクリスチャンの姿が頻繁に出てくる傾向がある。一方、非伝記小説では、〈神に祈る人〉と〈神に祈らない人〉とが対比的に描かれる場面が比較的多い。

② 伝記小説と非伝記小説とでは、「祈り」の描かれ方に相違が見られる（右の①）ものの、神に祈ることの幸いを伝えたいという三浦の思いが込められている点では共通する。三浦は、神に祈ることの幸いを様々な読者に伝えるために、伝記小説と非伝記小説とでアプローチの仕方を変えたのだと考えられる。

③ 三浦の小説には、祈る人物や「祈る」「祈り」といった言葉が全く出てこない作品もある。祈りのない世界の暗さを徹底的に描くことによって、三浦は、神に心を向けることの必要性を伝えようとしているのだと考えられる。

なお、三浦の小説には、クリスチャンでない登場人物（入信前の主人公を含む）による祈りとして、キリスト教の神以外の対象（神道の神、太陽、仏など）への祈りや、特定の神仏などに向けられたものではない祈りも出てくる。これらの祈りについての考察は今後の課題としたい。

注

（1）このことに関して、上出恵子氏は「三浦文学とはまさしく祈りによる創造であると言い得るであろう。であれば、祈りとはこの時、単に創作の姿勢や態度であるばかりか、その方法としてもあるのだと言えるのではないか」と書いている（上出恵子〔二〇〇一、三〇頁〕）。

（2）三浦は、この「祈りの輪」について『続　氷点』執筆との関連で詳しく書いている（『生きること　思うこと』「祈ってください（その二）」）。日記形式のエッセイ集『この病をも賜《たま》ものとして』にも、多くの人が祈ってくれていることへの感謝が、繰り返し記されている。特に夫、光世の祈りに対する感謝は大きかった（『遺された言葉』に収められている、光世への綾子の献辞「妻から夫へ　遺された言葉」を参照されたい）。

三浦も、多くの人たちのために日々、祈っていた。三浦は、祈りについての入門書『天の梯子』の中で、「私たち夫婦は、親、兄弟、親戚、友人、恩人、知人、隣人、牧師たち、出版社関係、挿絵の先生、日本の政治及び政治家等々、二百名を超える人々のために、毎日祈っている」と書いている（第二章）。

祈り、祈られる三浦の日々は『泉への招待』『北国日記』『難病日記』などに詳しく記録されている。

（3）「暗き旅路に迷いしを」は、三浦のエッセイを中心に編まれた『遺された言葉』に収録されており、「雨はあした晴れるだろう」「この重きバトンを」「茨の蔭に」は単行本『雨はあした晴れるだろう』に収められている。「カッコウの鳴く丘」は『女学生の友』（小学館）一九六六年七月号に掲載され、「長いトンネル」は『小学四年生』（小学館）一九七七年四月号から同年九月号まで計六回連載された、いずれも単行本未収録の小説である。『銃口』『命ある限り』『明日をうたう』は『三浦綾子全集』刊行の後に成った作品であり、それぞれ単行本がある。

（4）〈伝記小説においてクリスチャンが神に祈る姿が頻繁に出てくる〉ということは、あくまでも「傾向」である。クリスチャンの棟梁を主人公とする『岩に立つ』では、主人公、ないし他の（クリスチャンの）登場人物が祈る場面は少ない。なお、伝記小説を含め、三浦の小説にはクリスチャンでない人物（入信前の主人公を含む）が神や仏に祈る場面もある。

（5）三浦のエッセイ集『心のある家』にも、五十嵐健治が祈りの人であったことが記されている（「この信仰にこそ」）。

（6）『愛の鬼才』の単行本「あとがき」にも、「私の見聞きした先生（竹林注…西村久蔵）の姿を通して、「神の愛」を語りたかった。先生をして斬く生かしめたキリストを語りたかった」とある。

（7）「暗き旅路に迷いしを」は、三浦のデビュー作『氷点』以前に、三浦の所属する旭川六条教会の月報「声」（一九六一年一月二十九日、同年二月二十六日）に発表された、未完の短い小説である。

（8）「太陽は再び没せず」（『三浦綾子全集　第十五巻』所収）は、『氷点』以前に林田律子というペンネームで書かれたものである。雑誌『主婦の友』一九六二年新年号に「愛の記録」入選作として掲載された手記であるが、多少のフィクション性を有し、「暗き旅路に迷いしを」『道ありき』と同種の作品でもあるので、本章では自伝小説の範疇に入れておく。

（9）〈祈る人〉と〈祈らない人〉とが対比的に描かれる場面は、伝記小説においても、なくはない（例えば、『岩に立つ』の「洗礼」の章で描かれている、幼稚園児――食事時に祈る人――と、その親である入信前の主人公――食事時に祈らない人――の対比）。なお、〈祈らない人〉と言っても、必ずしも〈神に祈った経験がない人〉ということではない。

（10）綾子と奈緒実との重なりは、『ひつじが丘』の他の場面にも見られる。授業中、ノートもとらずに窓の外を見てばかりいる高校生の奈緒実について、三浦は、「三十余年前の自分自身の姿を無意識のうちに再現していた」と記している（『愛と信仰に生きる』「N先生のこと」）。旭川市立高等女学校での、綾子の同級生によると、綾子も「窓の外ばかり眺めて、先生の話なんか、ひとつも聞いていなかった」とのことである（同上）。

（11）この「疑い」とは、クリスチャンは本当に神の前に祈っているのだろうか（人に聞かせるための祈りではないのか）というものである。

(12)『塩狩峠』の主人公には長野政雄氏というモデルが存在するが、同作はフィクション性がかなり高く、長野氏の生涯を描いた伝記小説とは言い難い。三浦も、「わたしの書いた「塩狩峠」の主人公永野信夫は、いうまでもなく小説の中の永野信夫であって、実在した長野政雄氏その人そのままではない」と書いている(「塩狩峠　後記　作品のモデルについて」『信徒の友』一九六八年九月号、単行本『塩狩峠』「あとがき」)。

(13)三浦の小説において〈祈らない人〉が〈祈る人〉へと変えられてゆく過程については、今後考察したい。

(14)直接的アプローチには、例えば次のようなものがある。

・祈りに対する、驚嘆すべき神の応答を描く。

・「祈る幸いを与えられた」「祈りは力です」といった言葉を主人公が語る。

・神に祈る人の魅力的な生き方を描く。

また間接的アプローチには、既に見た、〈祈る人〉と〈祈らない人〉、或いは〈祈りのある生活〉と〈祈りのない生活〉とを対比するという手法のほかに、次のようなものもある。

・真の神でないものに祈ることの空しさを描く。

・大きな問題のただ中で、何かにすがりたくても頼れる対象がなく、ただ手を合わせるほかない登場人物の姿を描く。

(15)注(9)で述べたように、伝記小説においても、〈祈る人〉と〈祈らない人〉との対比を作中に挿入するといった間接的アプローチが用いられることがある。また、神に祈ることの幸いが直截に描かれる場面は、非伝記小説にも存在する(『細川ガラシャ夫人』『海嶺』など)。

(16)「聖句」不在の小説は、「祈り」不在の小説でもあることが多い。「井戸」「足」「羽音」「奈落の声」「片隅のいのち」「尾燈」「喪失」「貝殻」「壁の声」「毒麦の季」「カッコウの鳴く丘」「長いトンネル」『自我の構図』は、「聖句」不在の小説であり、かつ「祈り」不在の小説でもある(ただし、「毒麦の季」の作品名は聖書由来である)。なお、聖句は出てくるが「祈り」は不在の小説として、「暗き旅路に迷いしを」「死の彼方までも」『裁きの家』『石の森』がある。

(17)このことは、聖句が引用されている小説においてもある。例えば、原罪をテーマとする『氷点』で三浦が自己中心的な人物たちの姿と不幸を描いたのも、読者が自分の罪性を認識して神に目を向けるように(キリストの愛を知るように)との願い・意図を込めてのことであった（『あさっての風』「信仰と文学」、三浦綾子〔一九九三〕）。林あまり（二〇〇九）は次のように述べている。的を射た見解である。

三浦綾子ほど、人間の悪を描き切った作家はない。きれいごとや偽善などとは正反対、誤解をおそれずに言えば、むしろ露悪的とさえ思えるほどだ。罪に気づき、向き合ってこそ、光が見えてくる。クリスチャンとは、そういう体験をした人たちである。三浦綾子は今も、作品を通してこう語りかける。光あるうちに光の中を歩もうではないか、と。

（三一七頁）

第五章　『天北原野』と「主の祈り」

一、はじめに

小説『天北原野』は、『週刊朝日』に一九七四年十一月八日号から一九七六年四月十六日号まで連載され、朝日新聞社から一九七六年三月に単行本の上巻、同年五月に下巻が刊行された。三浦綾子の作家活動の中期における代表作の一つである。

三浦は、祈りについての入門書『天の梯子』の中で「私は、自分の本にサインを頼まれる時、自分の名前だけを書くということは先ずしない。必ずといってもよいほど、聖書の言葉を書く」「その本その本に書く聖書の言葉を決めている」（第七章）と述べている。そして、『道ありき』には「愛は忍ぶ」、『塩狩峠』には「神は愛なり」、『天北原野』上巻には「み名の崇められんことを」、『天北原野』下巻には「み国の来らんことを」という聖句を書くことにしている、と言う。

『道ありき』『塩狩峠』に各々「愛は忍ぶ」「神は愛なり」という聖句が記される理由は分かりやすい。(注1)『道ありき』の主要登場人物、前川正や三浦光世は「愛は忍ぶ」の体現者である。また、「神は愛なり」は『塩狩峠』の中で複数の箇所（「連絡船」「しぐれ」の章）に出てくる聖句である。

しかし、『天北原野』上巻・下巻と「み名の崇められんことを」「み国の来らんことを」との関係は、直ちには見えにくい。なぜ、三浦は『天北原野』の上巻に「み名の崇められんことを」、下巻に「み国の来らんことを」という聖句を書くことにしていたのか。(注2)上巻・下巻の内容と、これらの聖句との間には、どのような関係があるのか。本章では、『天北原野』の内容と、上記の「主の祈り」の聖句との関係を考察し、同作に込められた三浦の思い・メッセージを探る。

なお、予め述べておくと、以下では考察の結果として、「み名の崇められんことを」「み国の来らんことを」が、それぞれ上巻・下巻のいずれか一方のみならず『天北原野』全体に関係する聖句であるという見方をとることになる。

二、『天北原野』上巻と「み名の崇められんことを」

「み名の崇められんことを」という聖句は、イエス・キリストが弟子たちに教えた「主の祈り」の一部である(注3)（マタイ六章九節、ルカ十一章二節）。『天北原野』上巻には、この聖句の引用や、同聖句と関係のあるような文言は見られない。三浦が上巻に「み名の崇められんことを」と書いた理由を、上巻の内容から直ちに知ることは難しい。

ここで上巻のあらすじを記しておく。

時は大正十二年、二十三歳の池上孝介は、北海道の「ハマベツ(注4)」で、父親が校長を務める小学校の代用教員をしていた。相思相愛の菅井貴乃《きの》（十七歳）と結婚することになっていたが、結納が入る前に池上一家はハマベツを去ることになる。小学校に隣接する校宅（池上家）の火事の責を父親が負わされ、左遷されたのである。じつは、貴乃に思いを寄せていた須田原完治の放火であった。孝介と離れ離れになった貴乃は完治に犯されてしまう。そのことを書いて孝介に送った手紙への返信がなかったことや、両親を安心させたいという思いもあって、貴乃は死んだつもりで完治の妻となる。孝介は日高に行く両親と別れて樺太へ渡り、漁業で成功する。そして十年後、稚内に転居していた須田原家に現れ、かつての教え子、あき子（完治の妹）との結婚を申し入れる。あき子への愛によることではなく、貴乃の傍にいて力になりたいと思ってのことであった。須田原家は樺太に引っ越し、以後、樺太が舞台となってストーリーが展開する。あき子は結婚後、自分に一指も触れない孝介に淋しさを抱き、ロシア人イワンと不倫の関係に陥って子を宿す。孝介はその子（京二）を、知り合いから引きとった子として育てる。昭和十三年、完治は日中戦争に召集される。孝介と貴乃は互いへの思慕の情を心に深く抱いている。

三浦は『天北原野』連載開始前の「作者の言葉」（『週刊朝日』一九七四年十一月一日号）の中で、「善人が、なぜ故なき苦難にあうのか。多くの人が持つこの疑問を、北国に生きた一人の女性の、起伏の多い生涯の中で問い直して見たい」（二二五頁）と書いている。この「善人が、なぜ故なき苦難にあうのか」ということについて、上出恵子（一九八二）は自己主張が「故なき苦難」をもたらすと言う。例えば、完治はその父親（伊之助）の、欲しいものは手段を選ばずに手に入れろとの言葉に動かされ、放火・強姦という悪辣なやり方で貴乃を得ようとする。そのことによって、貴乃、孝介、貴乃の両親、孝介の両親といった善良な人たちが大きな苦しみを受けることになる。また、孝介が貴乃への断ち難い思いからあき子と結婚したことで、無邪気なあき子が苦しめられる。自己主張によって「故なき苦難」が生じるとする上出氏の論は的を射ている。

三浦は自己中心性が罪のもとであると見る（『光あるうちに』）。上出恵子（一九八二）の言う「自己主張」は、三浦の小説『裁きの家』やエッセイ集『太陽はいつも雲の上に』に出てくる「自己主張の果ては死である」という言葉に基づいており、自己中心的なあり方の一つにほかならない。自己中心とは、心が神にではなく自分に向いている身勝手な状態である。

上出氏も引用しているが、次の箇所（貴乃と孝介の会話の一部）は『天北原野』上巻の中で最も重要な一節である。

「孝介さん、誰かが自分勝手なことをすると、必ずほかの人が、重い十字架を負わなければならないのね」

貴乃は今更のように、完治が許し難い人間に思われた。
「まあそうだね。しかし、お互いに十字架を負わせてもいるのじゃないのかな。生きてるってことは、結局は人を傷つけていることになる。人を一度も傷つけずに生きてる人間なんて、ありはしないからね」
（「ロシヤタンポポ」）

人間は皆、自己中心的な性質を持っており、その「的外れ」[注5]な――神から大きく逸れた――生き方のゆえに自他を傷つけている、というのがデビュー作『氷点』以降、三浦文学の一貫した見方である。『天北原野』は、完治を代表とする、自己中心的に考え行動する人たちが織り成す悲劇の物語である。『氷点』をはじめ三浦の小説の中には、人々が「的外れ」に生きる、その世界の暗さを描くことによって、神に心を向けることの必要性を示唆しようとしたものが少なくない（本書第四章）。『天北原野』上巻も、その一つであろう。人間の罪性と、罪性を身に帯びた人間同士の関わりがもたらす悲惨を徹底的に剔抉する上巻には、人々が神に心を向け、「み名の崇められ」る世界が実現することを希求する三浦の願いが込められている――それゆえに三浦は上巻の署名時に「み名の崇められんことを」という聖句を書くことにしていた――というのが筆者（竹林）の見解である。

〈神の名が崇められる世界の実現を希求する三浦の願いが込められている〉というのは『天北原野』に限られないであろうが、この作品（特に上巻）の内容は、三浦の小説中でも不条理さの点で際立っている。多くの読者にとっては、じつに腹立たしい物語であろう。連載時の担当編集者は、「可憐な貴乃と、純情な青年教師孝介の仲をひきさくため、完治が校長の家に火をつけるあたりになると、『あの悪党の完治を早く殺してくれ』と興奮をおさえきれないような読者からの手紙もあった」と記している（永井萠二〔一九八四、二頁〕）。このような『天北原野』上巻においては、三浦にとっても、神の名が崇められる世界の実現を願う思いは特に強かったものと考えられる。ただし、三浦が「み名の崇められんことを」という聖句を上巻に書くことにしていたからといって、同聖句が上巻のみに関係していると見てはならないであろう（そもそも、連載時には上と下とに分けて書かれていない）。人間の自己中心性と、それがもたらす悲惨は下巻においても描かれている。例えば、完治や孝介の自己中心性が引き起こしたあき子の死は下巻に記されている。また、下巻における次の箇所は「み名の崇められんことを」と関係していると考えられる。貴乃の父親（兼作）が、二人の娘を失った貴乃に対して語った言葉である。

「大昔ある国にな、信心深い金持ちがいたんだとよ。その金持ちはな、突然の災難で、十人もの子供を、ある日一ぺんに死なせたってことだ。おまけに、財産の家畜も、何千頭も一ぺんに死なせたってことだ。その時、その信心深い金持ちは何て言ったと思う？」

「…………」（竹林注…貴乃の沈黙）

「その信心深い男はな。『神与え、神取り去り給う。神の名はほむべきかな』ってな。ちっとも神を恨まんかったそうだ」　（「海の墓」）

兼作が語ったのは旧約聖書、ヨブ記一章の話である。「神与え、神取り去り給う。神の名はほむべきかな」という聖句（ヨブ記一章二十一節）に表されているヨブの信仰のように、苦難の中でも神の主権を尊び、神を賛美するべきこと――これが、兼作の言葉をとおして三浦が語りたかったことであろう。(注6) 三浦は上巻への署名時に「み名の崇められんことを」と記したのであるが、そこには〈苦難の中でも神の主権を尊び、神を崇めてほしい〉という読者への思いも込められていると考えたい。「み名の崇められんことを」は上巻のみならず、下巻とも深く繫がっている――即ち『天北原野』全体に関係している――のであった。

三、『天北原野』下巻と「み国の来らんことを」

それでは、三浦が『天北原野』下巻に「み国の来らんことを」という聖句（マタイ六章十節、ルカ十一章二節）を書くことにしていたのは、なぜか。その理由について考察する前に、下巻のあらすじを記しておく。

完治の応召後、長男、加津夫は完治の妾の家に行くようになる。昭和十四年、孝介にも召集令状が届く。四年後、戦地から樺太に戻った日に孝介が目にしたのは、縊死したあき子の姿であった。その遺書には、孝介と貴乃との間の事情を知ったあき子の思いが、完治や、再びイワンの子をみごもった自分への赦しを求める言葉とともに、切々と記されていた。昭和二十年八月九日、ソ連軍が南樺太に進撃する。同月十六日、貴乃とその娘（弥江、千代）、孝介の母（サダ）と息子（京二、澄男）、池上家に住み込みで働く安川幾子は、北海道への避難のため、一緒に豊原を出る。二十二日、弥江、千代、サダ、澄男、幾子が大泊港から乗った船がソ連軍の魚雷を受け、幾子以外の四人の命が失われる。貴乃と京二は、乗船直前に京二が腹痛を起こしたため、その船に乗り遅れたのであった。二十日に避難を開始した完治（戦地で仮病を使い、昭和十四年の冬、樺太に戻っていた）は海路で北海道に向かうが、消息不明となる。終戦後二年近く経っても完治の安否は分からない。貴乃は復員した加津夫と稚内に住んでいる。昭和二十二年六月、加津夫は弥江に似た池野汀《みぎわ》との結婚の意向を孝介・貴乃に伝え、孝介に貴乃との結婚を依頼する。翌月、孝介は貴乃とサロベツ原野に行き、もう一年経っても完治の消息が分からなければ結婚を申し込みたい旨を告げる。しかし、結核を病む貴乃は自分の死が近いことを予感していた。

「善人が、なぜ故なき苦難にあうのか」――前節で見たように、『天北原野』上巻ではその原因を人間の自己中心性に求めていると考えられるが、下巻では戦争が人々に大きな苦難をもたらしている。稗田美由紀（一九八八）は『天北原野』について、『氷点』や『帰りこぬ風』などの中で登場人物の言葉によってのみ語られ、遠まわしに描かれていた戦争の正体が、悲劇が真向からとりあげられている」（四六頁）と書いている。『天北原野』に込められた三浦の思い・メッセージを考える上で、また三浦文学における『天北原野』の位置を考える上でも重要な指摘であろう。

黒古一夫（一九九四、六〇～六一頁）が述べているように、下巻には三浦の戦争批判が見て取れる。黒古氏は引用していないが、次の箇所では三浦の戦争批判が端的に語られている。

（竹林注…加津夫の中学の担任教師の言葉）「お前たち、二十一や二で、死んじゃいかんぞ。戦争なんかで、死んじゃいかんぞ、命は大事なもんだ」　（「煤」）

（竹林注…道端に赤子を置いて逃げて来た女性の泣き伏す姿を前にしての、孝介の思い）今朝までは自分の命より大事にと、胸に抱いていたわが子を、置き去りにさせるほど、人を狂わせる戦争の恐ろしさ、それは孝介自身、中国で見て来た人間の姿ではあったが、あらためて今まざまざと見せつけられる思いがした。　（「怒濤」）

（竹林注…自分の妹二人が死んだことを聞かされた加津夫の言葉）「しかしな、母さん、この戦争じゃみな死んだよ。おれの部隊でもたくさん死んだ。長崎でも広島でも、原爆でそりゃあ凄いやられ方だったぜ。大阪も東京も名古屋も、仙台も、目ぼしい街はみな焼け野原さ。戦争ってのは、殺し合いだからな。ま、おれに言わせたら、軍隊ってのは、大がかりなやくざだな。何のかのと言ったって、殺し合いするのは暴力団と同じよ。国のためだなんて言ったって、馬鹿馬鹿しくて。こんな時に生まれ合わせたのが不幸だったと、諦めるより仕様がねえや」

（「海の墓」）

貴乃について言えば、戦乱の中で娘二人を失い、心身を蝕まれて、孝介との結婚も叶いそうにない状態となる。黒古一夫（一九九四、六〇頁）は、「人間の運命を狂わし、美しい「純愛」をも踏みにじるもの、それは個人のエゴイズムであると同時に、その最大のものは国家エゴイズムの衝突の結果である戦争にほかならない」というのが「三浦綾子の確固たる思想」であるとしている。的を射た指摘であろう。下巻では、戦争によって人々を不幸に陥れる国が描かれている。

このような国と対照的なのが、「み国の来らんことを」という祈りにおける「み国」――神の国――である。「み国の来らんことを」は神の国の未到来を表す。(注7) 神の国が既に到来したのであれば、「み国の来らんことを」と祈ることはないはずである。雨が降っている状況では「雨が降りますように」と言わないのと同じである。「み国の来らんことを」という祈りには、未到来の「み国」を待ち望む思いが込められている。

『天北原野』のキーワードの一つに〈待つ〉がある。三浦は『天北原野』のテレビドラマ化にあたって寄せた文章の中で、北海道の人々の春を待つ心と、十字架を前にしたイエス・キリストが父なる神の意思を待って「御心のままになしたまえ」と祈ったことに触れた後、『天北原野』について「愛を待つ心の美しさ、貴さを謳歌したいのです。愛は、この世で結ばれようと結ばれまいと、苦しみの中に言い知れぬ甘美な喜びが浮き上がるものだからです」と述べている（三浦綾子〔一九七七ａ〕）。『天北原野』において「愛を待つ心の美しさ、貴さ」を描きたかったという作者の思いが見て取れるのであるが、待つ対象として三浦が考えていたのは愛のみではないであろう。戦争で人々を不幸に陥れるような国とは対照的な神の国も、待つ対象として考えていたからこそ、三浦は下巻の署名時に「み国の来らんことを」と書くことにしていたのではなかろうか。未だ神の国の到来していない、罪深く不条理なこの世にあっては、忍耐して（「忍耐」は貴乃の特徴）神の国を待ち望むべきこと――これが下巻における、そして『天北原野』全体をとおしての三浦のメッセージであると考えられる。「罪深く不条理なこの世」は、前節で見たように上巻でも大きく描かれているのであるから、「み国の来らんことを」という聖句は上巻にも――即ち『天北原野』全体に――関係していると見るべきであろう。『天北原野』上巻の署名本の中に「聖国《みくに》の来らんことを」と記されているものがあること（注（２）を参照）は、この聖句が『天北原野』下巻のみに関わるものではないことを物語っている。

山本優子（一九八九）は『天北原野』の主題として、「善人が、なぜ故なき苦難にあうのか」を問うことのほかに、苦難の受けとめ方ということがあるとし、「あらゆる苦難との邂逅もこの「時」（竹林注…人間を超越した大いなる存在に明け渡し得る時）のために備えられたものとして受けとめ得るということ、これをも『天北原野』の今一つの主題として捕えることが可能である」（五一頁）と述べる。先述の〈忍耐して神の国を待ち望む〉ということも、苦難の受けとめ方の一つである。

一九七七年四月十一日の『毎日新聞』（夕刊、第七面）に、テレビドラマ「天北原野」の関係でＴＢＳに立ち寄った三浦に取材した記事が掲載されている（「「天北…」の俳優さんと対面／これから香港へ取材旅行」というタイトル）。その記事の中に、「その生き方（竹林注…貴乃の生き方）を貫くテーマは新約聖書にある「御心のままになさしめたまえ」という言葉だという」とある。神の国の到来とは、「新しい天と地、いのちがあふれ、正義と愛に満ちた世界、罪のない世界」（内田和彦〔二〇一九、一九二頁〕）の到来であるのみならず、個々人においては、その人生に神の意思が実現することでもあろう。『天北原野』に貴乃が「御心のままになさしめたまえ」（或いは「御心のままになしたまえ」）と祈ったり思ったりしていたという記述はないが、貴乃は苦難の中でも、じっと耐える生き方をした。三浦が貴乃や読者に願っていたのは、苦難の中でも愛なる神に信頼し、忍耐をもって神の意思の実現を待ち望むことであると考えられる。この三浦のメッセージは、小説『続　泥流地帯』(注8)で登場人物の言葉をとおして明確に語られることになる（稗田美由紀〔一九八八〕、本書第一章、第三章）。

「苦難の中でも愛なる神に信頼し、忍耐をもって神の意思の実現を待ち望むこと」は、第二節で述べた「苦難の中でも神の主権を尊び、神を賛美するべきこと」と重なる。「み国の来らんことを」と「み名の崇められんことを」とは、互いに全く異なるものではない。三浦も『難病日記』の中で、鹿児島を襲った台風の被害に触れ、「その祖父（竹林注…家族を失った方）も神のお心がわからぬと嘆いているとか、暗然となる。「主よ御国を来らせ給え」。ヨブ記を思いつつ祈る」（第三章）と記している。「ヨブ記を思いつつ」というのは、おもに、思わぬ災難がヨブに降りかかったヨブ記一章・二章のことであろう。三浦において、「み国の来らんことを」とヨブ記の「神与え、神取り去り給う。神の名はほむべきかな」（そういう意味での「み名の崇められんことを」）とは繋がっていると考えられる。

『難病日記』には、上記の箇所のほかに「御国を来らせ給え」「聖国《みくに》が来ますように」が計四例見られる。そのうち一例は、旧約聖書、イザヤ書で預言されている「猛獣と幼子が共にたわむれ合う日」（神の国が到来する日）と、人間同士が殺し合っている「現在の地上」とを対比させた文脈におけるもの（第三章）である。(注9)他の三例は、原爆をめぐる文章（第一章）、建国記念の日に関する記述（第四章）、松本サリン事件について記した箇所（第五章）の中に出てくる（第一章では「神よ、聖名が崇められ、聖国が来ますように」という表現、第三章・第四章では「主よ御国を来らせ給え」、第五章では「主よ御国を、そして平和を地上に！」という表現である）。四例とも、平和を希求する文脈で用いられている。平和希求の文脈における「御国を来らせ給え」は、日記形式のエッセイ集『この病をも賜《たま》ものとして』にも見られる。

四、作者のメッセージと作品の評価

『天北原野』は、どのように読まれているのであろうか。貴乃と孝介の悲恋の物語としてであろうか。そのように読んだとしても間違いではない。或いは、苦難にめげず、じっと耐えることの大切さを教えている小説として読まれることもあるかもしれない。そのような読み方も誤りではない。小説の読み方・受け取り方は様々であってよい。

しかし、作者には作者なりの、作品に込めるメッセージや思いがあろう。三浦は特に、そうしたメッセージ・思いを強く持っていた作家である。とは言え、そのメッセージや思いが読者にしっかり伝わるかは別問題である。「原罪」をテーマとする『氷点』において三浦は「的外れ」な、即ち自己中心的な生き方が自他を不幸にすることを訴えようとした（三浦綾子〔一九六六a、一九六六c〕）。『氷点』はベストセラーとなったものの、その読者に三浦のメッセージ――「原罪」が人間の不幸の根本原因であるということ――はあまり伝わらなかったようである（三浦綾子〔一九六六c〕、三浦綾子・三浦綾子記念文学館編著〔二〇〇四、第五章〕、本書の序章三・六節）。筆者（竹林）は、そのことを残念に思う。そして、三浦が『氷点』に込めたメッセージや思いを多くの人々に知ってほしいと願っている。竹林一志〔二〇一四〕は、そういう願いから世に送った一般書である。

『天北原野』に込められた三浦のメッセージ・思いも、一読して直ちに分かるようなものではなかろう。三浦は『天北原野』で何が言いたかったのか、何を伝えようとしたのか。本章では、そのことを、上巻・下巻にサインを求められたときに三浦が署名とともに記した聖句を手がかりとして考えてみた。

文学のみならず、絵画や音楽などにおいても、作り手のメッセージが明確に伝わる作品が優れているとは限らないであろう。また、作り手のメッセージがよく分からないから駄作であるとも言えまい。三浦にとって、自分が作品に込めたメッセージや思いが読者に届かないことは不本意であるにちがいない。『氷点』についても三浦は講演の中で次のように語っている。

私は「『原罪』のことを書きます」といって、自分ではまあまあのところまで書けたなと思っていたんですが、『原罪』って何ですか」というお便りもあるんですね。「あれを読んだらわかってくださるかなあ」と思っていた「原罪」というテーマが、ちっともわからない。失敗だったかなと、しょぼんとしているところがあるんです。

（三浦綾子〔一九六六c、一一二頁〕）

しかし、三浦の伝えたかったことが読者に分かってもらえないとしても、そのことをもって『氷点』を不出来な小説だと決めつけるわけにはいかない。『氷点』は二〇一二年の角川書店のイベント「みんなが選んだ　発見！角川文庫」で「必読名作一位」に選ばれているが、そういう評価を得るにふさわしい作品であると筆者は考える。

本章で見てきたような、『天北原野』に込められた（と考えられる）三浦のメッセージや思いは、読者に伝わりにくいかもしれない。そのことと、作品に対する評価とは別問題である。『天北原野』をどう評価するか――このことについては機会を改めて、じっくりと考えたいが、同作の評価のためにも、この小説をとおして三浦が伝えんとしたことを把握しておく必要があろう。小説の評価において作者の意図やメッセージを考慮する必要はないとする考え方を否定するつもりはない。しかし、伝道のために小説を書いていると明言していた三浦の作品の評価にあたって、三浦のメッセージや思いを無視することは妥当でない。

また、『氷点』について前述したように、筆者（竹林）は『天北原野』に関しても、この小説に込められた三浦のメッセージや思いを多くの人々と分かち合いたいと願っている。様々な苦難の中にいる人々にとって、三浦のメッセージは大きな支え・力になり得る（本書第一章）。そのようなことも考えての文学研究も許されるのではなかろうか。

五、おわりに

本章では、三浦が『天北原野』上巻・下巻の署名時に各々「み名の崇められんことを」「み国の来らんことを」という聖句を書くことにしていた理由を探りつつ、同作に込められた三浦の思い・メッセージを探った。本章の要点は次のとおりである。

① 『天北原野』は、神に心が向いていない人たち（自己中心的に考え行動する人たち）が織り成す悲劇の物語である。人々が「的外れ」に生きる世界の暗さを描くことによって、神に心を向けることの必要性を示唆しようとしたのが『天北原野』（特に上巻）であると言える。そこには、「み名の崇められ」る世界の実現を希求する三浦の願いが込められている。また、三浦が「み名の崇められんことを」と記したことには、下巻から読み取れる〈苦難の中でも神の主権を尊び、神を崇めてほしい〉という読者への思いがこもっていると考えられる。三浦は『天北原野』上巻の署名時に「み名の崇められんことを」という聖句を書くことにしていたのであるが、この聖句は上巻

のみならず下巻にも――即ち『天北原野』全体に――関係している。

②　「み国の来らんことを」は「み国」の未到来を表す。『天北原野』下巻では、「み国」と対照的な、この世の国――戦争で人々を不幸に陥れる国――が描かれている。主人公、菅井貴乃は戦乱の中で娘二人を失い、心身を蝕まれ、相思相愛の池上孝介と結ばれることも叶いそうにない。このような罪深く不条理なこの世にあっては、忍耐して神の国（新天新地、ないし神の意思の実現）を待ち望むべきこと――これが『天北原野』下巻における、そして同作全体をとおしての三浦のメッセージであると考えられる。

『天北原野』は「苦難」「罪」「戦争」「愛」といった、三浦文学における主要テーマの詰まった作品である。三浦文学における『天北原野』の位置についての考察や、この小説をどう評価するかということは今後の課題としたい。

注

（1）『道ありき』『塩狩峠』には各々、「われは道なり、真理《まこと》なり、生命《いのち》なり」（ヨハネ十四章六節）、「一粒の麦、地に落ちて死なずば、唯一つにて在らん、もし死なば、多くの果《み》を結ぶべし」（ヨハネ十二章二十四節）という聖句がエピグラフとして掲げられている。『道ありき』『塩狩峠』の内容を考えても、これらの聖句は、それぞれの作品にとって最重要聖句であると言える。『道ありき』『塩狩峠』にサインを求められたときに三浦が「愛は忍ぶ」「神は愛なり」と書くことにしていたのは、これらのエピグラフとは異なる、署名とともに記すのに適した長さの聖句として、作品と関連の深いものを選んだということであろう。

（2）『天北原野』上巻・下巻には各々「み名の崇められんことを」「み国の来らんことを」という聖句しか書かれなかった、ということではない。二〇一八年に相田みつを美術館で開催された、同美術館と三浦綾子記念文学館との特別交流展「三浦綾子展〝二つの原点〟『氷点』と『銃口』に展示されていた三浦の著書の中に、「愛はとこしえに絶ゆることなし」という聖句（第一コリント十三章八節）の記された、某氏宛ての署名入り『天北原野』上巻があった（三浦と同氏との関係や、聖句に添えられた言葉から考えると、サインの求めに応じたものではなく献呈本であると思われる。同氏宛ての署名入り下巻には聖句が記されていなかった）。『天北原野』のテーマの一つは「愛」であるから、「愛はとこしえに絶ゆることなし」という聖句が書かれた理由は分かりやすい。この聖句は『三浦綾子作品集　第十巻　天北原野』（朝日新聞社、一九八四年）の函帯にも印刷されている。また、三浦綾子記念文学館所蔵の献呈署名本には、上巻に「聖国《みくに》の来らんことを」（ルビ、竹林）と記されたものや下巻に「愛は望む」と記されたものがある（二〇一九年四月に本書筆者が同文学館で行なった調査による）。

（3）三浦は「主の祈り」について、「決して人類が絶やしてはならぬ祈り」「本当に人間の持つべき、尊い祈り」であるとしている（『天の梯子』第八章）。また、「み名の崇められんことを」について、人間として祈らなければならない多くの祈りの中で「最も重大なる祈り」であると述べている（同書、第七章）。

（4）「ハマベツ」は浜頓別や苫前（苫前は三浦の両親の故郷）をモデルにした架空の地名である（『明日をうたう』第一章、『忘れてならぬもの』「天北原野を書き終えて」）。

（5）新約聖書の原語、ギリシャ語で「罪」を表す名詞「ハマルティア」の原義は「的外れ」である。

（6）三浦は、肺結核・脊椎カリエスのため長年ギプスベッドで療養していたとき、ヨブ記一章二十一節の聖句を何度も口にし、「神のなさることは、与えようと、取り去ろうと、すべてはよきことだ」という信仰を持たねばならないと思ったことを記している（『旧約聖書入門』第十二章）。

（7）ここで言う「神の国の未到来」とは、「天の御国、神の国＝神の支配は主イエスとともに到来した」ものの、「御国の完全な到来は、なお未来にある」（内田和彦（二〇一九、一九一頁））という意味である。

（8）『続　泥流地帯』は、『北海道新聞』日曜版に一九七八年二月から同年十一月にかけて連載され、新潮社から一九七九年四月に単行本が刊行された。正編『泥流地帯』（一九七七年三月に単行本刊行）とともに「苦難」をテーマとする作品である。

（9）『天の梯子』における、「み国を来らせたまえ」についての記述でも、「神の国」と「地上の国」とが対比されている（第八章）。そこでは地上の国に関して、「つくづくと、やり場のない憤りを覚えさせせられるのが、この世の国の姿である」と述べられている。『天北原野』で描かれているのは、まさに〈つくづくと、やり場のない憤りを覚えさせられる、この世の国の姿〉である。

第六章　三浦文学におけるクリスチャン

――ノン・クリスチャンの回心との関連で

一、はじめに

序章・第一章で見たように、三浦綾子の作家活動の目的は、人々（特にノン・クリスチャン）の目を神に向けさせる――神の愛やイエス・キリストを伝える――ことであった。その三浦の小説には、クリスチャンとの関わりの中でノン・クリスチャンが神に目を向けるようになり、神を信じるに至る（即ち回心する）という例が少なからず見られる。三浦の小説においてクリスチャンは、ノン・クリスチャンの回心にどのような形で関わっているのであろうか。この問題を探ることは、三浦が伝道についてどう考えていたかを知るための、大きな手がかりにもなるであろう。

以下では、まず、三浦の作家活動の初期（ないし中期初め）の小説『塩狩峠』『続　氷点』『細川ガラシャ夫人』(注1)におけるノン・クリスチャンの回心について見る（第二節）。次いで、三浦文学初期の代表作の一つである自伝小説『道ありき』（一九六九年刊）における綾子の求道・回心について見、第二節の内容を綾子の求道・回心のありようと関連づける（第三節）。その後、三浦文学中期以降の作品におけるノン・クリスチャンの回心が、『塩狩峠』『続　氷点』『細川ガラシャ夫人』とは少し様相を異にする面があることを述べる（第四節）。そして最後に、第二節から第四節までの内容を基に、三浦が伝道についてどのように考えていたかということを探る（第五節）。

二、『塩狩峠』『続　氷点』『細川ガラシャ夫人』における回心

二・一、『塩狩峠』における回心

『塩狩峠』（一九六八年刊）の主人公、永野信夫が神を信じるようになるまでには、多くのクリスチャンが関わっている。信夫の両親、妹、妹の夫や、小説家の中村春雨、相思相愛の仲となった吉川ふじ子、伝道者の伊木一馬といった登場人物たちである。

信夫の回心の大きなきっかけとなったのは伊木との会話である。この会話において信夫は、イエス・キリストを神であると信じていると言う。しかし、伊木は「永野君、キリストが君のために十字架にかかったということを、いや、十字架につけたのはあなた自身だということを、わかっていますか」と問う（「雪の街角」）。「どうして明治生まれのぼくが、キリストを十字架にかけたなどと思えるでしょうか」と答えた信夫に伊木は「君は自分を罪深い人間だと思いますか」と問う。信夫は自分の罪深さを十分に認識していないゆえに、イエス・キリストの十字架が我が事として感じられない。この信夫に伊木は、聖書の言葉を徹底的に実行してみるようにと勧める。その試みをとおして自分の罪深さが分かるであろう、ということである。

その後、信夫は伊木の助言に従い、聖書の「良きサマリヤ人」の如く、ひねくれ者の同僚、三堀峰吉の「真実な隣人」になろうとする。その好意を拒む三堀に信夫は憎しみを抱くようになり、そこで自分の罪に気づく。神に助けてもらわねばならない自分を棚に上げて三堀を見下していた傲慢の罪を思い知ったのである。この傲慢の罪がイエス・キリストを十字架につけたことを知った信夫は回心し、洗礼を受ける。

信夫の回心にとって伊木との会話が重要な役割を果たしたことは言うまでもない。しかし、伊木の言葉が直ちに信夫を回心させたのではない。信夫自身の聖句への聴従の試みをとおして罪を認識し、回心に至ったのである。『塩狩峠』において、伊木は信夫の回心の大きなきっかけを与えた存在として位置づけられる。

「きっかけ」ということで言えば、伊木より前に信夫と関わったクリスチャンの登場人物たちも同様である。信夫の両親、妹、妹の夫、また小説家の中村春雨、吉川ふじ子は、それぞれに様々な形で信夫の回心のきっかけを提供している。これらの人たちをとおして信夫はキリスト教に触れ、クリスチャンやキリスト教への抵抗感、キリスト教信仰への懐疑を含めて様々なことを感じ、考え、神を信じるようになったのである。

例えば、信夫は、いとこの浅田隆士の友人である中村春雨の小説『無花果』によって「義人なし、一人だになし」という聖句を知る。そして、この聖句をめぐって母の菊、妹の待子と語り、自分を立派な人間だと思いたがっていることに気づかされる。その後、母・妹と共に春雨と話をすることになる。そこでは、『無花果』や母の入信に至る経緯について語られた。その会話以降、信夫は「何となく神ということについて考えるように」なる（「トランプ」）。

また信夫は、北海道に移り住むべく東京を発つ際に妹の夫、岸本から聖書を贈られ、北海道でその聖書を読むことになる。聖書を読むきっかけとなったのは、親友の吉川修との会話であった。修から、その妹、ふじ子がクリスチャンで、ふじ子も修も聖書を読むという話を聞いたのである。吉川は、肺病を患うふじ子が神は愛だと言って喜んでいることを話す。信夫は、岸本からもらった聖書の扉に「神は愛なり」と書かれていたことを思い出し、「自分とふじ子をつなぐ何ものか」を強く感じる（「しぐれ」）。また、吉川の話には「義人なし、一人だになし」という聖句も出てくる。中村春雨の小説で知った、あの聖句である。

ふじ子が信仰を得たのは、病気のふじ子を見舞い続けたクリスチャンの女性の影響であった。その女性がふじ子に聖書をくれたのである。ふじ子は聖書を読むようになって入信し、そのふじ子の影響で兄の修も聖書を読むようになり、その修の話を聞いた信夫も「渇いた者が水を欲するような思いで、聖書を読みたいと切に思」い、聖書を開くことになる（「しぐれ」）。

信夫は誰かから無理やり信仰を押し付けられたのではない。信夫の回心に至る過程には多くのクリスチャンが関わっているが、それらのクリスチャンの影響を受けつつ、様々なことを感じ、考え、最終的に自分の傲慢の罪を知って回心したのである。

篤信のクリスチャンとなった信夫によって信仰へと導かれた三堀峰吉も、信夫から信仰を強いられたのではない。篤信の信夫を胡散臭く思い、嫌みを言い続けてきた三堀は、機関車との連結が外れて勾配を逆走する客車の下に身を投じて乗客の命を助けた信夫を間近に見て、信仰を持つようになり、人格が一変したのである。

二・二、『続　氷点』における回心

『続　氷点』（一九七一年刊）の主人公、辻口陽子はどのように回心したのか。陽子も、『塩狩峠』の信夫、三堀と同様に、「主を信ぜよ」という類いの言葉によって回心したのではない。

『氷点』（正編）において陽子は、育ての母、夏枝から殺人者の子だと言われたことにより「自分の中の罪の可能性」――自分が罪性を有する存在であること――を直観し、自殺を図る（「遺書」）。自分は正しく、汚れなき存在であるという思いを支えに生きていた陽子は、罪ある自分を受け入れることができなかったのである。その遺書の中に「私の血の中を流れる罪を、ハッキリと「ゆるす」と言ってくれる権威あるものがほしいのです」という一文がある（「遺書」）。陽子は『続　氷点』の最終章で回心するのであるが、その回心の萌芽は（『氷点』における）自分の罪性についての認識と、罪の赦しの希求の中にあったと言えよう。

『続　氷点』において、一命をとりとめた陽子は実母、三井恵子を憎む。恵子は夫の出征中に、実家に下宿していた男性と不義の関係に陥り、陽子を産んだ後すぐに乳児院に入れたのであった。実母への憎しみから解放されない陽子は、辻口家の長女、ルリ子を殺した佐石土雄の実子、相沢順子と出会う。佐石の犯行時に赤子だった順子は乳児院・

育児院で育ち、四歳のときに相沢夫妻の養子となった。殺人を犯した実父を憎んでいたが、教会でキリストの贖罪を知ったことにより実父への憎しみから解放される。この順子が陽子の回心に大きな影響を与える。

順子は陽子への手紙で、キリストの贖罪を知って生き方が変わったことを書く。また、辻口家を訪れた際、実父が辻口家の娘を殺したことを知り、父の罪を心から詫びる。(注2) そのような順子によって陽子は生きる方向を示される。(注3) 陽子の回心の場面には「神の子の聖なる生命でしか、罪はあがない得ないものであると、順子から聞いていたことが、いまは素直に信じられた」とある（「燃える流氷」）。順子は罪の贖いについて陽子に語っていたことが分かる。

先にも述べたように、陽子の回心の萌芽は、既に『氷点』において自分の罪性の認識と、罪の赦しの希求の中に見られる。また、実母を赦さねばならないと思いつつも赦せないという葛藤や、自分が実母を赦したからといって実母の罪が消えるわけではないというような、罪と赦しについての問題意識を持っていたこと、さらには啓造から渡された聖書の中の言葉「あなたがたの中で罪のない者が、まずこの女に石を投げつけるがよい」（この聖句には啓造によって太い朱線が引かれていた）も陽子の回心にとって重要なファクターであろう。この聖句をとおして、陽子は自分の根本的な罪（自分を正しいとし、人を見下げていること）を認識したのである。何より、燃える流氷を見て「先ほどまで容易に信じ得なかった神の実在が、突如として、何の抵抗もなく信じられた」（「燃える流氷」）というのは天啓によることにほかなるまい。(注4)

とは言え、順子というクリスチャンが、その生き方や言動をとおして陽子の回心に大きく関与していることは疑えない。重要なのは、順子の口先だけの言葉によって陽子が回心したのでは決してないということである。神と人の前で罪を詫び、赦され、そして自分も人を赦す、という順子の生き方、そのようにして歩む順子の言動が陽子に「生きる方向」を示し、陽子の回心の道備えをしたのであった（「道備え」とは、順子の言動が陽子の回心に直結しているわけではないことを含意している)。

二・三、『細川ガラシャ夫人』における回心

歴史小説『細川ガラシャ夫人』(一九七五年刊)の主人公、玉子(明智光秀の娘。細川忠興の妻)の回心に大きな影響を与えたクリスチャンは清原佳代(玉子の侍女)と高山右近である。

佳代は、本能寺の変の後、丹後の味土野に幽閉された玉子と共に暮らす中で、玉子に「信ずることの尊さ、強さを感じ」させる(「十九　帰館」)。佳代は玉子に、真に恐れを取り除いて揺るがぬ幸せを与える「天主《デウス》の神」をはっきりと指し示し、「佳代どの、わたくしは、もっと早くに、天主《デウス》の神を知るべきでありました」と言わしめる(「十九　帰館」)。

一年八ヶ月ぶりに味土野から帰った玉子は、夫、忠興に側室ができて、その側室おりょうが子を宿していることを知る。忠興がおりょうを玉子に対面させ、妊娠していることを告げたのであった。輿に乗っての忠興の所業に深い淋しさを抱いた玉子は佳代に、「今こそ、本当にデウスの神のお話を聞きたいのです。デウスの神は、一体わたくしが何をしたら、救ってくださるのです」と問う(「二十　人の心と天の心と」)。佳代は、イエス・キリストを救い主と信じれば罪の赦しが得られると答え、十字架の意味を説明する。しかし、玉子は自分が罪ある存在であることを認めない。「わたくしは生まれて今日まで、人に指さされるような悪いことなど、した憶えはありませぬ」と言うのであった。うまく説明できないことを詫びる佳代の様子を見て哀れに思った玉子は「キリシタンの教えの書物はありませぬか」と尋ねる。佳代が持って来たのは『こんてむつすむん地』であった。(注5)

それから七ヶ月ほど後、高山右近が細川邸を訪れる。もしキリスト教禁制の世になったらどうするか、という忠興

の問いに対する右近の答えを聞いた玉子は強い衝撃を受ける。右近は、領地を没収されても国外追放になっても処刑されても信仰を捨てはしないと言ったのである。右近の言葉に心を大きく動かされた玉子は「切実に神を信じたい」「信ずる以上は、右近のような信仰でありたい」と思う（二十一　こんてむっすむん地）。右近は玉子に直接的に伝道したのではない。強い信仰から出た右近の言葉が、それを聞いた玉子の心に切なる求道の思いを呼び起こしたのである。

玉子は右近に「神を信じようといたします時、一番大切な心がけは何でございましょう」と尋ねる。何事も神の意思のままに成るようにと祈ることが神を信じる者の第一の心がけであり、「全智全能で全き愛のお方」なる神に、安んじて自分を委ねることが肝要であるとの右近の話に、玉子は「神のなさるままにお委ねして、黙ってキリストのあとに従って行きたい」と心から思う。

『こんてむっすむん地』を全文暗記するまでになった玉子は、そこに書かれているように「ひたすらキリストの御跡に従い、キリストに学んで生きよう」とする（二十一　こんてむっすむん地）。そして、右近から聞いた「み心のままになさしめ給え」という祈りに忠実であろうとすることで、「いかに自分が、万事を自分の思いどおりにしたいと、根強く思っているかを知るように」なり、自分が罪深く、高慢な者であることを認識する。このようにして玉子は回心したのであった。清原佳代と高山右近は玉子の回心の大きなきっかけとしての役割を果たしたことになる。

三、『道ありき』における回心

本節では、三浦文学初期の自伝小説『道ありき』（一九六九年刊）において堀田綾子の求道・回心にクリスチャンがどのように関わっているのかということを見、第二節の内容と関連づける。

以下は『道ありき』に記されている内容である。本書の序章・第一章でも述べたように、戦時中に軍国主義教育を行なっていた小学校教師の綾子は、敗戦後、自分のしてきた教育が否定されたことで何を信じてよいのか分からなくなり、虚無に陥る。敗戦の翌年、辞職した綾子は肺を患い、闘病生活が始まる。その二年半後に綾子の前に現れたのが、おさななじみの前川正であった。前川は篤信のクリスチャンであり、肺結核のために北海道大学医学部を休学していた。やがて綾子と前川の間に友情が芽生える。飲酒をするような綾子の身を案じる前川は、真面目に療養するようにと忠告するが、綾子はその言葉を聞き入れず、キリスト教信仰についても否定的で、自堕落な生活を続けていた。

一九四九年六月、三年前に婚約した西中一郎との婚約を解消するために西中の住むS町に行った綾子は、入水寸前で西中に助けられる。同月、旭川に帰った綾子を前川は緑滴る、見晴らしの良い春光台の丘に誘う。生きることに消極的な綾子を涙ながらに戒める前川を皮肉な目で眺めつつ綾子が煙草に火をつけたとき、前川は「綾ちゃん！　だめだ。あなたはそのままではまた死んでしまう！」と叫ぶように言い、深い吐息をついて傍らの小石を取り、自分の足を強く連打する。それを止めようとする綾子の手を前川は握りしめ、次のように言う。

「綾ちゃん、ぼくは今まで、綾ちゃんが元気で生きつづけてくれるようにと、どんなに激しく祈って来たかわかりませんよ。綾ちゃんが生きるためになら、自分の命もいらないと思ったほどでした。けれども信仰のうすいぼくには、あなたを救う力のないことを思い知らされたのです。だから、不甲斐ない自分を罰するために、こうして自分を打ちつけてやるのです」（第十一回）

このとき、綾子は前川の愛に心打たれ、「この人の生きる方向について行ってみようか」という思いになる。『道ありき』には次のように書かれている。

自分を責めて、自分の身に石打つ姿の背後に、わたしはかつて知らなかった光を見たような気がした。彼の背後にある不思議な光は何だろうと、わたしは思った。それは、あるいはキリスト教ではないかと思いながら、わたしを女としてではなく、人間として、人格として愛してくれたこの人の信ずるキリストを、わたしはわたしなりに尋ね求めたいと思った。（第十一回）

前川は綾子の求道のきっかけとなったのである。綾子は聖書を読むようになり、教会に通い始める。

一九五二年、療養七年目の綾子は自分の症状から脊椎カリエスにかかっていることを直観し、適切な治療を受けるべく旭川の病院から札幌の病院に移る。前川からの依頼により札幌で綾子の見舞いに来たのが札幌北一条教会の長老、西村久蔵であった（綾子の伝記小説『愛の鬼才』の主人公）。綾子のもとを訪ねては信仰のことについて熱く語る西村の話を綾子は真剣に聴くようになる。西村は信仰の話をするだけではなく、親身になって綾子の身の回りの世話をする。『道ありき』には、「話を通し、先生の人格を通して、わたしは次第にキリスト教がわかりつつあった。そして、洗礼を受けたいとさえ思うようになった」（第三十回）と書かれている。しかし、文章は次のように続く。

だが、人間の心というものは尋常一様にはいかないものである。前川正の愛と言い、西村先生の真実と言い、共にクリスチャンの中でも特に優れた人たちである。この人たちに愛され、導かれれば、すぐにもクリスチャンになってふしぎはないはずである。それがそうは簡単にいかないわたしだった。その理由のひとつに、西中一郎への姿勢があった。（第三十回）

「西中一郎への姿勢」とは何か。かつての婚約者、西中は綾子が札幌の病院に移ったとき、既に結婚して札幌に隣接する江別に住んでいた。そして、江別から札幌に通勤していた西中は、勤務先に近い病院の傍で綾子を見かけ、或る日、綾子の病室に見舞いに来る。その後、西中は毎日のように会社の昼休みに綾子を訪ねるようになる。その西中を綾子も心待ちにしていたのであった。その頃、綾子を訪ねて来る人は先の西村久蔵と西中だけだったからである。

綾子と西中との間に恋愛的な雰囲気はなかったが、綾子は西中との関係について考えさせられる。或る夜、隣の病床の患者から悩み事を打ち明けられたのである。その患者の夫が勤務先の女性とコーヒーを飲みに行っているという話であった。この話を聞いた綾子は同情し、あいづちを打つ。仮に前川が綾子の入院中に若い女性とコーヒーを飲みに行ったら、どれほど不愉快かと思った綾子は、はっとする。元婚約者の西中の見舞いを受け続けながら、旭川にいる前川の気持ちも西中の妻のことも考えていなかった自分に気づいたのである。

しかし綾子は、その後も西中の見舞いを断ることはしなかった。さして悪いことをしている気はしないし、西中の親切な友情を失いたくないという思いが強かったからである。そういう自分に綾子は恐ろしくなる。「もしかしたら、わたしには罪の意識というものが、欠けているのではないだろうか」「罪の意識のないのが、最大の罪ではないだろうか」と綾子は思う。そのとき、「イエス・キリストの十字架の意義が、わたしなりにわかったような気がした」とある（第三十一回）。罪意識なく罪を犯す「わたし」ゆえに、その「わたし」の罪を負ってイエス・キリストが十字架にかかったことが分かった、ということであろう。

その後、綾子に脊椎カリエスの診断が下る。背骨が結核菌に蝕まれていながら、そのことが分からないままであったら大変なことになるが、自分に罪意識がないために、心が蝕まれていても気づかないのではないか、と綾子は考え、つくづく恐ろしく思う。そして洗礼を受ける決意をする。

　前川正、西村久蔵は綾子の求道・回心にとって大きなきっかけであり、綾子の信仰の導き手であった。しかし、右に見たように、前川や西村の言動によって直ちに綾子が回心したのではない。西中一郎の見舞いを受け続けたことをとおして自分の罪意識の欠如について考え、「イエス・キリストの十字架の意義」を理解する、というプロセスがあった。また、脊椎カリエスと診断されたことをとおして、心が蝕まれていても罪意識の欠如ゆえに気づかないことの恐ろしさを痛感した。このような過程を経て綾子の回心は確かなものとなり、受洗に至ったのである。

　篤信のクリスチャンの愛や導きがあれば「すぐにもクリスチャンになってふしぎはないはず」であるが、現実は必ずしも「そうは簡単にいかない」、「人間の心というものは尋常一様にはいかないものである」（第三十回）という綾子自身の体験・認識は、特に三浦文学初期（ないし中期初め）の小説における回心の描き方に反映していると考えられる。『塩狩峠』の永野信夫や『続　氷点』の辻口陽子、『細川ガラシャ夫人』の玉子は立派なクリスチャンに接することで直ちに回心したわけではない。心の葛藤、クリスチャンやキリスト教への抵抗感、キリスト教信仰への懐疑、自分に罪意識が欠如していることへの気づきなどを経て、自分の罪をしっかりと認識し、回心に至ったのである。そのような信夫・陽子・玉子の道程は、『道ありき』に記されている綾子の歩みと重なる。

　とは言え、信仰を体現する生き方をしているクリスチャンが信夫・陽子・玉子の周囲にいたという点も、綾子と同様である。このことを軽視してはならないであろう。そういうクリスチャンがいたからこそ、信夫・陽子・玉子・綾子は信仰へと導かれたのである。篤信のクリスチャンの存在が必ずしもノン・クリスチャンの回心に直結しなくても、求道・回心のきっかけとなり得ていることには大きな意義があると言えよう。

四、三浦文学中期以降の作品における回心

第二節・第三節で見たように、三浦文学の初期（ないし中期初め）の作品『塩狩峠』『続　氷点』『細川ガラシャ夫人』『道ありき』では、クリスチャンがノン・クリスチャンの回心に「きっかけ」として関与している。本章で「きっかけ」として関与している」と言うのは、クリスチャンの存在・言動とノン・クリスチャンの回心とが直結していないという意味である。

ところが、中期以降の作品における、ノン・クリスチャンの回心（へのクリスチャンの関わり方）は『塩狩峠』『続氷点』『細川ガラシャ夫人』『道ありき』とは少し様相を異にしている面がある。本節では、伝記小説『岩に立つ』『愛の鬼才』『ちいろば先生物語』『夕あり朝あり』『われ弱ければ』、歴史小説『千利休とその妻たち』、現代小説『雪のアルバム』における回心について見る。

四・一、『岩に立つ』『愛の鬼才』における回心

『岩に立つ』（一九七九年刊）の主人公、鈴本新吉は娘の通う（教会附属の）幼稚園で、サオ・ライネン牧師が子どもたちにしていた話を聞く（「十　洗礼」）。天地万物の創造主なる神は全ての人を愛し、決して罰を当てず、どのような罪をも赦す方である、という趣旨のことを分かりやすく語っていたのであった。神とは罰を下す存在だと思っていた新吉は、「罰を当てない神」がいるということに大きな驚きを覚える。手足が伸び伸びするような良い心地になった

新吉は、ライネン牧師の語ったことを妻に話し、仕事の入っていない日曜日には教会に行くようになる。そして、イエス・キリストに心惹かれ、妻子と共に受洗する。

第二節・第三節で見た四作品とは異なり、『岩に立つ』では牧師の語る言葉によって主人公の心が直ちに求道へと向かい、回心に至っている。クリスチャンの言葉（牧師の語る福音のメッセージ）とノン・クリスチャンの回心との間に紆余曲折がない。（注6）

『愛の鬼才』（一九八三年刊）の主人公、西村久蔵は札幌北一条教会の長老、小笠原楠弥の家で週一回開かれていた求道者会に義理で通うようになった。満十七歳のときのことである。五ヶ月ほど後、その集会で高倉徳太郎牧師が語るイエス・キリストの十字架の話を聞いた久蔵は「この西村という汚い罪人の犯せる罪や、心がイエスを殺したのだ」ということを深く認識し、回心する（第三章）。そして、集会から二日後の日曜礼拝で受洗する。高倉牧師の語る言葉をとおして心が大きく揺さぶられ、即時に回心へと導かれたのである。

四・二、『ちいろば先生物語』における回心

『ちいろば先生物語』（一九八七年刊）の主人公、榎本保郎の回心は、『岩に立つ』『愛の鬼才』に比べると紆余曲折がある。

一九四六年九月、心がすさんだ状態で戦地から淡路島の実家に帰った保郎は、中学時代から世話になっていた高齢の高崎倫常の家を訪ねる。帰り際、ふと書棚に目をやると、「切支丹」という語の付いた幾冊かが目に入る。この数冊を見て、保郎は戦友、奥村光林のことを思い出す。カトリックの神学生であった光林は、戦地で毎日、保郎にキリスト教のことを話し、保郎がキリストを信じられるようにと朝晩祈っていた。この光林は、キリスト信者は将校にな

れないことを知りながら、戦地での幹部候補生試験で自分の宗教を問われて、カトリックの神学生だと答え、保郎を大いに驚かせたのであった。光林のことを思い出した保郎は、「あいつを、あんな男にさせたヤソ教いうもんは、いったいどんなもんなんや」という思いから、目にとまった切支丹関係の本を読んでみたくなり、倫常から借りる（「彼岸花」）。

京都の奥村家に行けば、戦地で別れた光林の消息が聞けるかもしれない（光林に会えなくても光林の両親には会える）と思った保郎は、奥村家を訪ね、父親の要平と会う。光林の消息は分からないとのことであった。保郎が帰ろうとすると、牧師の要平は「では、お祈りしましょう」と言い、畳の上に這いつくばって保郎のために熱く長い祈りをささげる。この要平の姿――「神の前にひれ伏している者の敬虔な姿」「神の臨在を信じて生きている者の姿」――に保郎は心を打たれる。そして、帰宅後、倫常から借りた切支丹の本を読み始める。『長崎二十六聖人の殉教』を読んだ保郎は二十六人の信者の生きざま・死にざまに心を揺さぶられ、自分もキリシタンになりたいという思いになる（「彼岸花」「宗門」）。敗戦後、満州で虚無的な生活に明け暮れた自分を振り返り、「そのすべての罪、汚れを、本当に許し、潔め、虚無の世界から救い出してくれる者があるなら、心底救ってほしい」と思うのであった（「宗門」）。

保郎が戦地で光林と別れたとき、光林は「おれはどこにあっても、貴様が救われることを祈っとる」と言った（「敗退」）。その言葉に保郎は、自分は神に救ってもらわねばならないような悪人ではないと返したのであった。しかし、奥村要平の祈りに心打たれ、『長崎二十六聖人の殉教』を読んだ保郎に求道の熱い思いが生じたのである。篤信のキリスト者である光林・要平は、保郎の求道、そして後の回心の大きなきっかけになっている。第二節・第三節で見た『塩狩峠』『続　氷点』『細川ガラシャ夫人』『道ありき』における、クリスチャンの、ノン・クリスチャンの回心への関わり方と同様である。

翌年一月、保郎は同志社大学神学部の聴講生となるが、自分がイメージしていたのとは異なる神学部のあり方に絶望する。聴講生になってから一ヶ月ほど後、自殺を考え、両親に遺書の手紙を送る。しかし、なぜか奈良の寺に身を寄せ、仏道の修行をすることになる。保郎を探して寺にやってきた父親は息子を抱きしめ、生きていてくれたことに感謝する。保郎にとって意外な父親の姿であった。

実家に帰った保郎は、自分の父親の心さえも容易に分からないのに信仰の世界のことが一ヶ月足らずで分かるわけはない、という謙遜な思いになり、教会に行ってみようかという気になる。実家から四キロ離れた町の教会に行った保郎は、中村つね牧師に自分のこれまでの歩みを話す。涙を浮かべながら真剣に保郎の話に耳を傾け、身勝手な生き方を責めずに「一途なお方なんやなあ」と言ってくれる中村牧師に心を打たれた保郎は、この教会に通ってみたいと思う（「ミズスマシ」）。

中村牧師の教会に通うようになった保郎は、教会員、野村国一（後に保郎の妻となる和子の父親）の常に輝いている姿に接する中で、心を変えられてゆく。また、教会の伝道集会に来た講師から、自分は信仰を持って五十年になるが、キリスト教・聖書は理解し尽くせるものではない、との謙虚な述懐を聞く。この講師の強い勧めによって、保郎は京都円町の教会に下宿しながら再び同志社大学神学部で学ぶこととなり、牧師の道を志す。

中村牧師、野村国一、伝道集会の講師といったクリスチャンが、様々な形で保郎の回心の重要なきっかけとして関わっている。

信仰に熱心であると自負していた保郎は、或る日、下宿先の教会の中山昌一牧師から「君は罪が何たるものか、わかっていない。罪のわからぬ者に福音がわかる筈はない」と叱責される（「海底電線」）。知人を訪ねての旅からの帰途、列車の中で警官による荷物検査に慌てふためいた闇商人から押し付けられた魚を、知人からの土産であるかのようにして下宿先の家族に差し出したことを咎められたのである。保郎は「このインチキ性、ごまかし」が自分に纏わり付いているのではないかと考え、神による新生を心から願う。そして、自分の犯してきた、人に知られたくない罪を両親、同志社大学神学部の有賀教授、結婚の申し込みを受け入れてくれたばかりの野村和子に手紙で告白する。「罪に悶える」ということができるためには、神の前でのみならず、人にも自分の恥ずべき罪を告白することが必要である、と語る中山牧師の勧めに従って手紙を書いたのである。(注7) 和子からの返信は、保郎への敬意を表すとともに、保郎の過去を受け入れる内容のものであった。この返信を読んだ保郎は畳にひれ伏し、神の名を呼ぶ。そのとき、「子よ、汝の罪赦されたり、安らかに行け」という聖句を聞いたように思ったのであった。(注8) このようにして保郎の回心は確たるものとなり、『ちいろば先生物語』では、この後、伝道者としての保郎の歩みが展開されてゆく。中山牧師の言葉・勧めは保郎の回心に直接的に関与していると言えるであろう。

四・三、『夕あり朝あり』における回心

『夕あり朝あり』（一九八七年刊）の主人公、五十嵐健治は、若き日に生きる目的を失って自殺を考える。そして、無一文の状態で吸い寄せられるように入った、小樽の今井旅館で信仰を得る。この旅館を常宿としていたクリスチャンの商人、中島佐一郎の導きにより、素直な心でキリスト教の教えを日々吸収し、外出時に井戸端で中島から洗礼を受けたのである。中島の語った言葉（聖句を含む）は健治の心に直接的に作用し、回心へと向かわしめている。

健治は、中島と出会う二年ほど前（数え年で十七歳のとき）、篤信のクリスチャン、宮内文作の経営する住吉屋という前橋の旅館で働いていたことがある。そのときは、キリスト教について「慈悲深い主人夫婦の信ずる神さまだから、よい教えにはちがいない」と思ったものの、金儲けを人生の目的とする生き方だったため、キリスト教には全く興味

を持たなかったのであった。また、「神に依り頼まねば生きていけぬほど、弱くはない」という思いもあった（「宿の主人たち」）。

しかし、生きる目的が金儲けから国のために命をなげうつことに変わった健治は、日清戦争後、だまされてタコ部屋に入ったことにより、生きる目的を見失う。タコ部屋から逃げ出したものの、虚無に陥って自殺まで考えた健治は、今井旅館の主人の病床にあった漢訳聖書に目をとめる。そのときの心境は、作中で健治によって「何でもいい、何かに縋りたいという思いになっていたのでしょうな。そこに聖書が目に触れた。乾き切っていた心に、この聖書が何やらわからぬながら、尊いものに思われた、とまあ、こういう状態だったのでしょうな」と語られている。また、聖書を読んでみたくなったのは「宿の主人の顔が、あまりに平安に、清らかに見えたからかも知れません」とも語られている（「波打ち際」）。住吉屋の宮内夫妻がキリスト教・クリスチャンについての良いイメージを健治に与えていたことも影響しているであろう。健治は漢訳聖書を借りたものの、難しくて読めない。そのことを旅館の女将に話したところ、「ああ、耶蘇《ヤソ》のことなら、二階に泊まっている中島さんが詳しく知っている筈ですよ」と教えてもらい、中島の部屋を訪ねたのである（「波打ち際」）。

今井旅館の主人は、健治を信仰に導いた中島佐一郎によってクリスチャンになった人物であり、その臨終の様子は健治に大きな衝撃を与える。死去する日の朝、病床で中島に祈ってもらった主人は「ありがとう、ありがとう。感謝です。凱旋です」と言ったのであった（「波打ち際」）。自分の死を前にして、それを凱旋だと言ったことに感激した健治は声を上げて泣き、洗礼を受けたいという願いを強く持つようになる。健治は中島の導きによって入信したのであるが、健治の求道・回心・信仰に今井旅館の主人が大きく関わっていることを押さえておきたい。

四・四、『われ弱ければ』における回心

『われ弱ければ』（一九八九年刊）の主人公、矢嶋楫子は明治十一年、宣教師のミセス・ツルー（以下、ツルーと書く）により、ミッションスクール、新栄《しんさかえ》女学校の校長として迎えられる。修身の授業の教材としてツルーから漢訳聖書と和訳のマタイ伝を渡されたことも影響して、楫子は次第に聖書に興味を抱くようになり、教会にも行く。そして、聖書を手にしてから半年あまり後、キリストの救いを信じるに至る。

楫子を入信へと導いたのはツルーであった。ツルーから日々輝き出る光が楫子を感化したのである。特に、喫煙をしていた楫子の煙草の火の不始末によるぼや事件は、楫子の求道を真剣なものとした。板の間に両手をついて非を詫びる楫子をツルーは一切責めなかったばかりか、自分も椅子から降りて床にひれ伏し、「わたしこそ謝らなければなりません」と言った。その光り輝く姿を見た楫子は「ツルーのような人格の人間が信じている神を、自分もまた本気で信じてみたい」と思ったのである（「汐留橋」）。楫子は朝早く起きて祈るようになり、日曜日の教会での説教に一層深く耳を傾けるようになる。

或る日、「姦淫の女とイエスのまなざし」という題で語られた説教によって楫子の信仰は確かなものとなる。妻子ある男性と不義の関係に陥って子を生んだことのある楫子は、ヨハネ八章に記されている「われも汝を罰せじ、行け、ふたたび罪を犯すな」という聖句をとおして、自分の行く道――キリストに従って行く道――を示され、神のみを頼りとする決意を固めて、二ヶ月ほど後に受洗する。

ツルーによって楫子は真剣に求道するようになり、ヨハネ八章の前掲の聖句によって回心したのである。ツルーの言動が即、楫子の回心をもたらしたわけではないが、楫子の回心にツルーの存在・言動は極めて大きな影響を与えたと考えられる。

四・五、『千利休とその妻たち』における回心

『千利休とその妻たち』（一九八〇年刊）において、利休の後妻、おりきは利休との間の子を失って虚無に陥っていたとき、ルイス・フロイスの辻説法（通辞が和訳）を聞き、死者が甦るという教えに驚く。そして、より詳しくキリスト教の教えを聞きたいと願うようになる。

或る日、キリシタンの会堂を訪れたおりきは、幼子キリストを抱いたマリアの像と、十字架にかかったキリストの像を見る。そのとき、信者とおぼしき女性が近寄って来て、「あの方は、わたしたちの罪を負われて、十字架にかかられたのでございます。罪もないお方が、わたしたちの罪を負ってくださりましたので、信ずる者はもう罪のない者として、天主《デウス》に受け入れられるのでございます」と言う（「呪」）。この日以降、おりきは度々ミサに出るようになり、入信する（回心時の詳細は描かれていない）。

ルイス・フロイスの辻説法、会堂で聞いた、信者とおぼしき女性の言葉は、おりきの求道・回心の「きっかけ」になっているとも言えようが、クリスチャンの言葉によって主人公の心が直ちに求道へと向かい、回心に至っている――クリスチャンの言葉とノン・クリスチャンの回心との間に紆余曲折がない――という点で、先に見た『岩に立つ』における鈴本新吉の場合と同様である。

四・六、『雪のアルバム』における回心

『雪のアルバム』（一九八六年刊）の主人公である浜野清美は、母の沢枝と、妻のいる舟戸信昌との間に生まれ、母子家庭で育った。小学生のとき、沢枝は妻子ある加奈崎盛夫の愛人となる。或る日、小学三年生の清美は加奈崎から

「淫らないたずら」をされ、心に「癒え難い傷」を負う（第二章）。それから間もなく、沢枝と加奈崎との関係は切れるが、清美が高校生になってすぐ、清美の入った美術部に加奈崎の娘、野理子が入ってくる。幸せそうで明るい性格の野理子を清美は疎ましく思い、加奈崎への憎しみが清美を悩ませる。清美は人に対する憎しみによって自分の心を汚したくなかったのである。

そうした悩みの中で毎晩のように思い出すのは、交通事故で他界した叔母、舟戸沙織のことであった。クリスチャンの沙織は五歳の清美に、小さき存在への神の愛を歌う、子ども向けの讃美歌を教えてくれた。清美が生まれたときは、自分が清美を育てたいと沢枝に頼み、兄の罪を少しでも償いたいという思いを抱いて、愛する人との結婚をせず、一生を独身で通した人であった。その亡き沙織が、加奈崎への憎しみに悩まされる清美に「清美ちゃん、人を憎んじゃいけないのよ。許すのよ。愛するのよ」と語りかけているように思えるのであった（第五章）。しかし、憎しみを乗り越えることは容易でなかった。清美は、沙織ならどうしただろうと思う。そして、沙織の「透き通るような美しい歌声」を頭に浮かべる。このとき、清美は「教会というところに行ってみたい」と思う（第五章）。

清美は大学二年生のとき、友人のクリスチャン、中山章の影響で教会に通うようになる。このとき教会に行きたいと思ったのは「章と同じ世界に住みたいと願って」のことであった（第六章）。初めて教会に足を踏み入れた日、清美は牧師が説教を語る姿に、胸に迫るものを感じる。それ以降、毎週教会に通うようになった清美は「すべての人間が罪深い者であること、その人間の罪を、イエス・キリストが代わって負ってくださり、十字架につけられて死なれたこと、そのキリストが三日目に甦ったことなど」を学んでゆく（第六章）。

或る出来事により憂鬱な状態に陥って時々教会に行かないこともあった一時期を経て、再び真面目に教会に通うようになった清美は、二十二歳のとき、洗礼を受けようかという思いになる。しかし、母親を愛せないこと、また子どもの頃に自分をいじめた津路子（故人）への憎しみを抱いていることから受洗をためらう。その清美に章は、自分の罪深さを認めて謙遜に神に拠り頼む者が救われるのであり、「どうしようもない存在だからこそ、神の子であるキリストが、ぼくたちの罪を負って、代わりに死んでくださった」という話をする（終章）。この話を聞いた清美はキリストの救いを信じ、受洗の意思を固める。章の言葉と清美の（確かな）回心とが直接的に繋がっていることに注目したい。

清美が教会に行く端緒を開いたのは沙織と章であり、救いの本質を語って清美の回心を確かなものとしたのは章である。また、教会の牧師も、清美が初めて教会に行った日に清美の心に大きなインパクトを与え、清美を毎週教会に通わしめる動因となった。この意味において、牧師も清美の求道・回心にとって重要なきっかけとなっていると言える。

四・七、三浦文学中期以降の作品における回心（まとめ）

以上、本節（第四節）では、三浦文学中期以降の作品（伝記小説、歴史小説、現代小説）におけるノン・クリスチャンの回心について見てきた。第二節・第三節で見た三浦文学初期（ないし中期初め）の小説『塩狩峠』『続　氷点』『細川ガラシャ夫人』『道ありき』では、クリスチャンがノン・クリスチャンの回心に「きっかけ」として関与しており、同様の例は中期以降の小説にも存在する。例えば、『ちいろば先生物語』の奥村光林・要平、中村牧師、野村国一、伝道集会の講師、『夕あり朝あり』の今井旅館の主人、『雪のアルバム』の舟戸沙織、牧師である。しかし中期以降の小説では、クリスチャンの語る言葉がノン・クリスチャンの求道・回心に直接的に影響・関与する事例が多く見られるのであった。『岩に立つ』のライネン牧師、『愛の鬼才』の高倉牧師、『ちいろば先生物語』の中山牧師、『夕あり朝あり』の中島佐一郎、『雪のアルバム』の中山章などである。

中期以降の小説におけるこの変化は、中期以降、クリスチャンを主人公とする伝記小説が書かれるようになったことが深く関係しているであろう。三浦の書いた伝記小説の主人公が実際に牧師や宣教師によって回心へと導かれたということもあるが、それだけではない。三浦文学において伝記小説は、信仰に関わる事柄を直接的に描く性格が強い。例えば、本書第四章で述べたように、三浦は、神に祈ることの幸いを様々な読者に伝えるために、伝記小説ではその幸いを直接的に、非伝記小説（伝記小説でない小説）では間接的な仕方で描いている。回心の描かれ方に関しても、右のような伝記小説の性格に因るところが大きいであろう。

救いの本質を語る中山章の言葉によって主人公、浜野清美の回心が確かなものとなる『雪のアルバム』は伝記小説ではない。しかし、清美が受洗に際して牧師に「自分のこれまでの心の生活」（序章）を記した、極めて長い信仰告白文を書くというスタイルをとった同作では、信仰に関する事柄についてストレートに語られており、この点で伝記小説と共通する。

三浦文学の中期以降において、クリスチャンの言葉がノン・クリスチャンの回心に直結する描き方がなされるようになったことは注目に値しよう。作家活動の初期からエッセイにおいてはキリスト教信仰についてストレートに語ってきた（しかし小説では、やや控え目な傾向があった）[注9]三浦が、中期以降は、特に伝記小説という形で小説においても信仰について直接的な書き方をするようになった、その一つの表れが回心の描き方の変化なのではなかろうか。

五、三浦綾子の伝道観

第一節で述べたように、三浦は自分の作家活動・作品をとおして人々（特にノン・クリスチャン）が神に心を向けるようにと願っていた。三浦文学の目的は伝道にあった。その三浦の作品の中にノン・クリスチャンが回心する場面（ないし、そういう内容の話）が出てくる。そして、そこにはクリスチャンが何らかの形で関わっている。それでは、三浦の作品においてクリスチャンはノン・クリスチャンの回心にどのように関与しているのか。これが本章の問題設定であった。この問題を探ることによって三浦の伝道観――三浦が伝道についてどう考えていたのか――が炙り出されるのではないか、と筆者は考えた。本節では第二節から第四節までの内容を基に、三浦のエッセイも参照しつつ、三浦の伝道観について考察する。

三浦はエッセイ集『生きること 思うこと』（一九七二年刊）の中で次のように書いている。

「キリスト者とは、イエスを救い主と証《あか》しし、伝道する者である」とも、定義づけたい思いを、わたしは抱いている。それは、わたしをキリストに導いてくださった信者たちの、生活を見て感じたことなのである。

（「平安あらざるに」）

「わたしをキリストに導いてくださった信者たち」とは、おもに前川正、西村久蔵のことであろう。それでは、前川や西村は、どのように「イエスを救い主と証しし、伝道」したのか。『道ありき』によると、その証し・伝道は決して口先だけのものではなかった。前川や西村は、その生き方の背後に神の存在が透けて見えるような、まさに信仰の体現者であった。その言動が他者の心を動かし、神へと導くことになったのである。

エッセイ集『泉への招待』（一九八三年刊）の中にも、伝道においてはクリスチャン自身のあり方が重要であることが述べられている。三浦は「わたし自身、キリストを指し示すために講演をしたり、書いたりしてきた。が、本当にそれだけで伝道になるのだろうかと自省させられる」と言う（「燃えひろがる愛」）。この言葉の後に西村久蔵のことが書かれている。三浦が言いたいのは、西村のように「イエス・キリストの愛に燃やされた愛の人」であってこそ真の伝道になるのではないか、ということである。

三浦の作品でノン・クリスチャンの回心に関与しているクリスチャンは、前川や西村のような篤信の信者が多い。例えば、『塩狩峠』の永野信夫の母、菊である。菊はキリスト教を嫌う姑に、信仰を棄てるか家を去るかと迫られ、幼い信夫のことを神に委ねて、一人で家を出た。姑の死後、家に戻った菊の信仰に信夫は抵抗感を抱くが、その篤い信仰は確実に信夫に影響を与えたのである。『続　氷点』で辻口陽子に生きる方向を示した相沢順子、『細川ガラシャ夫人』で玉子の回心のきっかけとなった清原佳代、高山右近や『ちいろば先生物語』の奥村要平・光林親子、野村国一、中山牧師、『われ弱ければ』のミセス・ツルーも、その生き方や光り輝く存在そのものをもって信仰を体現する、篤信のクリスチャンである。ノン・クリスチャンの回心に繋がるような伝道をするためには、クリスチャン自身の信仰のあり方が大切である、という三浦の伝道観の表れであろう。

ただし、三浦の作品においてノン・クリスチャンの回心に篤信のクリスチャンが関与していることが多いと言っても、篤信のクリスチャンの存在や言動によってノン・クリスチャンが直ちに求道・回心へと導かれるわけでは必ずしもない（三浦の作品においてのみならず、現実においても、そうであろう）。『岩に立つ』の鈴本新吉、『千利休とその妻たち』のおりき、『愛の鬼才』の西村久蔵のように、牧師や宣教師の語る言葉を聞いて直ちに求道・回心へと進む場合もあるし、『塩狩峠』の信夫、『続　氷点』の陽子、『細川ガラシャ夫人』の玉子、『道ありき』の綾子、『ちいろば先生物語』の榎本保郎のように、篤信のクリスチャンとの出会いから求道・回心に至るまでに紆余曲折を経る場合もある。求道・回心のあり方は人それぞれであり、篤信のクリスチャンであっても、他者の求道・回心をコントロールすることはできない。聖書に基づいて言えば、篤信のクリスチャンは神の用いる尊い器であるが、魂の救いは神のなす業なのである。伝道とは、神のなす救いの業にクリスチャンが何らかの形で用いられることである、というのが三浦の伝道観であろう。三浦は伝道について次のように述べている。

伝道は隣人への最大のプレゼントだ。自分の得た最大のよいものを、他の人に分つのである。適切な本を贈るのもよし、口で伝えるのもよし、気軽に喜んで伝道することだ。

（三浦綾子〔一九七三、一八頁〕）

「気軽に喜んで伝道することだ」とは、気負う必要はないということである。伝道において気負う必要がないのは、なぜか。それは、人の魂を救うのは神だからである。

また、三浦文学におけるノン・クリスチャンの回心を見ると、牧師や宣教師が多く関わっている。例えば、『塩狩峠』の伊木一馬、『岩に立つ』のサオ・ライネン、『千利休とその妻たち』のルイス・フロイス、『愛の鬼才』の高徳太郎、『雪のアルバム』の主人公が通う教会の牧師、『ちいろば先生物語』の奥村要平、中村つね、伝道集会の講師、中山昌一、『われ弱ければ』のミセス・ツルー、教会で「姦淫の女とイエスのまなざし」という題で説教した牧師、などである。『泥流地帯』（一九七七年刊）、『続　泥流地帯』（一九七九年刊）の石村佐枝（主人公である石村拓一・耕作兄弟の母親。クリスチャン）に関しても、回心をめぐって具体的に記されてはいないものの、肺結核の佐枝を長いこと自宅で療養させたオーストラリア人宣教師の影響で入信したことが示唆されている。『母』（一九九二年刊）において、息子の小林多喜二を虐殺され、長年にわたり心を痛める母親、セキをイエス・キリストにある平安へと導いたのも近藤治義牧師である。

回心に牧師や宣教師が多く関わっていることは、伝記小説においては主人公の回心の実際を（そっくりそのままではないにせよ）反映してもいよう。しかし、牧師や宣教師のような、伝道を天職とする人たちの働きを三浦が高く評価していたことの表れと捉えることも十分に可能であろう。

三浦の自宅近くの旭川めぐみキリスト教会（三浦の所属教会とは異なる）（注10）で牧会をしていたことのある込堂一博氏は、その著書の中で「三浦光世・綾子夫妻の素顔」の一つとして「牧師、伝道者の働きに対する尊敬――その愛の実践」ということを挙げ、次のように書いている。

三浦夫妻は、牧師、伝道者、宣教師の働きそのものに対して大きな尊敬を常に持たれていました。年齢の老若、経験のあるなしは関係がありませんでした。日本においては、牧師の社会的地位は決して高くなく、時には軽く見られ、伝道の困難に直面することも多々あります。経済的困窮を体験されている牧師たちもおられます。三浦夫妻は、そのような牧師、伝道者、宣教師たちに常に励ましと尊敬の言葉を口にされました。そして言葉だけではなく、実際的な贈物などを通して励まし続けられました。

（込堂一博〔二〇二〇、一〇七～一〇八頁〕）

三浦のエッセイ集にも、牧師や宣教師への敬意が随所に見て取れる。例えば、『生きること 思うこと』には「牧師は神のみ言葉をとりつぐ尊い使命を持って居られる。聖書を尊ぶ信者は、牧師を尊敬しなければならない。故にみだりに牧師を批判してはならない」と記されている（「わたしは牧師夫人になれぬ」）。前述のように、三浦の小説ではノン・クリスチャンの回心に牧師や宣教師が関与していることが多い。このことにも、伝道に献身し、労する聖職者への三浦の尊敬の念が見て取れると考える。そして、聖職者への深い敬意は、三浦が伝道を如何に価値ある、大切なことと考えていたかを表していると言えよう。受洗直後から生涯にわたって、常に三浦の念頭に置かれていたのは伝道のことであった（『道ありき』第三十三回、『この土の器をも』第二十三回、『命ある限り』第四章第三節、『光あるうちに』終章第二節、『愛と信仰に生きる』所収の三浦へのインタビュー「一人でも多くの人に愛と信仰を伝えたい」など）。

六、おわりに

本章では、三浦の小説においてノン・クリスチャンの回心にクリスチャンがどのように関わっているのかを見、三浦の伝道観を探った。以下に本章の内容をまとめておく。

三浦文学の初期（ないし中期初め）の作品においてはクリスチャンがノン・クリスチャンの回心に「きっかけ」として関与している。クリスチャンの存在・言動とノン・クリスチャンの回心とが直結していないのである。これは『道ありき』に描かれている三浦の回心と同様である。三浦は前川正・西村久蔵という篤信のクリスチャンの愛や導きを受けながらも、直ちに回心することはなかった。そのような自分の体験、「人間の心というものは尋常一様にはいかないものである」（『道ありき』第三十回）という認識が三浦文学初期（ないし中期初め）の作品における回心の描き方に反映していると考えられる。

三浦文学中期以降の作品では、クリスチャンの言葉がノン・クリスチャンの求道・回心に直ちに繫がる事例が多い。回心の描き方をめぐって初期の作品と中期以降の作品との間に見られる、この変化は、中期以降にクリスチャンを主人公とする伝記小説が書かれるようになったことと深い関連があると考えられる。作家活動の初期からエッセイではキリスト教信仰について直接的な書き方で語ってきた三浦は、中期以降、小説においても特に伝記小説という形で信仰に関する事柄をストレートに書くようになったのである。

また、三浦文学におけるノン・クリスチャンの回心には、牧師や宣教師が多く関わっている。三浦の小説においてノン・クリスチャンの回心にクリスチャンがどのように関与しているか、ということについての調査・考察から見えてきた三浦の伝道観は次のとおりである。

① ノン・クリスチャンの回心に繫がるような伝道をするためには、クリスチャン自身の信仰のあり方が大切である。口先のみでの「伝道」では、伝道として不十分である。

② 篤信のクリスチャンであっても、ノン・クリスチャンを直ちに回心へと導けるとは限らない。魂の救いは、人の力によるものではなく神のなす業である。伝道とは、神の救いの業にクリスチャンが何らかの形で用いられることである。

③ 牧師や宣教師のような、伝道に献身し、労する聖職者の働きは、じつに尊いものである（この評価・敬意は、三浦が伝道を如何に価値ある、大切なこととして考えていたかの表れである）。

三浦の小説・エッセイや講演、そして信仰の体現者たる三浦の生き方が直接的・間接的に多くの人々の求道・回心に繋がったことは周知のとおりである。

注

（1）「初期（ないし中期初め）の小説」と書いたのは、『細川ガラシャ夫人』が、その連載・単行本刊行の時期からして、初期の作品とも中期初めの作品とも言い得るからである。
（2）「わたしは父の罪をおわびしたいと願い続けてきたの。神さまにも人にも許していただきたかったの、こうしておわびできて、どんなに気が楽になったか知れないわ」という（陽子に対する）順子の言葉は啓造に「わびることのすがすがしさを感じ」させる。そして、啓造は「自分も教会に行きたい。行って、順子のように、神と人との前にわびる心を与えられたい」と切に思い、教会の礼拝に初めて出席することになる（「奏楽」）。
（3）「追跡」の章に次のように書かれている。
　確たる生き方をつかまなければ、本当の意味の幸せにはなれないと陽子は思った。生きる方向は、既に順子によって示されてはいる。しかしまだ、陽子の生活は根本的に変わってはいない。自分の精神生活が根本的に変化した時に、恵子への憎しみも解決するはずなのだ。
（4）「じっと、そのゆらぐ炎をみつめる自分の心に、ふしぎな光が一筋、さしこむのを陽子は感じた」（「燃える流氷」）というのは、神からの啓示が与えられたことの表現であると考える。
（5）作中に出てくる国字本『こんてむつすむん地』が刊行されたのは、実際には玉子の死後のことである。
（6）受洗前に、「酒をやめなけりゃあ、洗礼は授けてもらえないもんですか」とライネン牧師に相談した程度のことはある（「十　洗礼」）。この問題も、洗礼を受けるのに酒をやめる必要はないとの牧師の返答によって、すぐさま解決される。
（7）榎本保郎の自伝『道に生きる――イエスとともに』（講談社、一九七〇年）には、罪を告白する手紙の厚さを保郎が見たときのことについて次のように記されている。
　私のこの罪のために、主が十字架についてくださったのだという実感がわき、感激の涙が目からあふれ出た。私はこ

の時ほど十字架を身近に感じたことはなかった。（六一頁）

（8）注（7）で挙げた保郎の自伝において、「子よ、汝の罪赦されたり、安らかに行け」という聖句は、罪の告白の手紙三通のうち一通の受取人、神学部の「A先生」から呼び出された保郎が、同先生を訪ねる前に、「どんなにいわれるのだろうか？」というような雑念」と戦いながら祈っていたときに聞こえてきたものとして書かれている（六二頁）。

（9）三浦の小説でキリスト教信仰について控え目に書かれることが多いのは、ノン・クリスチャンの読者にキリスト教への抵抗感をいたずらに抱かせまいとする配慮によるものであろう。伝記小説も含めて、三浦の小説には「この小説でノン・クリスチャンを回心させよう」というような力みや傲慢さはない。三浦は、自分の小説が読者の求道・回心のきっかけになれば、それでよいと考えていたのではなかろうか。

（10）込堂一博氏が牧会していた旭川めぐみキリスト教会は、同氏着任の二十年以上前、一九六八年にイギリス人宣教師のフェニホフ夫妻によって開拓された教会である（かつての名称は旭川豊岡福音キリスト教会）。三浦夫妻は、綾子の作家デビューから七年後の一九七一年、それまでの住まいのすぐ近くに新居を構えたのであるが、その際、旧宅（『氷点』や『塩狩峠』が書かれた家）を、宣教の働きのためにということでフェニホフ夫妻の所属する宣教団体に寄贈した。フェニホフ夫妻は三浦夫妻の旧宅に住み、そこを礼拝所とした（この経緯については三浦の自伝小説『命ある限り』の終章、込堂一博〔二〇二〇、一二頁〕に記されている）。十年後、その裏に新会堂が建てられたときも、新会堂の土地は三浦夫妻の寄贈によるものであったという（込堂一博〔二〇二〇、一四頁〕）。

第七章　『氷点』における陽子の罪

――「写真事件」を中心として

一、『氷点』のテーマ――「原罪」

三浦綾子の代表作『氷点』（注1）のテーマが「原罪」だということは、よく知られている。三浦自身が〈『氷点』のテーマは「原罪」である〉と明確に語っている。

> 病人に対して、痛みには痛み止め、熱には熱さましだけを与える医師があるとしたら、その医師はやがて信頼を失うことであろう。根本的な配慮を欠いた処置では、とうてい直る病気も直るはずがないからである。人間の不幸も、そのよってくる根本的な問題にまで、立ち至って探ってみる必要がある。この根本的な問題を、わたしは小説「氷点」において訴えたかった。すなわち原罪というテーマである。原罪というと何か目新しく、とっつきにくい感じを持たれるかもしれない。辞典には「キリスト教で、人間が生まれながらに持っている罪、新しく犯さないのに初めからもっている罪」とあるが、要を得た解である。……聖書の中には原罪そのものの語はない。その思想が貫かれているのである。わたしは、その原罪を訴えたかったのだ。そして小説の中で、描こうと努めた。
>
> （三浦綾子〔一九六六ａ〕）

「人間が生まれながらに持っている罪」たる「原罪」の概念内容については様々な理解の仕方があるが、三浦綾子は「的外れ」ということであるとの理解に立っている（三浦綾子〔一九六六ｃ、一九七一ｂ〕）。即ち、神のほうを向いていない生き方（神の思いから外れた自己中心的な生き方）をする性質を人間は生まれながらに持っているということである。(注2)クリスチャンである三浦は、小説『氷点』をとおして、読者に人間の罪深さを認識してほしい、神のほうを向く生き方を知ってほしい、と願ったのである。

本章では、『氷点』における「写真事件」に注目し、純真無垢で罪とは無縁の存在に見える主人公、辻口陽子も罪ある者として描かれているということを述べる。

二、『氷点』の登場人物の罪

『氷点』において、人間の罪深さ（原罪を持つ人間の姿）はどのように描かれているのであろうか。

辻口病院の院長、辻口啓造は、妻である夏枝の不貞(注3)に腹を立て、夏枝への復讐を企てる。どのように復讐するのかというと、我が子（三歳のルリ子）を殺した犯人（佐石土雄）の娘を、夏枝にそれと知らせずに乳児院から引きとって、夏枝に育てさせる、という仕方で復讐するのである。(注4)この殺人犯の娘が『氷点』の主人公、陽子である（本当は殺人犯の娘ではないことが『氷点』の最終章で明らかになる）。夏枝が、我が子を殺した男の娘をそれと知らずにかわいがって育てるのを見て喜ぼう、そして、いつの日か夏枝が真実を知って苦しむのを見てやろう、ということである。

聖書では、〈人が人に復讐してはならない〉と教えている。復讐行為そのものだけでなく、復讐しようとする心のあり方も、聖書の教えに照らせば罪である。悪をもって悪に報いることなく、たとえ敵であっても、その相手を赦し、愛しなさい、というのがキリスト教の精神である。聖書には次のように書かれている。

だれに対しても悪をもって悪に報いず、すべての人に対して善を図りなさい。あなたがたは、できる限りすべての人と平和に過ごしなさい。愛する者たちよ。自分で復讐をしないで、むしろ、神の怒りに任せなさい。なぜなら、「主が言われる。復讐はわたしのすることである。わたし自身が報復する」と書いてあるからである。むしろ、「もしあなたの敵が飢えるなら、彼に食わせ、かわくなら、彼に飲ませなさい。そうすることによって、あなたは彼の頭に燃えさかる炭火を積むことになるのである」。悪に負けてはいけない。かえって、善をもって悪に勝ちなさい。

（ローマ十二章十七～二十一節。本文は口語訳聖書に拠る。以下、同様）(注5)

敵を愛し、憎む者に親切にせよ。

（ルカ六章二十七節）

啓造の復讐は酷な仕打ちであるが、妻である夏枝もひどい。村井靖夫に言い寄られて心が揺れたことによって我が子が殺されるという大事件が起きたのに、その後も、村井に心が惹かれてしまう。考えること、言うこと、することが未熟である。自分の美しさに自分で酔うところがあり、男性が自分に好意を寄せるのは当然だという思いを持っている。

夏枝は、陽子が我が子を殺した犯人の娘だということを知ってからは、陽子につらく当たるようになる。陽子の首を絞めて泡を吹かせる。学芸会で陽子が着ることになっている（他の子とおそろいの）白い服を着せてやらない。小学校に持って行かなければならない給食費を陽子に渡さない。中学校の卒業式で卒業生総代の陽子が読む答辞を白紙にすりかえる。このように、憎たらしいことを次々とする。

しかし、如何にひどいことをされても、陽子は健気に耐える。陽子は、その名のとおり、太陽のように明るい性格の子である。その陽子が自殺を図る、というのが『氷点』のクライマックスである。夏枝の仕打ちに耐えられなくなって死を選んだのではない。夏枝から、殺人犯の子であることを知らされて、絶望したのである。なぜ絶望したのか。ここが『氷点』を理解するための最大のポイントである。陽子は、殺人犯である父親の血が自分の中に流れているのを知って、自分の「罪の可能性」に絶望したのである。自殺の前に陽子が啓造・夏枝宛てに書いた遺書には次のようにある。

今まで、どんなにつらい時でも、じっと耐えることができましたのは、自分は決して悪くはないのだ、自分は正しいのだ、無垢なのだという思いに支えられていたからでした。でも、殺人者の娘であると知った今、私は私のよって立つ所を失いました。

現実に、私は人を殺したことはありません。しかし法にふれる罪こそ犯しませんでしたが、考えてみますと、父が殺人を犯したということは、私にもその可能性があることなのでした。

自分さえ正しければ、私はたとえ貧しかろうと、人に悪口を言われようと、意地悪くいじめられようと、胸をはって生きて行ける強い人間でした。そんなことで損なわれることのない人間でした。何故なら、それは自分のソトのことですから。

しかし、自分の中の罪の可能性を見いだした私は、生きる望みを失いました。（「遺書」。傍線、竹林）

陽子の交際相手であった北原邦雄への遺書にも、次のように書かれている。

北原さん、今はもう、私が誰の娘であるかということは問題ではありません。たとえ、殺人犯の娘でないとしても、父方の親、またその親、母方の親、そのまた親とたぐっていけば、悪いことをした人が一人や二人必ずいることでしょう。

自分の中に一滴の悪も見たくなかった生意気な私は、罪ある者であるという事実に耐えて生きては行けなくなったのです。

私はいやです。自分のみにくさを少しでも認めるのがいやなのです。みにくい自分がいやなのです。けれども、既に私は自分の中に罪を見てしまいました。（「遺書」。傍線、竹林）

「既に私は自分の中に罪を見てしまいました」といっても、陽子が具体的に自分の罪を認識したわけではない。あくまでも、啓造・夏枝宛ての遺書の中にあるように、「罪の可能性」に気づいたということである。罪を犯す性質（罪性）が自分の中にもあるということを知って、絶望したわけである。自分の中に罪性があるということは、潔癖な陽子だからこそ深刻な問題になるのである。

しかし三浦は、このような潔癖な陽子を肯定的に描いているのではない。〈自分は正しい〉〈自分の罪を認めたくない〉〈罪ある自分を受け入れるよりも死ぬほうがよい〉という思いこそ、神の前では傲慢であり、罪なのである。そして、神が与えた命を自分で絶とうとすることも、神の前では大きな罪である。三浦は講演（注6）の中で次のように述べている。

「陽子はあなたの理想像ですか」といわれます。しかし理想像として書いたのではありません。そうではなくて、あのように一生懸命に生きる生き方、そういう立派な生き方をしている陽子が、非常に厳しく自分をみつめ、そして罪にめざめたときにですね、なぜ死んだかということ、そこを問題にしたかったのです。私は自殺を肯定しません。そして陽子が小説の中で「自分を支えていたのは、自分は正しいということだった」ということをいっていますね。もし、「自分の中に一点の悪をも認めたくなかった」という傲慢さがなかったら、あの人はもっとちがった厳しさで罪の自分を認め、そして相手をも許しながら、も少しちがった生き方があったんじゃないかと思うんです。

（三浦綾子〔一九六六c、一三頁〕）

三浦が言うように、自分は正しく、けがれなき存在であると考えること、自分の罪を認めたくないという思い自体が、神の前では傲慢であり罪なのであるが、じつは「遺書」の章に先立って三浦は陽子の罪をしっかりと描いている。このことについて次節で述べることとする。

三、陽子の罪

陽子について、〈あまりにも立派で、普通の人間とは思えない〉〈人間離れしていて現実味がない〉という印象を持つ人がいる。〈自分を正しい者としたい（罪を認めたくない）という思いこそが神の前では罪深いことであり、陽子は、その罪を犯している〉〈陽子は、神が与えた大切な命を自分で絶とうとする大罪を犯した〉(注7)と言われても、普段の陽子の姿があまりにも立派で、普通の人間とは思えない、と見る人がいるのである。

工藤茂氏は、「どのようないじめにあってもめげることなく、〈素直に明るく〉生き、その〈表情には暗い影がない〉」陽子の姿にイエス・キリストが重なるとして、次のように書いている。

私には陽子がイエスに重なって見えてきた。それは作者が陽子という人物をそのように設定したからである。そうでないならば、陽子の描写は不自然である。既に指摘してきたように、陽子の表現には人間を超えるものがあるのだから。つまり、陽子は非人間的な存在としてではなく、超人間的な存在として表現されている。
（工藤茂〔二〇〇一、二九頁〕）

また、樋口紀子氏も次のように書いている。

陽子は、美しく、成績優秀な、性格的にも優しく、思いやりがあるという全てよいものを持った女性として描かれている。また、陽子は、「叱られるようなことはほとんどしない」子どもであり、「人を悪く思うことができない」性格の持ち主でもあった。また、十歳のとき、自分が養女であることを知っても、なさぬ仲の自分を育ててくれたことに感謝して生きる子どもであったし、夏枝から受けるいやがらせに対しても、それに負けない自分でありたいと思うような、前向きで、けなげな娘でもあったのである。要するに陽子は、自己中心的で罪そのものをあらわにしている夏枝とは対照的な、罪とはまったく無縁の無垢な存在として描かれている。
（樋口紀子〔二〇〇四、三九頁〕。傍線、竹林）

道下晃子氏も、「この世に絶対いない純真無垢な陽子であるからこそ、多くの読者は陽子を理想の女性・『氷点』のヒロインとして支持したのではないだろうか」と述べている（道下晃子〔二〇一〇、四七頁〕。傍線、竹林）。

　このように、陽子は、罪なき純真無垢な存在として見られる傾向がある。しかし、『氷点』を注意深く読むと、三浦が陽子の罪（聖書で言う「罪」）をしっかりと描いていることが分かる。以下に述べる内容――罪ある陽子の姿が「写真事件」(注8)に端的に描き出されているということ――は、管見の限り、従来の『氷点』研究で指摘されていないが、『氷点』を理解する上で、また陽子を理解する上で、見逃してはならないことである。

　「写真事件」には、陽子の人間らしい過ちが描かれている。「写真事件」は、陽子が高校二年生のときに起きた。夏枝が、北海道大学で学んでいる長男の徹から送られてきた何枚かの写真を陽子に見せたのである。それらの写真の中に、陽子が好意を抱いている北原と、見知らぬ女性（じつは北原の妹）が一緒に写っている二枚の写真があった。『氷点』から当該箇所を引用する。

　昼のあたりに冷たい微笑を見せて、夏枝は次の一枚を陽子の前においた。陽子は思わずハッとした。北原と女子学生が温室のベンチで話をしている。二人ともたのしそうに笑っていた。

「この女の方、ずいぶんきれいなかたね」

夏枝がいった。感じのよい女性だった。北原を見ている少し横向きの顔である。陽子はその顔を正面にねじ向けたいような嫉妬を感じた。

次の写真は、その女子学生が北原の腕にかるく手をかけて、ポプラ並木を歩いている。ねじ向けたいと思っていた顔が、注文通り真正面を向いている。ゆるやかにウエーブのかかった短い髪が風に吹かれて、笑ったくちもとの八重歯が愛らしかった。

「このかたが北原さんの恋人だという女性かしら」

夏枝はさりげなくいった。以前からこの女性の存在を知っているような、言い方だった。陽子はとどめを刺されたような思いがした。そのあとの幾枚かの写真は陽子の目には、入らなかった。

（「写真」）


「このかたが北原さんの恋人だという女性かしら」という夏枝の偽りの言葉を陽子は信じてしまう。そして、書きかけの北原宛ての手紙も、それまでに北原から受け取った七通の手紙も、北原から新たに送られてきた手紙も、みな捨ててしまう。「陽子は生まれてはじめて、人をゆるすことのできない思いにとらわれた」（「写真」）とある。

また、北原が盲腸炎をこじらせて入院していることを聞いたときの陽子の心は次のように書かれている。


（こんなに会いたいのに、でも、わたしはあの人をゆるすことはできない）

病気と聞きながら見舞い状一本出さない自分自身に、陽子はおどろいていた。

（恋とは憎しみだろうか）

陽子は自分のふしぎな心の動きがくやしかった。かつて陽子はこんなに人にむかって怒り、憎み、そして惑い、なつかしむ激しさを持ったことはなかった。

（「堤防」）


しばらく日が経ってからも、陽子は北原を赦すことができない。


あんなに心から「かけがえのない存在」でありたいとねがった自分をうらぎった北原を、やはり陽子はゆるせなかった。

（「街角」）

陽子は、自分が誤解を犯していることに気づかず、自分の正しさ（自分は北原を裏切らなかったということ）を心の支えにする。

北原から手紙がこなくなっても、陽子の淋しさを支えているものがひとつあった。それは、（北原さんは、わたしをうらぎったけれど、わたしはあの人をうらぎらなかった）
ということである。北原のことで陽子の良心が責められることはなかった。
（「街角」）

誤解であること（北原と一緒に写真に写っていた女性は北原の妹であること）が分かると、陽子は「どうして北原さんを信ずることができなかったのだろう。ただ一人のかけがえのない人として、どうして信じて行けなかったのだろう」と自分を情けなく思い、「よく確かめずに疑ったという自分は軽率だった」と後悔する（「街角」）。

この写真事件における陽子の心について、三浦は、「異性を愛することを知った少女の潔癖」「恋のかけひきも何も知らない、体ごとぶつかって行きたいような、激しく、そして高貴といってよいほどの陽子の純な熱情」（「写真」）、「恋というもののなす激しさ」（「街角」）と書いている。しかし、この「潔癖」「純な熱情」「恋というもののなす激しさ」の中に、三浦は人間が陥りがちな罪を描いている。

写真事件で陽子が罪を犯していると言うと、〈陽子に何の罪があるというのだ〉という疑問が生じるかもしれない。しかし神の前では、写真事件の陽子は明らかに罪を犯している。以下では、このことを具体的に説明する。

まず「嫉妬」である。陽子は、北原と一緒に写真に写っている女性（じつは北原の妹）の横顔を見て、「その顔を正面にねじ向けたいような嫉妬を感じた」（「写真」）とある。聖書は「嫉妬」を罪だとしている。

神の性質は「愛」である（神聖な「アガペー」の愛。(注9)見返りを求めない愛）。そして、神が人間に願っているのは、人間が神を愛し、また人間同士が互いに愛し合うことである。嫉妬は、聖書で言う「アガペー」の愛に反する。聖書には次のようにある。

愛は寛容であり、愛は情《なさけ》深い。また、ねたむことをしない。愛は高ぶらない、誇らない、不作法をしない、自分の利益を求めない、いらだたない、恨みをいだかない。不義を喜ばないで真理を喜ぶ。そして、すべてを忍び、すべてを信じ、すべてを望み、すべてを耐える。

（第一コリント十三章四～七節〔この聖句における「愛」は、原語で「アガペー」である〕）

聖書で言う罪とは、簡潔に言えば、神の心に反する思いや行為のことである。嫉妬は、神の心に反する思いだから、罪なのである。

次に、北原を赦せないという陽子の思いを考えてみる。

陽子は生まれてはじめて、人をゆるすことのできない思いにとらわれた。（「写真」）

（こんなに会いたいのに、でも、わたしはあの人をゆるすことはできない）（「堤防」）

あんなに心から「かけがえのない存在」でありたいとねがった自分をうらぎった北原を、やはり陽子はゆるせなかった。
（「街角」）

陽子は北原を誤解したのであるが、仮に誤解でないとしても、〈赦せない〉という思いは罪である。聖書は〈人を赦しなさい〉と教えている。

人をさばくな。そうすれば、自分もさばかれることがないであろう。また人を罪に定めるな。そうすれば、自分も罪に定められることがないであろう。ゆるしてやれ。そうすれば、自分もゆるされるであろう。
（ルカ六章三十七節）

人を赦せない心は、神が願っている愛の心ではない。人間は、互いに赦し合わなければならない存在である。自分のことを正しいと思っている人は、他人の過ちをなかなか赦せない。自分の罪深さを知り、自分は神に赦されねばならない者だということを心から知ると、人を赦せるようになる（この「赦し」の問題は『続 氷点』のテーマである）。陽子は自分を正しいと思っている。〈私は神を信じなければならないほど弱くはない。[注10]自分は正しく、無垢である〉という思いが、〈赦せない〉という心に繋がり、怒り・憎しみを生み出す。

陽子は、写真事件をとおして、北原を信じられなかった自分を情けなく思い、よく確かめずに疑った軽率さを後悔する。しかし、自分のあり方を根本から見つめるには至らない。もし陽子が写真事件をきっかけに自分の真の姿――罪ある存在だということ――を認識し、その、ありのままの自分を受け入れることができたなら、殺人犯の娘であることを夏枝から告げられても、自殺を図ることはなかったであろう。

四、おわりに

写真事件は、単なる、陽子の誤解の話ではない。この出来事には、聖女のように見える陽子の人間らしい不完全さが端的に示され、陽子の罪がしっかりと描かれている。写真事件は、『氷点』を理解するために、また陽子を考える上で重要である。

しかし写真事件は、従来の研究では注目されていなかった。なぜ注目されなかったのか。それは、『氷点』を、この世的な見方や基準で読むからである。〈男女の恋愛に誤解はつきものだ〉〈嫉妬や人を赦せない心は、ごく自然な感情で、悪いものではない〉というような目で見ると、写真事件は注目に値しない話になってしまう。(注11)

しかし、三浦は『氷点』をとおして人間の原罪の問題を描きたかったのであるから、私たちは（特に研究者は）聖書に照らしながら『氷点』を読む必要がある。聖書では何を罪としているのかということを押さえた上で読むことによって、『氷点』や登場人物についての深い理解が可能になる。

注

（1）『氷点』は、一九六三年一月一日に朝日新聞社が『朝日新聞』（朝刊）紙上で募集した一千万円懸賞小説の一位入選作（入選発表は一九六四年七月十日）。『朝日新聞』（朝刊）に一九六四年十二月九日から一九六五年十一月十四日まで連載され、連載終了の翌日（十一月十五日）、朝日新聞社から単行本として刊行された。

（2） この理解の仕方は三浦独自のものではない。「原罪」概念についての詳細は、小川圭治（一九六六）、北森嘉蔵（一九七三、二七二〜二七七頁）を参照されたい。

（3） 啓造は、夏枝のうなじにキスマークを見て、夏枝と村井靖夫（辻口病院の眼科医）との間に肉体関係があったのだろうと考える（じつは、村井は夏枝のうなじに接吻したのみであった）。この誤解により、啓造は夏枝への復讐の意を固める。

（4） 啓造の出張中に、夏枝は自宅の一室で村井に言い寄られ、心が揺れる。夏枝は、村井と二人きりでいたいという思いに勝てず、部屋に入ってきたルリ子に、外で遊んでくるように言う。家を出たルリ子は、通りがかりの日雇い労働者、佐石に連れられて川に行き、扼殺される。この事件でショックを受けた啓造は、一旦は夏枝を赦そうとする。しかし、ルリ子の死から約二ヶ月後、啓造は夏枝のうなじにキスマーク（本章の注（3））を見て、復讐に踏み切る。

（5） この括弧内は旧約聖書（箴言二十五章二十一節・二十二節）からの引用である。

（6） 一九六六年三月十九日に朝日新聞社講堂で行われたキリスト教文芸講演会である。

（7） 三浦は次のように書いている。

陽子は、自分だけは絶対正しいと信じることを支えに生きた結果、自殺という大罪をおかすことになった。陽子も神のほうを向いてはいなかったのである。（三浦綾子〔一九六六b、五四頁〕）

（8） 「写真事件」という名称は筆者（竹林）によるものである。『氷点』本文で「写真事件」と呼ばれているわけではない。

（9） 新約聖書の第一ヨハネ四章十六節に「神は愛である」と書かれている。この聖句で「愛」と日本語訳されている言葉は、ギリシャ語「アガペー」である。新約聖書の原語たるギリシャ語には、日本語の「愛」に相当する言葉として「アガペー」「フィリア」「ストルゲー」「エロース」がある。ごく大まかに言えば、「アガペー」は無償の愛、「フィリア」は友人間の愛、「ストルゲー」は家族間（親子間や兄弟姉妹間）の愛、「エロース」は男女間の恋愛感情である。新約聖書では、これら四語のうち「アガペー」と「フィリア」が使用されている。

（10） 『氷点』に次のような箇所がある。

陽子は北原の手紙をふたたび読み返した。

（大いなるものの意志とは何のことかしら？ 神のことかしら）

若い陽子には、神という言葉が漠然としていた。神について考えたことはなかった。神を信じなければならないほど弱くはないと、陽子は思っていた。

（「千島から松」）

（11）　道下晃子（二〇一〇）は陽子について次のように書いている。的を射た指摘である。

陽子も他の登場人物同様に「罪」あるものでありながら、読者はなぜそう読まなかったのか。そこには「一般にキリスト教的な考えのない」読者ゆえに、わたし達にとって日常的な「法に触れる罪」「道徳的な罪」を中心に読み解いていたからだろう。その二種類の罪をもとにすれば、陽子は「罪のない子」と言え、一般的に理想的な精神の持ち主だと讃えることができるのである。また、読者にとってみれば陽子は過酷な運命をたくましく生きたヒロインである。理想的なヒロインに「罪」など「一般にキリスト教的な考えのない」読者には思いもつかないというのが正直なところだろう。

（五三頁）

第八章　『続　氷点』の陽子

――「赦し」と「再生」の問題をめぐって

一、はじめに

本章では、小説『続　氷点』[注1]において辻口陽子の生き方の転換がどのようになされたのか（陽子の生き方の転換が『続　氷点』でどのように描かれているのか）ということについて考察する。

以下では、まず、『氷点』（正編）の最終章で自殺を図り昏睡状態に陥った陽子が、『続　氷点』で目を覚ました後にどのような生き方をするのか、ということを見る（第二節）。次いで、陽子の「再生」をめぐる黒古一夫氏の論を検討し、『続　氷点』のテーマである「赦し」[注2]が陽子の「再生」と如何なる関係にあるのかということについて筆者（竹林）の見解を提示する（第三節）。そして、罪の自覚と「赦し」「再生」の関係、神による赦しと人による赦しの違いについて述べる（第四節）。

二、昏睡状態から目覚めた後の陽子

『氷点』の最終章で、十七歳の辻口陽子は美瑛川畔で睡眠薬を大量に飲み、自殺を図る。育ての親である辻口夏枝から、自分（陽子）が殺人犯の子であることを告げられたのがきっかけとなって、正しいと信じてきた自分の中に「罪の可能性」があることを知り、生きる力を失ったのである。[注3]しかし、陽子は早くに発見されて助けられ、一命をとりとめる。

『氷点』の末尾近くで、陽子が慕っていた藤尾辰子（夏枝の友人）は、昏睡状態の陽子に次のように話しかける。

「ねむるだけ、ねむったら早く起きるのよ。全くちがった人生が待っているんだもの」（「ねむり」）

『続 氷点』において、目を覚ました陽子は、どのように新しい人生を歩み出したのであろうか。三浦は、「自殺をはかった陽子が生きかえったとき、彼女はおそらく神のほうへ向いて行くであろうという願いをこめて、私はあの小説（竹林注…『氷点』）を書いた」と記している（三浦綾子〔一九六六b、五三頁〕）。それでは陽子は、神に罪の赦しを求め、神のほうを向いて生きるようになったのか。じつは、自分の罪よりも、生みの母である三井恵子の罪に目が行くのである。

陽子は、辻口ルリ子（三歳）を殺した犯人（佐石土雄）の娘ではなかった。[注4] 三井恵子が夫の出征中に中川光夫という男性と不義の関係に陥ったことで生まれた子だったのである（中川は陽子誕生の直前に病死し、陽子は生後すぐに乳児院に入れられた）。陽子は、この事実を聞かされ、実母を憎む。そして、自分の生を肯定することができない。陽子は次のように言う。

「わたしって、本当に悪い人間よ。あの子供たち（竹林注…育児院の子供たち）を見ながら、あの子供たちの親が憎くて仕方がなかったわ。そして、わたしを生んだ人もね。生涯、どんなことがあっても、わたしは、自分を生んだ人にだけは会いたくないわ。恐ろしいことをいうでしょ、わたしって」

（『続 氷点』「草むら」。以下、『続 氷点』から引用する際は章名のみを記す）

「わたし、生んでもらったのか、生む意志がないのに生まれたのか、それは知らないけど、とにかくこの世に生まれたわ。でも、こんな生まれ方って、肯定はできないわ」（「草むら」）

『氷点』の連載が終わった翌日（一九六五年十一月十五日）の『朝日新聞』（夕刊）に、『氷点』を終えて――「原罪」を訴え得ただろうか」という三浦の文章が掲載されている。この文章において三浦は、「あと幾日かすれば、陽子は床を離れ、一途に「罪」を自覚した者としての生き方を求めて行くにちがいない」と書いている。しかし、昏睡状態から目覚めた陽子は、「一途に「罪」を自覚した者としての生き方を求めて行く」どころか、実母（三井恵子）を憎み、自分の生を肯定することができない。子を手放す親たちを憎む自分を「わたしって、本当に悪い人間よ」（「草むら」）と言いながら、陽子は、恵子を赦してやってほしいと言う徹に、「ね、おにいさん。わたしたちは若いのよ。若い者は潔癖な怒りを知らなければ、いけないと思うの」（「草むら」）と反発する。陽子は心の底では、〈自分は正しい〉と思っているのである。

三、陽子の「赦し」と「再生」

『続　氷点』の最終章で、陽子は自分の罪を認識し、神に罪の赦しを求め、実母を赦すことができるようになる。ついに陽子は、神のほうを向いて生きる歩みを始めたのである。

それでは、陽子の生き方は、どのようにして変わったのであろうか。陽子は、どのようにして立ち直り、新しい人生を歩み出したのか。

黒古一夫（一九九四）は次のように書いている。

殺人犯の娘から不義の子へ、基本的状況は全く変わっていないのに、陽子は自殺未遂からどのように精神的に立ち直っていったのか、三浦綾子の筆は十分にその間の精神の劇《ドラマ》を伝えていない、と思われるのである。……「再生」の根本には「回　心《コンヴァージョン》」があるはずであり、人間の生き方のモデルや劇《ドラマ》を創造的に提出する小説において重要なのは、もし「再生」を主題の一つとするならば、「回心」の劇こそ書きこまれなければならなかったはずである。……『続氷点』の真正な主人公である陽子の「再生」は、義兄徹と徹の友人北原との間を揺れ動く少女の心と、生みの母やその家族と陽子との心理的葛藤の陰にかくれて、「回心」の過程があまりよく見えてこないのである。たぶん、作家は「再生」よりも「ゆるし」の方に重点をおいたために、このようなことが起こったのではないか、と思われる。啓造が妻夏枝を、夏枝が夫啓造を、そして陽子が生みの母三井恵子を、恵子の夫三井弥吉が妻の不義を「ゆるす」劇《ドラマ》としては、この小説は実によくできている。「ゆるし」に至る苦悩も十分に書きこまれている。……「再生」の劇は十分に書きこまれなかったけれど、「再生」から「ゆるし」への過程、あるいは言葉を換えて「再生」がもう一つの側面として内在させている「ゆるし」については、説得的に物語が展開されている。それが『続氷点』だったのである。

（三〇〜三二頁。傍線、竹林）

右の黒古氏の論では、『続　氷点』における「再生」「回心」「赦し」の相互関係が十分に把握されていないように見える。「「再生」の根本には「回心」があるはず」だというのは当たっているが、「再生」と「赦し」とを切り離すことはできない。三浦綾子が『続　氷点』で「「再生」よりも「ゆるし」の方に重点をおいた」ということは考えにくい。また、「「再生」の劇は十分に書きこまれなかったけれど、「再生」から「ゆるし」への過程、あるいは言葉を換えて「再生」がもう一つの側面として内在させている「ゆるし」については、説得的に物語が展開されている」ということは、あり得ない。なぜなら、陽子の再生は、神に自分の罪の赦しを求め（これが「回心」）、実母の過ちを赦すことによって可能となるからである。

人が自分の罪を認識して、その赦しを神に求めるとき、赦しがたい他者の罪を赦すことができるようになる。陽子にとって、生みの母である恵子を赦すことなしに再生はなかった。言うまでもなく、自殺を図ったときの昏睡状態から目覚めたことが陽子の再生なのではない。昏睡状態から目覚めた後も、陽子の生き方の根本――自分を正しいとし、神のほうを向かない生き方――は変わっていない。

黒古氏は、「陽子は自殺未遂からどのように精神的に立ち直っていったのか、三浦綾子の筆は十分にその間の精神の劇を伝えていない」と書いているが、陽子が自殺未遂から精神的に立ち直るのは『続　氷点』の最終章「燃える流氷」においてであり、そこに至るまで、陽子は実母を憎み続ける。『続　氷点』には、陽子が実母を赦そうとしても赦せずに憎み続ける様子が詳しく書かれている。そこには、「一人の人間が、人を裏切って、命を生んだ時、生まれた人間はどんなに辛い思いの中に生きなければならないか」を知ってほしいという三浦の思いが込められている（三浦綾子〔一九七一a〕）。

憎しみの末に、陽子は、現実の自分がイメージの中の自分（自己イメージ）と異なっていることに気づく（それ以前にも、全く気づいていなかったわけではない）。次に引用する箇所は、「陽子さん、ゆるして……」と赦しを請うた恵子に何も答えずに立ち去ったことを、オホーツク海の流氷を見ながら陽子が回想している場面である。

「あなたがたの中で、罪のない者が、まず石を投げ打ちなさい」

と聖書はいう。

陽子は蒼ざめた流氷原を凝視した。この流氷のように、自分の心は冷えていたのだろうか。

自分はもっと暖かい人間のはずだった。もっと素直な人間のはずだった。その自分が、一言も発しなかったのだ。自分でも不可解な心情だった。不可解だが、まさしく自分の心は、この海のように冷たく閉ざされていたのかも知れない。

「陽子さん、ゆるして……」

その一言には万感の思いがこめられていたはずである。しかし陽子は、素っ気なくその場を立ち去ったのだ。それは、石を投げ打つよりも冷酷な仕打ちではなかったか。

そのような非情さが、一瞬に生ずるわけはない。自分の心の底には、いつからかそれはひそんでいたのだ。

陽子は、小学校一年生の時、夏枝に首をしめられたことがあった。中学の卒業式には、用意した答辞を白紙にすりかえられた。そのことを、陽子は決して人には告げなかった。ただひたすら、石にかじりついてもひねくれまい、母のような女になるまいと思って、生きてきた。が、それは常に、自分を母より正しいとすることであった。相手より自分が正しいとする時、果たして人間はあたたかな思いやりを持てるものだろうか。自分を正しいと思うことによって、いつしか人を見下げる冷たさが、心の中に育ってきたのではないか。

(原罪！)

陽子は、ふと啓造から聞いた言葉を思い出した。ようやく、自分の心の底にひそむ醜さが、きびしい大氷原を前にして、はじめてわかったような気がした。

(「燃える流氷」。「……」は原文のもの)

陽子は、ようやく、「自分の心の底にひそむ醜さ」に目が向いた。自殺を図ったときの陽子は、「罪の可能性」に気づいたのみで、自分の罪を具体的に認識していたのではなかった。『続　氷点』の最終章に至って、陽子は自分の罪――自分を正しいとし、人を見下げる思い(注5)を持っていること――を具体的に知る。『続　氷点』は、陽子が自分の罪を認識するに至るまでの長い物語である。

この罪の認識が陽子の再生の出発点である。そして、自分の罪に気づいたら、あとは早い。陽子は、オホーツク海の「燃える流氷」を見て、「血の滴るように流氷が滲んで行く」光景にイエス・キリストの十字架の血潮を重ね、神を信じるに至る。

(天からの血!)

そう思った瞬間、陽子は、キリストが十字架に流されたという血潮を、今目の前に見せられているような、深い感動を覚えた。それは、説明しがたいふしぎな感動だった。

……

先ほどまで容易に信じ得なかった神の実在が、突如として、何の抵抗もなく信じられた。

……

あざやかな炎の色を見つめながら、陽子は、いまこそ人間の罪を真にゆるし得る神のあることを思った。神の子の聖なる生命でしか、罪はあがない得ないものであると、順子から聞いて(注6)いたことが、いまは素直に信じられた。この非情な自分をゆるし、だまって受け入れてくれる方がいる。なぜ、そのことがいままで信じられなかったのか、陽子はふしぎだった。

炎の色が、次第にあせて行った。陽子は静かに頭を垂れた。どのように祈るべきか、言葉を知らなかった。陽子はただ、一切をゆるしてほしいと思いつづけていた。

……

陽子は、北原に、徹に、啓造に、夏枝に、そして順子に、いま見た燃える流氷の、おどろくべき光景を告げたかった。自分の前に、思ってもみなかった、全く新しい世界が展《ひら》かれたことを告げたかった。そして、自分がこの世で最も罪深いと心から感じた時、ふしぎな安らかさを与えられることの、ふしぎさも告げたかった。

……

陽子はつと立って、北原に電話をしようと思った。が、何よりも先に、なさねばならぬことがあった。

交換手が出た。陽子は、小樽の三井弥吉の電話番号を調べて、とりついでもらうことにした。

「受話器を一たん置いて、お待ちください」

ベルが鳴るまでの僅かな時間が、陽子にはひどく長く感じられた。

(おかあさん！　ごめんなさい)

あの雪道をうつむいたまま去って行った恵子の背に、呼びかけるような思いだった。
二、三分たって、ベルが鳴った。
「ただいま、お呼びしています。そのままお待ちください」

交換手の声がして、コールサインの鳴るのが聞こえた。陽子は受話器を強く耳に押し当てた。

ふいに陽子の目から涙が溢れた。その涙をぬぐおうともせず、陽子はコールサインに耳を傾けていた。

（「燃える流氷」。傍線、竹林）

ここで『続　氷点』は幕を閉じる。「人間の罪を真にゆるし得る神」の前で罪の赦しを求めたとき、陽子の前に「思ってもみなかった、全く新しい世界が展かれた」のである。「おかあさん！　ごめんなさい」という心内語に示されているように、陽子は、自分を苦しめる罪の問題（実母への憎しみ）から解放され、恵子を赦して、新たな人生を歩み始める。

陽子は、恵子を徹底的に憎んだ末に（徹底的に憎んだからこそ）、自分の罪を認識した。三浦は、陽子に限らず人間がどれほど自分の罪に気づきにくいかということを言わんとしているのであろう（「あじさい」の章における「大きな石」と「小石」の話や、『光あるうちに』の「罪とは何か」の章を参照されたい）。

四、罪の自覚と神の恵み

水谷昭夫（一九八九）は次のように書いている。

「されど罪の増すところには恩恵《めぐみ》も弥増《いやま》せり」という聖書のことばの示すとおり、キリスト教的理解に従えば、罪の意識は、ゆるしや再生と紙一重、というより、すでに恵みそのものであるとさえ言える。

（五二頁）

「罪の意識」が「恵みそのもの」であるのは、なぜか。それは、罪の意識によって、神を信じる道が開かれるからである。罪の意識がないところには神への信仰はない。自分の罪を認識することで神に赦しを求めるようになる。そして、十字架で罪を身代わりに負ったイエス・キリストを信じて、救われる（再生する）のである。

「罪の増すところには恩恵も弥増せり」という聖句は、多くの罪を犯しなさいということでは決してない。自分の罪深さを認識すればするほど、神の恩恵が深く分かるという意味である。陽子は、「自分がこの世で最も罪深いと心から感じ」て、「ふしぎな安らかさを与えられ」た。この「ふしぎな安らかさ」は、人が、罪を赦す神を信じて再生したときに味わう平安である。

神によって罪が赦されることは、人から過ちを赦されることとは大きく異なる。人に赦されることは、罪の根本的な解決にはならない。以下の引用箇所（陽子の日記の一部）に示されているように、陽子も、このことに気づいていた。

〈……許すとは、何と困難なことであろう。そして不可解なことであろう。そうだ。わたし（竹林注…陽子）には、それは、困難というよりも不可解なことなのだ。特にわたしにとってわからないことの一つに、人間同士、お互いに許し合えたとして、それで果たして事はすむのかという問題がある。

いつか北原さんに、わたしは自分の変心をわびたことがあった。北原さんは快く許してくださって、安心なさいとおっしゃった。だがわたしはその時、許されたような気がしなかった。たとえあの人が許してくれたとしても、わたしが裏切ったという事実は、厳然としてこの世にとどまっているような気がしてならなかった。それは今も同じである。

順子さんがたとえその父親を許しても、殺したという罪の事実はどうなるのだ。殺された人間は再び還らない。小樽の母にしても同じことがいえる。たとえわたしが許しても、その不義の事実は消えるはずはない。その夫

や息子たちが事実を知り、そして許したとしても、それでその事実が消滅するはずもない〉
陽子は、罪と許し、罪と許し、と何行か書きつづけた。（『命日』）

陽子は三年前、

「罪をハッキリとゆるす権威あるものがほしい」

と、遺書に書いたはずだった。

死を前にして抱いたあの真実の自分の願いが、いま、にわかにここに甦ったような気がした。人間同士のゆるしには、恐らく完全を求めることはできないであろう。許したつもりが、いつまた憎しみが頭をもたげてくるかわからない。それは、啓造と夏枝の姿を見ていても、わかるような気がした。そのような不完全なゆるしに、真の解決があるとは思えなかった。（『燃える流氷』）

人による赦しが罪の問題を根本的に解決するものではないことが分かっていたからこそ、陽子は神による赦しを求めたのである。「真に裁き得るものだけが、真に許し得る」という辰子の「ずしりとした重い言葉」（『曙光』）も、陽子の回心の布石になっている。三浦は、「十字架なしに、人間の罪は許されはしない。そう訴えたかった」のである（三浦綾子〔一九七一 a〕）。

五、おわりに

本章では、『続　氷点』において陽子の生き方の転換――再生――がどのようになされたのか（陽子の再生が『続　氷点』でどのように描かれているのか）ということについて考察した。以下に本章の要点をまとめておく。

①　陽子は、三井恵子（実母）を徹底的に憎んだ末に、自分の罪を具体的に認識する。その罪の赦しを神に求め、恵子を赦すことによって、陽子は再生した。恵子に対する憎しみから解放されて、自分を正しいとする生き方が、神のほうを向く生き方に転換したのである。

②　罪の自覚は、神に自分の罪の赦しを求めて信仰により再生する端緒であるがゆえに、「恵みそのもの」と言える。陽子は、自分の罪深さを認識し、その赦しを神に求め、再生に伴う平安を得た。人による赦しは罪の根本的な解決にならない。陽子は、そのことを知っていたからこそ、神による赦しを求めたのである。

『続　氷点』は、陽子が死なずに助かりそうだという『氷点』の結末に不満を感じて命を絶った女子高校生の死にショックを受けた三浦が、「陽子が生きなければならない理由を書いておかねばならぬ」という思いで執筆した作品である（三浦綾子〔一九七一a〕）。「自分の中の罪の可能性」に絶望して自殺を図った陽子を三浦が死なせなかったのは、陽子が自分の罪をしっかりと認識し、神に罪の赦しを求めて、信仰による救いを得るためであった。

注

（1）『続　氷点』は、『朝日新聞』（朝刊）に一九七〇年五月十二日から一九七一年五月十日まで連載され、一九七一年五月二十五日に朝日新聞社から単行本として刊行された。『氷点』（正編）を書き終えた直後の三浦に、『続　氷点』執筆の予定はなかった。三浦が『続　氷点』を書いた理由については本章の末尾で見る。

（2）『続　氷点』のテーマが「赦し」であることについては、三浦自身が「『氷点』のテーマは原罪であったが、「続氷点」のテーマは「赦し」ということにしていた」と書いている（『命ある限り』第八章）。「原罪」とは、キリスト教の概念で、人間が生まれながらに持っている罪を指す。前章第一節でも述べたように、原罪の概念内容については様々な見解があるが、三浦は、「的外れ」なあり方（神のほうを向いていない、自己中心的なあり方）のことであるという理解に立っている（三浦綾子〔一九六六 c、一九七一 b〕）。様々な「罪」（神の心に反する思いや行為。本書で「罪」というのは、この意味である）は原罪に起因する。

（3）陽子は遺書の中で次のように書いている。

今まで、どんなにつらい時でも、じっと耐えることができましたのは、自分は決して悪くはないのだ、自分は正しいのだ、無垢なのだという思いに支えられていたからでした。でも、殺人者の娘であると知った今、私は私のよって立つ所を失いました。

現実に、私は人を殺したことはありません。しかし法にふれる罪こそ犯しませんでしたが、考えてみますと、父が殺人を犯したということは、私にもその可能性があることなのでした。

自分さえ正しければ、私はたとえ貧しかろうと、人に悪口を言われようと、意地悪くいじめられようと、胸をはって生きて行ける強い人間でした。そんなことで損なわれることのない人間でした。何故なら、それは自分のソトのことですから。

しかし、自分の中の罪の可能性を見いだした私は、生きる望みを失いました。（『氷点』「遺書」。傍線、竹林）

陽子が見出した「自分の中の罪の可能性」とは、罪を犯す性質（罪性）を自分も持っているということである。『氷点』において、陽子は自分の罪を具体的に認識してはいない。『氷点』における陽子の罪の問題については前章で述べた。

（4） このことは『氷点』の最終章で明らかにされる。それまで、陽子の育ての親である辻口啓造・夏枝は、陽子を佐石の娘だと思っていた。夏枝は、啓造が自分（夏枝）への復讐のために乳児院から陽子を引きとったことを知って以降、陽子への意地悪な仕打ちを続けた。

（5） 恵子への憎しみは、この思いが基になっている。

（6） 陽子の友人、相沢順子。『氷点』で辻口ルリ子を扼殺した佐石の実子で、四歳のときに相沢家の養子となった。殺人を犯した父親を激しく憎んでいた時期があるが、イエス・キリストの十字架による贖罪について知り、信仰を得て、実父への憎しみから解放された。『続　氷点』で陽子に大きな影響を与える。

第九章　夏目漱石『心』と『氷点』『続　氷点』

――夏目文学と三浦文学との重なり・ずれをめぐって

一、はじめに

夏目漱石の小説『心（こゝろ）』が「心　先生の遺書」という題で『東京朝日新聞』『大阪朝日新聞』に連載されたのは一九一四年のことである（単行本の刊行も同年）。その五十年後、一九六四年に三浦綾子の『氷点』が朝日新聞社の一千万円懸賞小説に一位入選、『朝日新聞』に連載開始となる（連載終了と単行本の刊行は翌年）。

『心』も『氷点』も、よく知られている作品であるが、両者の間に深い繫がりがあることは、従来あまり指摘・注目されてこなかった。そこで本章では、『心』と『氷点』『続　氷点』(注1)を対象として、おもに両者間の共通性に注目しつつ、その共通性との関連で見られる両者間の相違点についても述べる。

本章の内容は多岐にわたるので、予め要点を記しておく。

①『心』も『氷点』も、遺書を中核・かなめとする点で共通するのみならず、遺書に記されている内容、及び、その内容を伝える言語表現に大きな重なりが認められる。

②『心』の「先生」も『氷点』の辻口陽子も罪意識から自殺へと向かう。しかし、『氷点』は、昏睡状態の陽子が一命をとりとめることを暗示して終わり、『続　氷点』の末尾において陽子は、罪を赦す神への信仰に至る。『氷点』の構想段階では陽子の死をもって終わらせることも考えていた三浦が、結局そのようにしなかったところに、三浦文学の、「希望の文学」としての特徴がよく表れている。

③『心』も『氷点』『続　氷点』も、「淋しさ」をキーワードとし、「淋しさ」と「死」とが深く繫がっている作品

である。『続　氷点』では淋しさのプラスの作用も積極的に描かれている。

④『氷点』『続　氷点』で描かれている、陽子をめぐる辻口徹と北原邦雄の関係は、『心』における「先生」とKの関係と重なりつつ、ずれる。一人の女性をめぐる『心』の悲劇は如何にして回避し得るかという問題に対して、三浦は〈つらさの中でも、耐え忍んで愛他精神に生きること〉に答えを求めている。

以下では、まず、『氷点』と夏目文学との関係について考察した佐古純一郎（一九六六）の論を概観する（第二節）。その後、上記の①から④まで順に見てゆく（第三節～第六節）。

二、佐古純一郎氏の論

『氷点』の連載終了・単行本刊行（いずれも一九六五年十一月）から間もない一九六六年二月、佐古純一郎氏は、「三浦綾子『氷点』と夏目漱石」と題する論考を発表した（佐古純一郎〔一九六六〕）。同論考において佐古氏は『氷点』を、「文学のテーマ自体にかかわる系列」としての「漱石山脈」における「ユニークな新山のようなもの」であるとし（四〇頁）、次のように言う。

漱石山脈と呼ぶ近代日本文学の伝統をつらぬいている「テーマ」は近代及び現代における人間の「エゴティズム」であり、エゴティズムが必然的にかもしだす、不信と孤絶の悲劇である。それは、『虞美人草』から『明暗』にいたるまで夏目漱石があれほどのしつようさをもって問いつづけたテーマであり、『こころ』においてすでにカタストロフにまでその運命がみきわめられていたテーマであった。『氷点』で三浦綾子さんが描こうとしたテーマは、漱石山脈の主題性をもっとも正統的にうけついだものといえまいか。

（四〇頁）

『氷点』のテーマは「原罪」であり（三浦綾子（一九六六ａ））、三浦は「原罪」の内実を自己中心性に見ている（三浦綾子（一九七一ｂ））。『氷点』は、漱石がテーマとした「エゴティズム」（エゴイズム）を正面から扱った作品であり、そこでは、自己中心的な登場人物たちが「不信と孤絶の悲劇」を繰り広げている。この意味で、佐古氏が『氷点』を、「文学のテーマ自体にかかわる系列」としての「漱石山脈」の中に位置づけたことは、正鵠を射た見解であろう。[注2]
それでは、なぜ佐古氏は、『氷点』を「漱石山脈」における「ユニークな新山のようなもの」（傍点、竹林）であると言ったのか。その理由は次のように語られている。

『氷点』を漱石山脈の新山であるとする私の論拠はどこにあるか。人間における自己中心性《エゴティズム》を「罪」として自覚することは、すでに漱石があの『こゝろ』において到達した境位であった。漱石自身はそれを、則天去私という境涯に向って越えていこうとしたのであるが、『氷点』はそのことにおいて、たしかに、ひとつの新しい地点を提示している。それは、陽子の「遺書」において作者が読者に呼びかけようとする「ゆるし」という問題である。[注3]

（佐古純一郎（一九六六、四二頁）。ルビ・傍点は原文のもの）

この「ゆるし」の問題は『続　氷点』のテーマとなり、同作の末尾で辻口陽子は罪を赦す神を信じるに至る。
以下では、佐古純一郎（一九六六）の時点では存在していなかった『続　氷点』を考察対象に加え、『心』と『氷点』

『続　氷点』について、佐古純一郎（一九六六）では触れられていない両者間の重なり・ずれを見てゆく。

三、遺書をめぐって

『心』の新聞連載時の副題は「先生の遺書」であり、この作品において「先生」の遺書が占める分量からしても、内容面から見ても、「先生」の遺書は『心』の中核を成していると言えよう。

『氷点』も、辻口陽子の遺書がかなめとなっている（森下辰衛（二〇一四、第十一章））。陽子の遺書（辻口啓造・夏枝宛て、恋人だった北原邦雄宛て、共に兄妹として育った辻口徹宛て、の計三通）の文章が記された「遺書」の章は『氷点』の最後から二番目の章であるが、三浦が『氷点』の原稿執筆時に「遺書」の章から書き始めたこと、また『氷点』の中で一番書きたかったのはこの章の内容であることが、三浦自身によって語られている（三浦綾子（一九六七））。

このように『心』も『氷点』も遺書を中核・かなめとする点で共通するが、それのみならず、遺書に記されている内容（罪認識のあり方や、「先生」・陽子を死に向かわせた動因）、及び、その内容を伝える言語表現に大きな重なりが認められる。以下、このことについて見たい。

まず、「先生」・陽子の罪認識のあり方についてであるが、「先生」は遺書の中で「私はたゞ人間の罪といふものを深く感じた」とし、その罪の「恐ろしい影」は「自分の胸の底に生れた時から潜んでゐるもの丶如くに思はれ出して来た」と記している（下―五十四）。(注4)

陽子も啓造・夏枝宛ての遺書に、「私の血の中を流れる罪を、ハッキリと「ゆるす」と言ってくれる権威あるものがほしい」と書く。「私の血の中を流れる罪」とは、具体的・個別的な行為ないし思いとしての罪のことではなく、自分が生まれながらに有している罪のことである。辻口家の長女、ルリ子を殺した佐石土雄の娘であることを夏枝から知らされた陽子（ただし、じつは陽子は佐石の娘ではなかった）は、北原宛ての遺書の中で次のように語っている。

北原さん、今はもう、私が誰の娘であるかということは問題ではありません。たとえ、殺人犯の娘でないとしても、父方の親、またその親、母方の親、そのまた親とたぐっていけば、悪いことをした人が一人や二人必ずいることでしょう。
（「遺書」）

殺人犯の娘でないとしても、自分が生得的な罪性（これが「原罪」）を有している存在であることを陽子は直観した。この認識に立って陽子は、啓造・夏枝宛ての遺書に「私のような罪の中に生まれたもの」と書いている。『心』の「先生」と同様に、陽子も罪を生得的なものとして意識している。

次に、「先生」・陽子を死に向かわせた動因について見ることにする。

『氷点』の「遺書」の章に記されている、啓造・夏枝宛ての陽子の遺書は、『心』の遺書の一節（下―五十二）と、内容面でも表現面でも大きく重なる。

啓造・夏枝宛ての遺書の中で、陽子は「今まで、どんなにつらい時でも、じっと耐えることができましたのは、自分は決して悪くはないのだ、自分は正しいのだ、無垢なのだという思いに支えられていたからでした」と書いている。「先生」も「世間は何《ど》うあらうとも此己《このおれ》は立派な人間だといふ信念」を持っていた。二人とも自分は正しい、立派な人間だと考えていた、ということである。

しかし陽子も「先生」も、自分の罪性を認識したことによって〈正しい自分〉というアイデンティティーが崩れる。

その崩れるさまは、『氷点』では「自分の父が、幼いルリ子姉さんの命をうばったと知った時、私はぐらぐらと地の揺れ動くのを感じました」「殺人者の娘であると知った今、私は私のよって立つ所を失いました」と書かれ、『心』では「自分もあの叔父と同じ人間だと意識した時、私は急にふら〳〵しました」と書かれている。『氷点』においても『心』においても、揺らぎ・不安定さのイメージで表現されていることに注目したい。

そして、〈正しい自分〉というアイデンティティーが崩れた両者の心は固まってしまう。『氷点』における「私の心は凍えてしまいました」「私はもう生きる力がなくなりました。凍えてしまったのです」という表現と、『心』における「他《ひと》に愛想を尽かした私は、自分にも愛想を尽かして動けなくなつたのです」という表現とは、いずれも、絶望を心の凝固として表している点で共通する。『氷点』の「凍えてしまった」は、同作の舞台（また三浦の生活・著作活動の場）である北海道らしさの表れた比喩である。

心が固まってしまった陽子・「先生」は、死へと向かうことになる。このことについては次節で見てみたい。

四、自殺をめぐって

陽子も「先生」も罪意識から自殺へと向かう。以下では、その過程について見る。

陽子は北原宛ての遺書の中で次のように書いている。

「陽子には殺人犯の血が流れている」との母の言葉が耳の中で鳴っています。この言葉は、私を雷のように打ちました。私の中に眠っていたものが、忽然と目をさましました。それは今まで、一度も思ってもみなかった、自分の罪の深さです。

一度めざめたこの思いは、猛然と私自身に打ちかかって来るのです。

「お前は罪ある者だ、お前は罪ある者だ」と、容赦なく私を責めたてるのです。

（「遺書」）


自分の罪深さの認識に責めたてられた陽子は、「この罪ある自分であるという事実に耐えて生きて行く時にこそ、ほんとうの生き方がわかるのだという気」もすると言うが、「私には、それができませんでした」と自殺を選ぶ（啓造・夏枝宛ての遺書）。

なぜ陽子には、「この罪ある自分であるという事実に耐えて生きて行く」という選択ができなかったのか。陽子は次のように書いている。


自分の中に一滴の悪も見たくなかった生意気な私は、罪ある者であるという事実に耐えて生きては行けなくなったのです。

私はいやです。自分のみにくさを少しでも認めるのがいやなのです。みにくい自分がいやなのです。けれども、既に私は自分の中に罪を見てしまいました。

（北原宛ての遺書）


あまりにも潔癖であった陽子、〈正しい自分〉というアイデンティティーに固執した陽子は、自分が罪ある者であることに耐えられなかった。(注5)

『心』において、「人間の罪といふものを深く感じ」た「先生」は、「自分で自分を殺すべきだ」と考えるようになり、「死んだ気で生きて行かうと決心」する（下―五十四）。

しかし、その「先生」を自殺へと向かわせた「不可思議な恐ろしい力」があった（下―五十五。以下も同じ）。この力は、「先生」の心を「ぐいと握り締めて少しも動けないやうに」し、「御前は何をする資格もない男だと抑へ付けるやうに云つて聞かせ」て「先生」を「ぐたりと萎れ」させる。そして、「先生」が立ち上がろうとしても再び締め付け、「何で他《ひと》の邪魔をするのかと怒鳴り付け」ても、冷笑して「自分で能《よ》く知つてゐる癖に」と言う。この「苦しい戦争」が「先生」を自殺に追いやる。「何時《いつ》も私の心を握り締めに来るその不可思議な恐ろしい力は、私の活動をあらゆる方面で食ひ留《と》めながら、死の道丈《だけ》を自由に私のために開けて置くのです」とある。

この「不可思議な恐ろしい力」とは「先生」の罪意識であろう。先に見たように、『氷点』では陽子の罪意識が陽子に猛然と打ちかかり、「お前は罪ある者だ、お前は罪ある者だ」と容赦なく責めたてたが、同様のことが『心』の「先生」において起きている。「先生」が、死のうとしつつも妻を不憫に思って年月を重ね、「私」（『心』の語り手）との出会いを経、明治天皇・乃木大将の死を契機として「自殺する決心をした」こと（下―五十六）は周知のとおりである。

「先生」は「私」に、「私は精神的に癇性なんです。それで始終苦しいんです。考へると実に馬鹿々々しい性分だ」と言っている（上―三十二）。あまりにも潔癖であり、〈正しい自分〉というアイデンティティーに固執し、自分が罪ある者であることに耐えられなかった点で、「先生」は陽子と共通する。

かくして「先生」も陽子も罪意識から自殺へと向かうが、『氷点』は、昏睡状態の陽子が一命をとりとめることを暗示して終わる。そして、『続　氷点』の最終章において陽子は罪を赦す神への信仰に至る。

しかし三浦は、陽子の死をもって『氷点』を終わらせることも考えていた。三浦は佐古氏との対談の中で、「作者として陽子を生かそうとしましたか、死なそうとしましたか」という佐古の問いに対して、「私は冷こくなのではじめは殺そうとしました。しかし、それではあまり暗すぎるし、実際に読者（竹林注…新聞連載時の読者）からは「ヨウコハシンデハナラナイ」という電報まできました」と答えている（三浦綾子・佐古純一郎〔一九六六、四九頁〕）。

三浦の小説（特に短編小説）には、人間の罪深さ――神に心を向けない、自己中心的なあり方――と、それに起因する悲惨を徹底的に描くことによって、神に心を向けることの必要性を示唆しているものがある（本書第四章）。このタイプの小説は内容が暗く、結末も悲劇的であることが多い。結末が悲劇的であるだけに、読者に与えるインパクトも大きい。

先に見た「はじめは（陽子を）殺そうとしました」という三浦の発言のように、『氷点』も陽子の死で終わる可能性があった。それはそれで、三浦文学の一つのタイプとして十分にあり得る形である。しかし、三浦は結局そのようにしなかった。そこに三浦文学の、「希望の文学」としての特徴がよく表れているのではなかろうか。

陽子の死で終わったのでは「あまり暗すぎる」と三浦は言う。また、陽子の死を懸念する読者への配慮もあって、三浦は陽子を死なせなかった。自分の罪性に絶望して自殺へと向かった陽子を生かし、陽子の欲していた「私の血の中を流れる罪を、ハッキリと「ゆるす」と言ってくれる権威あるもの」に出会わせる道を開くことによって、三浦は読者に希望を持たせようとしたのであろう。三浦が陽子や読者に願っていたことは、自分の罪性を認識した末の死ではなく、罪性の認識をとおして神への信仰に進むことであった（注6）（三浦綾子〔一九六六a、一九六六b、一九九三〕）。

五、「淋しさ」をめぐって

『心』と『氷点』『続　氷点』とは、「淋しさ」をキーワードとする作品である点でも共通する。

森下辰衛（二〇一四、第十一章）は、〈人間が神を離れてあること〉から来る「淋しさ」が、『氷点』においては〈生きる目的のない淋しさ〉〈愛されない淋しさ〉〈愛せない淋しさ〉〈罪の解決が見出せない淋しさ〉という四種類の淋しさとして見て取れるとする。そして、陽子はこれらの淋しさ全てを持っていると言う。

『氷点』で陽子の淋しさが描かれている場面を見ると、上記の四種類の淋しさのうち、〈愛されない淋しさ〉が目立つ。〈愛されない淋しさ〉を抱える陽子が支えとしていたのは、自分の正しさであった。本章第三節で見たように、陽子は遺書に「今まで、どんなにつらい時でも、じっと耐えることができましたのは、自分は決して悪くはないのだ、自分は正しいのだ、無垢なのだという思いに支えられていたからでした」と書いている。

しかし、その支えが自分の罪性の認識によって崩れたとき、陽子は死に向かうことになる。森下辰衛（二〇一四）の言う〈罪の解決が見出せない淋しさ〉に陽子は耐えられなかった。(注7) 「私の血の中を流れる罪を、ハッキリと「ゆるす」と言ってくれる権威あるものがほしい」と罪の赦しを求めつつも、罪を赦す神を知らなかった陽子は、レーゾンデートルを失い、自殺へと向かうほかなくなる。このとき、恋人の北原が陽子の支えになることはできなかった。

『続　氷点』において陽子は、一命をとりとめた後も、自分の出生のことや、(注8) 自分の生を肯定的に捉えられないこと、異父弟の三井達哉と知り合いになりながらも親しくできないこと、夏枝が原因で親友がつくれないこと、などで淋しさを感じる。

『氷点』『続　氷点』で淋しさを抱いているのは陽子のみではない。辻口家の人たちは皆、淋しさで心に傷を負っている。三歳のルリ子は、村井靖夫（夏枝に思いを寄せる眼科医）と二人きりで過ごしたい（注9）夏枝に部屋から追い出され、淋しさを抱えて家を出る。通りがかった佐石に連れられて川原まで行くが、淋しくなって夏枝を恋い慕って泣き、佐石に扼殺される。その死によって啓造、夏枝、徹は淋しさを味わう。さらに、啓造は夏枝や親友の高木雄二郎との関係で、また自分の仕事や人生に虚しさを覚え、淋しい思いを抱いている。夏枝は啓造、村井との関係や、自分の人生に淋しさを感じる。徹は陽子への恋において幾度も淋しさを味わう。

美瑛川と見本林の傍らにある辻口家は、淋しさを抱えた人たちの暮らす場であり、そこは、神から離れた人間社会の縮図として設定されていると言えよう。

しかし、辻口家は「十字架による救いの道への入り口」（森下辰衛〔二〇一四、六二頁〕。傍点、竹林）でもある。三浦はエッセイの中で、「淋しく思う時にこそ、人はものを考えるチャンスを与えられる」のであり、「孤独は、神のもとに至る橋」なのだから、「淋しさも、すばらしい大きな恵みである」と書いている（『明日のあなたへ』「自分だけが淋しいのではない」）。それぞれに淋しさを抱える辻口家の人たちの中で、陽子は神の実在と、イエス・キリストの十字架による罪の贖い・赦しを信じるに至る。啓造も『続　氷点』において、聖書を熱心に読み、教会に通うようになる。淋しさは、人を死に追いやることもあるが（例えば『氷点』における陽子の場合）、人を神に導くこともあるのであった。『続　氷点』において淋しさのプラスの作用も積極的に描かれていることは着目に値しよう。

『氷点』『続　氷点』には、辻口家の人たちのほかにも、多くの登場人物の淋しさが描かれている。村井、高木、藤尾辰子（夏枝の友人で踊りの師匠）、松崎由香子（啓造への思いを村井に利用されて弄ばれ、失踪。その後、失明）、北原、三井恵子（陽子の実母）、相沢順子（佐石の実子）といった、ほぼ全ての主要登場人物について、それぞれの感じる淋しさが記されている。

『氷点』『続　氷点』は、淋しさを抱える登場人物たちの織り成す物語であり、この物語の大半は、淋しい者同士が傷つけ合う内容になっている。『続　氷点』に、啓造が自分の生き方を考えて「いいようもなく淋しくな」り、自分の死を思って「孤島にあるような淋しさ」を感じる場面がある（「聴診器」）。そのとき、啓造は陽子から、「生きてるって淋しいわね」と夏枝が言っていたことを聞き、「淋しい者同士が、何でつまらぬ争いをくり返すのか。淋しければ肩をよせ合って、仲よく生きるべきなのだ。村井や由香子のことなどで争うつまらなさを、再びくり返すまい」と思う。「肩をよせ合って、仲よく生きるべき」淋しい者同士が傷つけ合ってしまう、その根本原因を三浦は『氷点』『続　氷点』において問うていると言えよう。

『氷点』『続　氷点』と同様に、『心』も「淋しさ」をキーワードとする作品であり、淋しさを抱える登場人物たちの織り成す物語である（関口安義（一九八八））。この物語では、語り手の「私」、その父親、「先生」、K（「先生」のおさななじみ〔Kindheitsfreund 独〕、同伴者的親友〔Kumpan 独〕）、静（「先生」の妻）、静の母親、といった主要登場人物たちの抱く淋しさが描かれている。そして、「淋しさ」と「死」とが深く繫がっている。死を意識しながら病床にある、「私」の父親は頻りに淋しがる。また、自分が淋しい人間であることを幾度も口にする「先生」は、死を深く思いつつ日々を過ごし、ついに自殺に踏み切る。Kの死は、「先生」によって「私のやうにたつた一人で淋しくつて仕方がなくなつた結果、急に所決したのではなからうか」と捉えられる（下―五十三）。

『氷点』『続　氷点』（特に前者）も、「淋しさ」と「死」とが深く繫がっている作品である。

『氷点』において、罪性を認識した陽子が淋しさの中で自裁を図ったことは既に見た。また、夏枝に部屋から追い出されたルリ子が、淋しい思いで家を出た後、佐石に連れられて行った川原で淋しさのあまり泣いたことによって扼殺されたことも既述のとおりである。その佐石も、悲惨な人生を送った、淋しさを抱える人間であった（森下辰衛〔二〇一四、第四章〕）。ルリ子と佐石の間には、「淋しくて人恋しい者が、淋しくて人恋しい者に殺され、弱い者が更に弱い者を殺してしまう」（森下辰衛〔二〇一四、一〇五頁〕）という悲劇が起きている。そして、佐石は留置場で首を吊って死ぬ。また『氷点』には、自分の存在価値はゼロだと言って、退院の前日に命を絶った青年、正木次郎の話も出てくる。

『続　氷点』においても、「生きていてよかったという実感」（「延齢草」）も持てず、自分の出生も肯定できない陽子は、死と隣り合わせの状態にあると言えよう。また、徹から陽子のことを知らされて動揺した三井恵子は、繰り返し「淋しげに微笑」し、その直後に自動車事故を起こす（「香煙」）。その恵子は、不義の関係から子を生んだ自分の存在が家族（夫と長男、次男）の一生を壊すことになりかねないことを思い、「死んでしまったほうが、いいような気がします」と言う（「池の面」）。『続　氷点』には、「死ぬほど淋しい人間」「死ぬほど淋しがっていたわたし」（いずれも「黒い雪」）、「死にたいほど淋しくなる老人」（「花ぐもり」）という表現も出てくる。

上のように、『心』も『氷点』『続　氷点』も、「淋しさ」をキーワードとし、「淋しさ」と「死」とが深く繫がっている作品である。これらの作品において、登場人物はそれぞれに淋しさを抱えている。そして、淋しさから自殺に至ったり、淋しい者同士の接触が悲劇を起こしたりしている。『心』『氷点』『続　氷点』の中核には「淋しさ」がある、と言ってもよいであろう。(注10)

六、三角関係をめぐって

『氷点』『続　氷点』では陽子、徹、北原の三角関係が描かれている。本節では、この三角関係のありよう・展開を見ながら、『心』との重なり・ずれを述べる（行論上、『氷点』『続　氷点』のストーリーを丁寧に追いながらの叙述となることをお許しいただきたい）。

『氷点』において、啓造と夏枝の口論から陽子の出生の秘密を知った徹は、「陽子を幸福にするのは、自分しかないと思って」いた。しかし、「おれと結婚して、万一出生がわかった時、陽子は自分が愛されていたのではなく、あわれまれていたのだと誤解するだろう。自分の父親が夫の妹を殺したと知っては、結婚生活はつづけられないだろう」と考えるようになる（「千島から松」）。そして、大学の寮で同室の、気心の知れた北原に陽子を託そうと思い、夏休みに北原を一週間ほど辻口家に滞在させる。徹は北原を陽子と親しくさせておいて、二人が親密になると「陽子を独占したい思い」に駆られる。そして、「陽子は北原とは結婚できないんだよ」などと陽子に言って、彼女を得ようとする（「堤防」）。

この構図は『心』の三角関係と類似している。「先生」はKを「御嬢さん」と親しくさせておいて、二人が親密になると嫉妬し、「是非御嬢さんを専有したいといふ強烈な一念」を抱き（下―三十二）、「御嬢さん」を自分のものにしようとする。

自殺を決心した陽子は、徹宛ての遺書に「今、陽子がお会いしたい人は、おにいさんです。陽子が、一番誰をおしたいしているか、今やっとわかりました」と書く（「遺書」）。しかし『続　氷点』において、一命をとりとめた陽子は自他に対して心が冷えてしまい、徹、北原との関係は白紙に戻る。

陽子の自殺未遂から四ヶ月半ほど後、北原は徹に「君、漱石の『こゝろ』を読んだことがあるだろう」「ぼくたちは、あんなふうになりたくない」と言い、陽子を諦めると告げる（「雲ひとつ」）。これに対して、徹は「お互いにせっかちに考えることはやめようじゃないか」「漱石の『こゝろ』のようにはならないから、大丈夫だよ。ぼくは陽子さえしあわせになればいいんだ」と返す。三浦が北原と徹の会話の中に『心』を登場させていることに注目したい。

この会話から一年三ヶ月後、札幌にいる徹は陽子と北原を交響楽団の演奏会に誘う。二人を会わせて、互いの気持ちを確かめたいと思ってのことであった。陽子の自殺未遂以降、北原は陽子に会っていない。陽子を諦めきれない思いを語る北原に、徹は「ぼくは陽子さえ幸せになればいい。陽子が君を選ぼうと、他の男を選ぼうと、幸せになってさえくれれば、文句はない」と言う。「ぼくは陽子さえ幸せになればいい」という言葉は、一年三ヶ月前に北原に言ったのと全く同じ言葉である。

北原は、この会話の翌日、旭川に帰る陽子の乗る列車がまさに発車しようとするところに駆け込み、徹の目の前で陽子と同乗して行ってしまう。北原は徹に「しまったというように、手を振って見せた」のだが、徹は北原の計画的な行動ではなかったかと疑う（「交差点」）。

この「出しぬき」疑惑は、やはり計画的なものであった。しばらく日が経って辻口家を訪ねた北原は、そのことを陽子に告げ、陽子を徹に譲ることは「不可能」だと言う（「冬囲い」）。何が何でも陽子を得んとする自己中心的な思いを制御しかね、徹との関係を危機的なものとしている。『氷点』で徹が「陽子を独占したい思い」に駆られ、陽子を得ようとしたのと同様のことを、『続　氷点』において北原が行なっているのである。徹との友情を保ちたいと思いつつも、恋において自己中心的になる北原の姿を三浦は描いている。『心』における、「恋は罪悪ですよ」という「先生」の言葉（上―十二、十三）が想起される。

北原の「出しぬき」行為の翌春、陽子は北海道大学に入学し、同じく北大生の北原・徹と時折会う。その年の暮れ、陽子は北原に「自分の気持ちが徹に傾いている事実」を伝える（「追跡」）。北原は落胆するが、「ぼくよりも辻口のほうが、あなたを幸せにしてあげられる人間です。あなたさえ幸せになればいいんだ。ぼくはつらいけど、やっぱり祝福しますよ」と言う。「あなたさえ幸せになればいい」という言葉は、先に見た「ぼくは陽子さえ幸せになればいい」という徹の言葉と同じである。また、北原は「考えてみたら、ぼくがもしあなたと結婚したら、辻口はぼくよりも、もっと参るんじゃないかと思う。全くの話、奴なら生きる力を失ってしまうかも知れないな。あんないい奴に、こんなつらい思いはさせられないと、ぼくは、今気づきましたよ」と言う。つらさを抱きながらも、北原は陽子の幸せを願い、徹を思いやっている。

この会話の直後、三井達哉（恵子の次男）が陽子を自分の運転する車で小樽に連れて行こうとする。陽子が恵子の産んだ子であることを見抜いていた達哉は、小樽に住む恵子に陽子を会わせ、自分の推理を確かめようとしたのである。陽子を連れ戻そうとした北原は、達哉の車に右足をひかれ、膝上からの切断を余儀なくされる。この事故を契機に、陽子は北原と結婚しようという思いになる。陽子の思いを確認した徹は、つらさを覚えつつも、「北原のいい奥さんになってあげるんだね」「北原は愛するに値する男だよ」と言う（「燃える流氷」）。陽子を得たいという自分の思いを抑え、陽子の気持ちを尊重し、北原を評価している。

徹と北原は、陽子への恋において自己中心的になることがあったものの、陽子の幸せを願い、恋敵を思いやったり評価したりすることによって、『心』のような悲劇を免れている。

以上のように、陽子をめぐる徹と北原の関係は、『心』における「先生」とKの関係と重なりつつ、ずれる。特に

『続　氷点』では、三浦が『心』を念頭に置いて恋愛・友情の物語を展開していることが明らかであり、一人の女性をめぐる『心』の悲劇は如何にして回避し得るかという問題が追究されていると言えよう。つらさの中でも、耐え忍んで愛他精神に生きること――三浦はそこに答えを求めているように見える。

七、おわりに

本章では、『心』と『氷点』『続　氷点』について両者の重なり・ずれを見てきたが、辻口啓造と、漱石の小説『門』の主人公、野中宗助との間にも大きな共通性が認められる。

『氷点』で、「このまま何かの病気で死ぬことがあれば、自分の一生は何と泥にまみれた一生だろう」と思った啓造は、「思いきって教会に行こうか。教会に行って、こんな愚かな醜い自分でも、なお真実に生きて行くことができるか牧師にきいてみようか」と考え、教会に出かける（「階段」）。しかし、教会の前を行き来するばかりで、結局、入りそびれる。

この啓造の姿は『門』の宗助と重なる。心の安定を欠く宗助は仕事を休み、十日間、鎌倉の寺に参禅する。しかし、求道に徹することができないまま寺を去る。『門』には、この宗助について次のように書かれている。(注11)

彼は門を通る人ではなかつた。又門を通らないで済む人でもなかつた。要するに、彼は門の下に立ち竦んで、日の暮れるのを待つべき不幸な人であつた。（二十一）

『氷点』の啓造も、まさに、このタイプの人物として描かれている。「(思いきって入ればいいじゃないか) それはわかっていた。だが何となく入りづらいのだ。(じゃ、さっさと帰ればいいんだ) しかし啓造は帰ることもできなかった」(「階段」) という箇所は、啓造の「宗助」性を端的に表している。

しかし、本章で既に述べたように、『続　氷点』において啓造は聖書を熱心に読み、教会に通うようになる。そして『続　氷点』の末尾では、実母を赦せないでいる陽子に渡す聖書に、「ヨハネによる福音書八章一節から十一節までを、ぜひ読んでおくこと」と記した紙片を挟み、その聖書の「あなたがたの中で罪のない者が、まずこの女に石を投げつけるがよい」という言葉 (ヨハネ八章七節) に太い朱線を引く (「燃える流氷」)。この聖句が陽子の心を刺し、陽子に「心の底にひそむ醜さ」――自分を正しいとし、人を見下げる思いを持っていること――を認識させる。啓造は、陽子がイエス・キリストの十字架による贖罪を信じるための布石を打ったことになる。辻口啓造は、その名のとおり、「十字架による救いの道への入り口」(森下辰衛 (二〇一四、六二頁)) を啓《ひら》き造ったのである。『続　氷点』は、啓造の脱「宗助」性の物語として読むことができる (竹林一志 (二〇一四、第Ⅱ部) では、脱「宗助」性の過程の一部を述べた)。

第二節で見た佐古純一郎 (一九六六) の論以降、夏目文学と三浦文学との関係をテーマとした論は見られない (佐古純一郎 (一九六六) でも、その書かれた時期において当然のことながら、三浦の作品としては『氷点』が取り上げられているのみである)。しかし、佐古純一郎 (一九九〇) が「漱石の文学を、今、大変変わった形で受け継いでいるのは、実は三浦綾子だと思う」(二一二頁) と述べているように、夏目文学と三浦文学との間には深い繋がりがあると考えられる。今後、本章の論を足がかりとし、『心』『氷点』『続　氷点』以外の作品も対象として、両者の関係についての考察を深めたい。

注

（1）『続　氷点』は一九七〇年に『朝日新聞』に連載開始となり、一年後に連載終了、単行本が刊行された。

（2）佐古氏は三浦との対談の中で、「漱石が最後まで追求したテーマは人間のエゴのからむ悲喜劇でした。三浦さんのテーマもその根本テーマを追っているように思えます」と言い、「『氷点』をお書きになるとき、三浦さんはそういうことを意識しておいでてしたか」と問うている（三浦綾子・佐古純一郎〔一九六六、四七頁〕）。この問いに対して三浦は、「いいえ。私がとくに意識したというのは小説の対象が大衆であるということでした」と答えている（四七頁）。作者としては、漱石との繋がりを意識して『氷点』を書いたわけではない、ということである。

（3）「陽子の「遺書」において作者が読者に呼びかけようとする「ゆるし」という問題」というのは、『氷点』において辻口陽子が、育ての親である辻口啓造・夏枝宛ての遺書の中で次のように書いたことを受けている。

　おとうさん、おかあさん、どうかルリ子姉さんを殺した父をおゆるし下さい。

　今、こう書いた瞬間、「ゆるし」という言葉にハッとするような思いでした。私は今まで、こんなに人にゆるしてほしいと思ったことはありませんでした。

　けれども、今、「ゆるし」がほしいのです。おとうさまに、おかあさまに、世界のすべての人々に。私の血の中を流れる罪を、ハッキリと「ゆるす」と言ってくれる権威あるものがほしいのです。（「遺書」）

（4）本章で引用する『心』の本文は『漱石文学全集　第六巻』（集英社、一九七一年）に拠る。ただし、旧字体を新字体にする、ルビの多くを削除する、などの改変を施した。

（5）三浦は、この陽子のあり方こそが傲慢であり、そこに原罪が見て取れるとする（三浦綾子〔一九六九〕）。陽子は、『氷点』では「自分の中の罪の可能性」を直観するにとどまっているが（遺書の中に「自分の中の罪の可能性を見いだした私は、生きる望みを失いました」と書いている）、『続　氷点』の最終章において、「自分の中の罪」の内実――自分を正しい者と考えて他者を見下げるところに根本的な問題があったこと――に気づく。

（6）『心』も、読者を死にいざなわんとする作品ではない（沖田まり〔一九七三〕、姜尚中〔二〇一四〕）。「先生」は遺書の中で次のように書いている。

私は暗い人世の影を遠慮なくあなたの頭の上に投《なげ》かけて上げます。然し恐れては不可《いけま》せん。暗いものを凝《ぢつ》と見詰めて、その中から貴方の参考になるものを御攫みなさい。……私は今自分で自分の心臓を破つて、其血をあなたの顔に浴せかけやうとしてゐるのです。私の鼓動が停つた時、あなたの胸に新しい命が宿る事が出来るなら満足です。

（下―二）

この言葉は、「あなた」と同様に「真面目に人生そのものから生きた教訓を得たい」（下―二）と願う読者に対する言葉（漱石が「先生」をとおして語りかける言葉）でもあろう。

（7）夏枝から出生の秘密（佐石の娘であること）を告げられた陽子は「悲しいほど淋しい目」をする（「とびら」）。その場にいた北原の励ましに対しても「犯人の子でも、そうでなくても、とにかく同じことなのよ」と言って「淋しく笑」う（「とびら」）。自分の生得的な罪性を直観して絶望した陽子は淋しさの中にあった。

（8）陽子は、中川光夫とその下宿先の人妻、三井恵子との不義の関係から生まれ、生後すぐに乳児院に預けられた。

（9）夏枝の心が村井に傾いた背景には、仕事に追われる啓造との生活における夏枝の淋しさがあると考えられる（竹林一志〔二〇一四、五四～五六頁〕）。

（10）夏目文学における「淋しさ」については竹林一志（二〇二〇）を参照されたい。

（11）本文は『漱石文学全集　第四巻』（集英社、一九七一年）に拠る。ただし、旧字体を新字体にし、ルビを削除した。

付章　『氷点』『続　氷点』年表

『氷点』

昭和十五（一九四〇）年　辻口啓造と津川夏枝、結婚。新居は札幌（後に、旭川市郊外〔現在、旭川市神楽〕の啓造の実家に転居）。夏枝は、啓造の大学時代（北海道帝国大学医学部）の恩師の娘。（「敵」）

昭和十八（一九四三）年　早春、辻口家に長女ルリ子が誕生（既に、長男の徹がいた）。この年、旭川市内の辻口病院の院長であった、啓造（二十八歳〔数え年〕）の父が、戦争中の人手不足により過労で倒れ、啓造が病院経営を継ぐ。（「ルリ子の死」）

昭和二十一（一九四六）年二月　夏枝、ストーブの灰を捨てるときに灰が目に入り、辻口病院の眼科医、村井靖夫の診療を受ける。このとき以降、村井は夏枝から心をそらすことができなくなる。夏枝、半月ほど通院。その後、村井は時折、辻口家を訪ねるようになる。（「敵」）

昭和二十一（一九四六）年七月二十一日　昼下がり、夏枝（二十六歳〔数え年〕）は、夫の出張中に村井（二十八歳〔数え年〕）の訪問を受ける。応接室でのやりとりの途中、ルリ子（満三歳）が部屋に入ってくるが、夏枝は、村井と二人きりでいたい思いに勝てず、ルリ子を外に遊びに行かせる。夏枝に口づけしようと迫る村井は、夏枝の媚態としての拒絶に辱められた思いを抱き、辻口家を去る。その後、啓造が、出張から一日早く帰宅する。来訪者がいたことに気づき、普段と違う夏枝の様子を不審に思った啓造は、自分の留守中に夏枝と村井の間に何かあったのではないかと心を騒がせる。（「敵」）

家を出たルリ子、行方不明になる。（「誘拐」）

昭和二十一（一九四六）年七月二十二日　午前五時過ぎ、特定郵便局長が辻口家の玄関の戸を激しく叩き、ルリ子が川原で死んでいることを知らせる。川原に駆けつけた啓造たち、ルリ子が扼殺されたことを知る。（「誘拐」「ルリ子の死」）

昭和二十一（一九四六）年八月　辻口家に警察から電話がかかってくる。電話に出た啓造は、ルリ子殺しの犯人が分かったことと、その犯人、佐石土雄（二十八歳）が留置場で首を吊って自殺したことを知らされる。三週間ほど前に妻を失った佐石は、ルリ子を殺したとき、残された赤子のことで疲れ果てた状態であった。佐石は、八月二日午後、札幌市内で逮捕され、犯行を自供した直後に独房で首を吊った。（「ルリ子の死」「灯影」）

佐石の遺児、生後一ヶ月で、高木雄二郎（札幌の総合病院に勤める産婦人科医で、啓造の学生時代からの親友）が嘱託として勤めている乳児院に預けられる。（「灯影」「とびら」）

夏枝、強度の神経衰弱で精神病院に入院。夏枝の入院中、お盆前に辻口家を訪れた藤尾辰子（日本舞踊の師匠で、夏枝の女学校時代からの友人）が啓造に、佐石の子が高木の関係する乳児院に預けられていることを話す。（「灯影」）

昭和二十一（一九四六）年八月三十一日　既に退院している夏枝、養女（女の赤子）がほしいと啓造・高木に言う。啓造は、高木と二人きりになったとき、佐石を憎む一生を送らぬようにするために佐石の子を引きとりたいと言う。（「線香花火」「チョコレート」）

昭和二十一（一九四六）年九月半ば　村井、肺結核の療養のため洞爺に発つ予定日（洞爺への出発は後日に延期される）の前日、辻口家を訪れ、夏枝のうなじに強く口づけする。この日の夜、啓造は夏枝のうなじのキスマークに気づき、絶望する（夏枝は村井の来訪を既に啓造に話していた）。この夜、啓造は、夏枝に復讐するために佐石の子を引きとろうと決心し、翌日（日曜日）、札幌の高木のもとに行く。「汝の敵を愛せよ」という聖句を実践するために佐石の子を引きとりたいと言う啓造に、高木は佐石の子を渡すことにする（じつは別の子を渡したことが『氷点』の最終章で明らかになる)。同日の夜、夏枝、札幌に行き赤子(佐石の子であることを夏枝は知らない)を引きとる。澄子という名がついていたという赤子は、夏枝の提案により陽子と名づけられる。夏枝は、自分が陽子を産んだことにするため、陽子と共に札幌にとどまる。(「雨のあと」「回転椅子」「九月の風」)

昭和二十一(一九四六)年十月下旬　夏枝、札幌から旭川に戻る。その翌日、陽子の出生届をしていなかったことを夏枝に責められた啓造、役場で届け出をする。(「どろぐつ」。なお、「みずうみ」の章には十月二十七日が陽子の誕生日だとある。この日を出生日として届け出をしたのか)

昭和二十八(一九五三)年十二月中旬　夏枝、啓造の書斎の掃除中に、高木宛ての啓造の手紙(書きかけで未投函のもの)を発見。その手紙を読んだ夏枝は、啓造が自分(夏枝)への復讐のために佐石の子を引きとったことを知る。同日、夏枝、学校から帰ってきた陽子(小学一年生)の首を絞め、泡を吹かせる。陽子、夏枝に断らずに一人で辰子の家に行き、一泊する。(「激流」「橋」)

昭和二十九(一九五四)年三月三日　学芸会で着るはずの白い服を夏枝に作ってもらえなかった陽子、白い服の子どもたちの中で一人、赤い服で踊り、かえって引き立つ。(「白い服」)

昭和二十九(一九五四)年四月　村井、七年半ぶりに洞爺から帰旭。夏枝は啓造たちと共に旭川駅で村井を迎えるが、期待していたのと異なる村井の姿・顔に失望する。(「よそおい」)

昭和二十九(一九五四)年九月二十四日　夏枝、喫茶店「ちろる」で、偶然、村井に会う。五ヶ月前とは全く違う美しい村井に目が釘づけになった夏枝は、相談したいことがある(「二、三日中に、ご相談に上がりますよ」)との村井の言葉に、二日後の啓造との旅行(京都での学会に出席する啓造に同行し、茅ヶ崎に住む父親に会いに行く旅)をとりやめ、村井の来訪を待つことにする。(「歩調」)

昭和二十九（一九五四）年九月二十五日　啓造、予定より一日早く旭川を発ち、まず、高木に会うため札幌に向かう。（「台風」）

昭和二十九（一九五四）年九月二十六日　啓造、朝、札幌を発ち、午後二時四十分出港の青函連絡船「洞爺丸」に乗るため函館に行く。夏枝、夕方に来訪予定の村井を待つが、村井は緑内障の急患のため来られなくなる。夏枝、翌日に変更された村井の来訪を楽しみにしつつ寝入る。啓造が乗った洞爺丸は、予定よりかなり遅れて出港するが、十五号台風に遭い、座礁。啓造、救命具の紐が切れたと泣く女性に外国人宣教師が自分の救命具を譲るのを見る。その後、洞爺丸転覆。海に投げ出された啓造、砂浜に打ち上げられ、助かる。（「台風」）

昭和二十九（一九五四）年九月二十七日　夜半（午前一時頃）、家を襲った台風に目を覚ました夏枝と徹、ラジオのニュースで啓造が乗った洞爺丸の転覆を知る。（「台風」）

昭和二十九（一九五四）年十月半ば　啓造、函館から半月ぶりに帰旭して五日ほど経った朝、食卓での徹の話から、夏枝が旅行をとりやめた理由が村井にあったことを知る。（「雪虫」）

昭和三十（一九五五）年五月　啓造への思いを村井に利用され、弄ばれていた松崎由香子（辻口病院の事務員）、辻口家に電話をかける。由香子、電話に出た啓造に「院長先生の子供を産みたいんです」と言う。（「行くえ」）

昭和三十（一九五五）年六月　村井が高木の仲介で、高木の知人の妹、咲子と結婚。村井の結婚式の一週間ほど前、由香子が失踪。（「行くえ」）

昭和三十一（一九五六）年五月　陽子（小学四年生）、三年生の三学期に夏枝から給食費をもらえなかったことがきっかけとなり、牛乳配達を始める。（「冬の日」「うしろ姿」）

昭和三十二（一九五七）年一月～三月　陽子、冬休み中の或る日、牛乳屋の主人夫婦のひそひそ話を耳にし、自分が辻口家の養女であることを知る。陽子は、自分が働いているために牛乳屋のおばさん（主人の妻）が啓造・夏枝を悪く言うのを聞き、牛乳配達をやめる。（「大吹雪」「淵」）

或る日曜日の午後、啓造は、陽子を引きとったことをめぐって夏枝と言い争い、陽子の出生の秘密（佐石の子であること）が夏枝に知られていたことを知る。啓造と夏枝の口論を部屋の外で聞いていた徹は、思いも寄らない話の内容（啓造が夏枝への復讐のために、佐石の子である陽子を引きとったこと）に深く傷つき、三学期の全試験と高校入試の答案を白紙で提出する。（「淵」）

昭和三十三（一九五八）年四月　徹、道立旭川西高校に入学。（「答辞」）

昭和三十六（一九六一）年四月　徹、北海道大学に入学。（「答辞」）

昭和三十七（一九六二）年三月二十日　陽子、中学校の卒業式で答辞を読むはずだったが、同日の朝、自宅の洗面所にいる間に、夏枝に答辞を白紙とすり替えられる。卒業式で答辞を読もうとした陽子は驚くが、感動的なスピーチをして拍手喝采を受ける。（「答辞」）

昭和三十七（一九六二）年七月　徹の友人、北原邦雄（大学の寮で徹と同室。徹より一学年上で、化学専攻）、陽子を北原に託そうと考えた徹の招待により、辻口家に一週間ほど滞在。陽子、北原に恋心を抱く。（「千島から松」）

昭和三十七（一九六二）年八月末　徹と陽子、アイヌの火祭りを見に、二人で層雲峡に行く。（「川」）

昭和三十七（一九六二）年九月　辻口病院の入院患者であった正木次郎が、自分の存在意義を見出せず、退院前日に病院の屋上から飛び降り自殺をする。その翌日、啓造は陽子を連れてアイヌ墓地に行く。（「赤い花」）

昭和三十八（一九六三）年一月　北原が、陽子に会うため旭川に来る。北原と陽子、ホテルのレストランで話す。北原は、前年の夏休みの最終日、札幌で夏枝から「これ、陽子から、あなたにですって」と言って渡された封筒の中に陽子宛ての自分の手紙が入っていたことでショックを受けていたが、夏枝の嘘だったことが明らかになる。（「雪の香り」）

昭和三十八（一九六三）年二月　啓造、教会に行くべく家を出るが、教会前を行ったり来たりして、結局、入りそびれる。（「階段」）

昭和三十八（一九六三）年六月　陽子（高校二年生）は、徹が送ってきた写真を夏枝から見せられる。それらの写真の中に、北原と女性が仲よく二人で写っている二枚の写真があった。「このかたが北原さんの恋人だという女性かしら」という夏枝の言葉を聞いて、写真の女性を北原の恋人だと思い込んだ陽子は、北原を赦せない思いにとらわれる。（「写真」）

昭和三十八（一九六三）年十二月　買い物のために街に出た陽子、半年前に写真で見た女性と北原が話をしながら歩いてくるのを見る。北原と別れた女性が公衆電話で話すのを後ろで聞いた陽子は、その女性が北原の妹であることを知り、北原に詫びの手紙を書く。北原、すぐに返信。クリスマス・イブの六時に辻口家を訪ねると書く。（「街角」「ピアノ」）

昭和三十八（一九六三）年十二月二十四日　午後五時半、徹、札幌から実家に帰る。午後六時前、北原、辻口家を訪問（啓造と夏枝は留守）。陽子が北原を待っていたことを知ってショックを受けた徹は、茅ヶ崎の祖父（夏枝の父親）のところに行くとの置き手紙を残して、そっと家を出る。北原、一月二日に来旭すると言って辻口家を後にするとき、帰宅した夏枝と顔を合わせる。家に入った夏枝は、陽子から徹のこと（実家に戻ってすぐ茅ヶ崎に行ったこと）を聞き、なぜ徹を追って駅に行かなかったのかと陽子を責める。（「ピアノ」）

昭和三十九（一九六四）年一月二日　北原、風邪をひいて寝込み、来旭せず。（「とびら」）

昭和三十九（一九六四）年一月十四日　昼過ぎ、北原、辻口家を訪れる。夏枝は、北原と陽子に、陽子の出生の秘密（ルリ子を殺した犯人の子であること）を告げる。午後四時過ぎ、北原、辻口家を出る。その後、陽子は部屋にこもり、夕食時にも出てこない。（「とびら」）

昭和三十九（一九六四）年一月十五日　陽子、三通の遺書（啓造・夏枝宛て、北原宛て、徹宛て）を自室の机の上に残し、早朝、美瑛川の川原でカルモチン（睡眠薬）を大量に飲んで自殺を図る。前夜、茅ヶ崎から札幌に戻った徹、胸騒ぎを覚え、翌朝（十五日）、予定を早めて帰旭。実家に着いた徹は陽子の部屋で三通の遺書を発見。家に運び込まれた昏睡状態の陽子、午前八時四十分過ぎに胃を洗滌。昼過ぎ（十二時半）、北原と共に高木が辻口家にやって来る。高木、陽子の出生の真相（陽子が、中川光夫と三井恵子との不義の関係から生まれた子であること）を話す。（「遺書」「ねむり」）

昭和三十九（一九六四）年一月十七日　陽子、二日前から昏睡状態が続いていたが、夜、四時間ごとの肺炎予防のペニシリン注射を受け、顔をゆがめる。「助かるかも知れない！」と思った啓造が陽子の脈をみると、微弱ながらも正常な脈拍であった。（「ねむり」）

『続　氷点』

昭和三十九（一九六四）年一月十八日　陽子、一命をとりとめる。（「吹雪のあと」）

昭和三十九（一九六四）年一月二十五日　啓造と夏枝、陽子の部屋に行き、陽子の出生の真相を話す。（「窓」）

昭和三十九（一九六四）年三月　村井の妻（咲子）、娘二人を連れて家出。その後、村井と咲子、離婚。（「黒い雪」「香煙」）

昭和四十（一九六五）年五月　啓造、高木の誘いで稚内方面に旅行。豊富温泉で部屋に来たマッサージ師は、失明した松崎由香子だった。高木にマッサージを施す由香子に、啓造は声をかけ得なかった。（「サロベツ原野」）

昭和四十（一九六五）年六月か七月　高木の母親、脳溢血で急死。その通夜で、徹、三井恵子に会う。徹と恵子、通夜の後、山愛ホテルのロビーで話す。陽子のことを知った恵子、ホテルを出た直後、運転する車が、止まっていたトラックに追突し、膝を骨折。その二日後の朝、前日の新聞（事故の翌日の夕刊）を読んで事故を知った徹、すぐに、恵子の入院している病院に駆けつけ、恵子の息子二人（潔、達哉）と顔を合わせる。（「香煙」「草むら」）

昭和四十（一九六五）年七月　陽子、旭川の育児院を初めて訪ねる。（「土手の陰」）

啓造たちから松崎由香子の話を聞いた辰子、由香子に会うため豊富温泉に行く。辰子に心を開いた由香子、誘いに応じて、旭川の辰子のもとに身を寄せる。（「あじさい」）

昭和四十（一九六五）年九月　徹、札幌で開かれるF交響楽団の演奏会に陽子と北原を誘う（陽子と北原の気持ちを確かめるため）。陽子と北原は、陽子が自殺を図ったとき以来（約一年八ヶ月ぶり）の再会。北原は、徹との待ち合わせ場所（北海道庁構内の池のほとり）に来るとき、相沢順子にばったり会う（順子は、高木の母親の葬儀の折、徹・北原と共に手伝いをした大学生。じっは佐石土雄の実子）。徹と会うことになっていると北原から聞いた順子、ついて来る。順子と陽子は初対面。四人（徹、陽子、北原、順子）が北海道庁から植物園に向かう途中の交差点で、三井達哉（恵子の次男）が、恵子にそっくりの陽子に目をとめる。翌日、札幌駅で徹が陽子を見送るところを、恵子の見舞いに来ていた三井潔（恵子の長男）が目撃。陽子の乗った列車（発車寸前に北原が飛び乗る）の出発後、徹は潔に話しかけられる。潔と別れた後、徹は恵子の入院している病院に行き、恵子と話す。帰り際、病室に入ってきた三井弥吉（恵子の夫）と対面。（「交差点」）

啓造、酔った村井に強引に連れられて辰子の家に行き、松崎由香子に会う。啓造、由香子に心が傾く。（「夜の顔」）

九月下旬、夏枝・陽子・辰子・由香子、本州に旅行。旅行一日目の夜、東京で歌舞伎を見、東銀ホテルに宿泊。夏枝、ホテルの部屋で陽子に赦しを請う。二日目、夏枝・陽子は、辰子・由香子と別れ、茅ヶ崎（夏枝の父親のもと）に行く。三日目、陽子は津川（夏枝の父親）から貴重な話を聞く。特に、「一生を終えてのちに残るのは、われわれが集めたものではなくて、われわれが与えたものである」というジェラール・シャンドリの言葉に啓発される。陽子、旅行中、啓造に（少なくとも）三通の手紙を送る。（「たそがれ」）

昭和四十一（一九六六）年一月十一日　高木、札幌で挙式。啓造・夏枝、仲人を務める。（「聴診器」）

昭和四十一（一九六六）年四月　高校卒業後一年を経て北海道大学に入学したばかりの陽子、大学のキャンパスで三井達哉に初めて会い、自分の異父弟であることを知る。達哉も同大学の一年生。（「新芽」）

昭和四十一（一九六六）年五月七日　啓造、札幌の高木の家で三井恵子に初めて会う。（「池の面」。「花ぐもり」の章によると、この日は母の日の前日）

昭和四十一（一九六六）年六月中旬　三井達哉と、その兄の潔（陽子の異父兄）、陽子の下宿に訪ねて来る。（「血脈」）

昭和四十一（一九六六）年七月 陽子・徹・北原・順子、支笏湖《しこつこ》に行く。順子は、「佐石の娘」について北原と徹が話しているのを耳にする。北原、三人を、支笏湖から札幌の月寒学院の花菖蒲園に車で案内する。陽子、花菖蒲園で、順子から佐石のことを尋ねられ、「わたしもよく知らないの。父母の知人らしいの」と答える。（「花菖蒲」）

昭和四十一（一九六六）年七月二十一日（ルリ子の命日） 陽子、自分に送られてきた順子の手紙を啓造に見せる。その手紙には、順子が佐石の子であり、四歳のとき愛に満ちた相沢夫妻に引きとられたことや、養父母（相沢夫妻）に連れられて通った教会でキリストの贖罪を知ったことによって実父への憎しみから解放されたことが書かれていた。手紙を読んだ啓造は、陽子を引きとった経緯などを思い、自分（と夏枝）の罪深さを痛感する。その夜、陽子は、順子の手紙を傍らに置いて、人間の醜さ・罪や憎しみ・赦しといった深い問題について日記帳に長文を綴る。（「命日」）

昭和四十一（一九六六）年七月下旬か 三井恵子、次男の達哉が陽子と自分（達哉）との血の繋がりの可能性を口にしたことで、いても立ってもいられなくなり、突然、辻口家を訪ねる（達哉宛ての陽子の葉書で、陽子が夏休みに連日、育児院でボランティアの仕事をしていることを知り、陽子は留守だろうと考えての訪問）。恵子は夏枝・啓造と話し、帰り際、辻口家にやって来た村井と顔を合わせる。恵子の訪問中、夏枝は育児院にいる陽子と辰子に電話をして、その日、陽子を辰子の家に泊まらせる（辰子には、恵子が来たことを伝える）。その夜、辰子、心に虚しさを感じているとを陽子に話す。（「母二人」「曙光」）

昭和四十一（一九六六）年八月 順子、辻口家を訪問。啓造・夏枝・陽子・順子の四人で見本林・美瑛川を散歩中、夏枝、ルリ子が佐石に殺されたことを口にする。ショックを受けて、その場にくずおれた順子、自分が佐石の娘であることを告げ、詫びる。（「石原」）

昭和四十一（一九六六）年九月　啓造、前月の順子のように神と人の前に詫びる心を与えられたいと思い、また、自分と夏枝との間の溝が心にかかって、教会の礼拝に出席。坂井ヒロ子の証詞《あかし》（自分の信仰に関する話）と川谷牧師の説教に感銘を受ける。（「奏楽」）

昭和四十一（一九六六）年秋　啓造、高木に誘われて、京都を旅行。（「京の水」）

昭和四十一（一九六六）年十二月下旬　徹、高木・村井と共に札幌のホテル・グランドで夕食。その後、思いがけず、ホテルに入ってきた恵子・達哉とロビーで対面（徹は、いち早く二人に気づき、恵子にサインを送るが、村井が恵子に話しかけたことにより達哉と顔を合わせざるを得なくなる）。達哉は徹が陽子の兄であることを知る。徹・高木・村井と別れてから血の気のない顔になった恵子を不審に思った達哉は、いろいろ考えた末、陽子が恵子の不義の子であることに思い及ぶ。（「点滅」「追跡」）

達哉、札幌のホテルで徹たちに会った二日後の午後、北海道大学のクラーク会館で北原と話している陽子（このとき、陽子は自分の心が徹に傾いていることを北原に告げた）を強引に連れ出し、同会館前の車の中で、恵子と陽子をめぐる自分の疑念・推理を語る。恵子に引き合わせるべく陽子を小樽に連れて行こうと急発進した達哉の車を、北原の車が追いかける。北原、銭函のあたりで、吹雪のために停止していた達哉の車に追いつく。陽子を降ろすよう車の外から要求するが、車は再発進。飛び退こうとして足をすべらせた北原、右足をひかれる。救急車で手稲の外科病院に運ばれ、直ちに膝窩《しっか》動脈の縫合手術を受けるが、手術は失敗。数日後、膝上からの切断を余儀なくされる。（「追跡」「燃える流氷」）

北原が入院した翌日、陽子は、北原の病室に来た恵子と顔を合わせる。恵子を避けて別の階に行った陽子、病室に戻る際、廊下の長椅子に座っていた恵子に再び会う。赦しを請う恵子に何も答えず、そこを離れる。（「燃える流氷」）

昭和四十二（一九六七）年一月上旬　三井弥吉から、啓造・夏枝宛ての手紙が届く。その手紙には、弥吉が戦時中に犯した罪や、恵子の不義の関係による出産を弥吉が早くに知っていたこと、北原の事故により恵子が秘密を告白し、達哉・潔（特に達哉）が大きなショックを受けたことなどが書かれていた。（「燃える流氷」）

昭和四十二（一九六七）年一月末か二月初め　北原の入院後、一ヶ月間、北原に付き添っていた陽子が辻口家に帰って三日目、啓造は三井弥吉の手紙を陽子に見せる。（「燃える流氷」）

昭和四十二（一九六七）年二月末か三月初め　北原、入院していた病院から登別温泉の病院に移って静養。北原が登別に発った日の夜、陽子、下宿に来た徹の「陽子は北原と結婚するつもりだろうね」という言葉にうなずく。（「燃える流氷」）

昭和四十二（一九六七）年三月末　陽子は北原に対する自分の気持ちを確かめるべく、網走に流氷を見に行く（この旅は北原の勧めによる）。宿の窓越しにオホーツク海の流氷原を見ながら、赦しを請う恵子に何も答えず立ち去ったときのことや夏枝に対して抱いてきた気持ちを省み、「自分の心の底にひそむ醜さ」を知る。北原への愛が偽りではないことを確かめた陽子、思いがけず、流氷が血の滴りのように真紅に染まりつつ燃えるのを見、神の実在と、イエス・キリストの十字架による罪の贖い・赦しを信じる。「自分がこの世で最も罪深いと心から感じた時、ふしぎな安らかさを与えられること」を体験し、「おかあさん！　ごめんなさい」という思いで恵子に電話をかける。（「燃える流氷」）

研究余滴①　三浦文学における「風」

『氷点』は、「風は全くない」という一文で始まり、「ガラス戸ががたがたと鳴った。気がつくと、林が風に鳴っている。また吹雪になるのかも知れない」という文章で終わっている。この『氷点』末尾の文章は、昏睡状態から目覚めた後の陽子の歩みが決して平穏なものではないことを表しているように見える。『氷点』において「風」は大きな意味を有している（ただし、『氷点』に出てくる「風」が全て大きな意味を有しているわけではない。ちなみに、三浦綾子記念文学館が所蔵する数冊の『氷点』創作ノートのうちの一冊には、表紙に大きな字で「風」と書かれている）。

一九四〇年、啓造と夏枝は、層雲峡（旭川から車で一時間半ほどのところにある景勝地）への新婚旅行の帰途、啓造の実家（後に啓造・夏枝が住む旭川の家）に泊まった。その夜、激しい風が吹き荒れ、夏枝は「自分の結婚生活を象徴しているような不吉な予感」に襲われる。六年後、ルリ子が行方不明になった翌日の明け方、「風にさわぐ林のざわめき」に、夏枝は「その時（竹林注…新婚旅行のとき）のいやな予感が当たったような気がした」のであるが、実際、約二時間後にルリ子が死体で発見される（「誘拐」）。

また、結核の療養で旭川を離れることになった村井が辻口家を訪れたときにも、風が激しく吹いている。「風が出てきた。ガラス戸がガタガタと音を立てはじめた」「縁側のガラス戸越しに、木の枝が風に大きく揺れていた」「ガラス戸が激しくガタガタと風に鳴った」「風が狂ったようにガラス戸をゆすぶった」というように風の描写が繰り返されている（「雨のあと」）。この日、村井は夏枝のうなじに強く口づけし、そのキスマークを見て絶望した啓造は夏枝への復讐のために、ルリ子を殺した佐石の子を引きとる決意をする。

ルリ子の死から八年たった一九五四年の洞爺丸転覆事故の際にも暴風が吹いている。啓造の乗った洞爺丸が十五号台風の暴風にさらされたのであるが、「台風」の章で強調されているのは旭川の辻口家に吹きつける風の激しさである。この夜、夏枝は「啓造をうらぎりたい」という思いを抱き、翌日の村井の来訪を楽しみにしつつ寝入った。一方、洞爺丸に乗った啓造は命が危うくなっている。辻口家は、まさに風前の灯である。「台風」の章における暴風の描写は、辻口家がそういう危機的状態にあることを表しているように見える。

「台風」の章で辻口家を襲った暴風の中でも「よく寝入って、激しい風にもさめなかった」陽子（当時、小学二年生）にも、二年あまり後、厳しい風が吹きつける。毎朝、牛乳配達をしていた小学四年生の陽子は、或る朝、夜半からの吹雪が激しさを増す中、家を出る。吹雪の中、ようやく牛乳屋まで来た陽子は、牛乳屋の主人夫婦のひそひそ話を耳にし、自分が辻口家の養女である（らしい）ことを知る。

右のように、ルリ子の死、キスマーク事件、洞爺丸転覆事故という大きな出来事に際して、また、陽子が自分の素性を知るという厳しい現実に直面したとき、風が激しく吹いている。このように見てくると、『氷点』冒頭の一文「風は全くない」や、夏枝が陽子の出生の秘密を告げた日についての「その日十四日は朝からおだやかな天気だった」という描写（「とびら」）は、嵐の前の静けさという言葉を連想させる。

『氷点』は「ガラス戸ががたがたと鳴った。気がつくと、林が風に鳴っている。また吹雪になるのかも知れない」という文章で終わり、『続　氷点』は風の吹く場面で幕が開く。

窓の外を、雪が斜めに流れるように過ぎたかと思うと、あおられて舞い上がり、すぐにまた、真横に吹きちらされていく。昨夜からの吹雪の名残だった。

辻口病院の院長啓造は、自宅の二階の書斎に坐って、風に揺れる見本林の木立をぼんやりと眺めていた。

（「吹雪のあと」）

『続　氷点』の終わり近くで北原が右足を失うことになるが、その事故も吹雪の中での出来事である（「追跡」）。三浦の晩年の代表作『銃口』も、主人公たちに風が吹きつける場面で終わっている。

うたい終った竜太に芳子が言った。

「昭和もとうとう終ったわね」

「うーん、そういうことだね。だけど、本当に終ったと言えるのかなあ。いろんなことが尾を引いているようでねえ……」

竜太が答えた時、不意に強い風が吹きつけてきた。二人は思わず風に背を向けて立ちどまった。

（「明暗」。「……」は原文のもの）

私たちの人生においても、激しい風が吹いてくることがある。人生には苦難や問題がつきものである。聖書に、「風をとどめる力をもつ人はない」（伝道の書〔Ecclesiastes〕八章八節。本文は口語訳聖書〔以下、同じ〕）と書かれているとおり、人の力では暴風や吹雪を制することができない。しかし、神は「あらしをさける避け所」（イザヤ二十五章四節）であり、嵐を鎮めることもできる（詩篇一〇七篇二十九節、マタイ八章二十三〜二十七節）。この神に心を向け、この神に信頼してほしい、というのが三浦の（読者に対する）願いである。

三浦には、『帰りこぬ風』『嵐吹く時も』という小説や『あさっての風』『風はいずこより』というエッセイ集がある。

『帰りこぬ風』のタイトルは、詩篇七十八篇三十九節（「また神は、彼らがただ肉であって、過ぎ去れば再び帰りこぬ風であることを思い出された」）から取られたもの。「帰りこぬ風」とは虚しさの象徴である。

また、『嵐吹く時も』のタイトルは讃美歌四〇五番の歌詞「荒野《あれの》をゆくときも、あらし吹くときも、ゆくてをしめして、たえずみちびきませ」から取られたもの。この「嵐」は苦難を表す。

『あさっての風』のタイトルについては、よく分からないが、将来における予想不可能な出来事といった意味であろうか。

『風はいずこより』に関しては、三浦が同書の「あとがき」で次のように書いている。


本書の題名『風はいずこより』は、ヨハネの福音書三章八節の言葉より取った。文語訳聖書には、「風は己《おの》が好むところに吹く、汝《なんじ》その声を聞けども何処《いずこ》より来たり何処へ往くを知らず」と書いてある。風は「息」「みたま」「霊」などを意味すると新聖書大辞典にあるが、私は転じて、「命はいずこよりきたりて、いずこへ去るや」の意をこめて使った。


『風はいずこより』のタイトルにおける「風」は「命」を表している、ということである。

以上のように、三浦の作品において「風」がどのような意味で使われているかは一様ではないが、「風」が三浦文学のキーワードの一つであることは間違いないと言えるであろう。

研究余滴②　登場人物の年齢

大正生まれの三浦綾子の作品には、登場人物の年齢が数え年で書かれていることがある。「わだしはね、再来年は数えで九十になるんですよ」（『母』「ふるさと」）のように数え年であることが明記されていれば分かりやすいが、「三十五歳で死ななければならなかった前川正」（『道ありき』第四十三回）のように記されていることもあるので、注意が必要である。三浦綾子著『生命《いのち》に刻まれし愛のかたみ』所収の「前川正」年譜によれば前川は一九二〇年六月三十日生まれなので、一九五四年五月に逝去したときは満三十三歳、数え年で三十五歳である。

クリーニング会社、白洋舎を創業した五十嵐健治が自分の半生を語る形式の伝記小説『夕あり朝あり』にも、

この非常時のさ中、開戦（竹林注…一九四一年の日米開戦）の緊張に満ち満ちた十二月十七日、私は心血注いで造り上げてきた白洋舎社長の椅子を下りたのです。はあ、六十五歳でしたな。（「風雲」）

五十嵐先生は昭和四十七年（一九七二）四月十日、九十六歳で天に召された。（「あとがき」）

とあるが、五十嵐健治の誕生日は、同小説の冒頭部に記されているように「一八七七年、明治十年の三月十四日」（「二人の母」）であるから、右の「六十五歳」「九十六歳」は、いずれも数え年である。

『氷点』でも、最初の章（「敵」）に夏枝と村井の年齢（それぞれ、二十六歳、二十八歳）が記されている。同じ章にル

リ子と徹の年齢（それぞれ、三歳、五歳）が満年齢で記されているので紛らわしいが、『氷点』『続　氷点』を読み進めると、右の夏枝・村井の年齢も数え年であることが分かる。次の箇所を見ていただきたい。


「陽子はことしいくつになったんだね」

「陽子ちゃんは十九になりましたのよ」

夏枝は食卓を拭いていた。

「ほう、十九？　十九の春か。厄年だな。そうか、早いものだなあ」

啓造は新聞から顔をあげて陽子をみた。ほおからあごにかけての線が、ふっくらと、しかも引きしまっているのが、いかにも若々しかった。

「いやよ、十九なんて。十七なんですもの、まだ」

「だがね。おとうさんには数え年の方が見当がついてピッタリするよ。むかしの十九というのは感じがあったよ。そうそう、おかあさんは陽子の年に婚約したはずだったね？」

夏枝があいまいに微笑した。

「そして、二十で結婚したんだからね。陽子もそんな年になったというわけか」

啓造は新聞に視線をもどした。はじめて夏枝にふれた時のその年齢に、陽子が達しているということが啓造の感慨を誘った。

（『氷点』「とびら」。引用箇所は一九六四年一月二日の会話）


啓造は、自分と辰子の関係は、一体何だろうと思いながら、ビール豆をつまんだ。学生時代に夏枝と知り合い、その夏枝の友だちの辰子を知った。啓造と高木は、辰子と夏枝を相手にテニスをして遊んだ。夏枝は卒業してすぐに自分と結婚し、辰子は日本舞踊を習うため、東京に出た。
（『続　氷点』「辰子の家」）

夏枝は、数え年十九歳で啓造と婚約し、数え年二十歳で（女学校を卒業してすぐに）結婚したのである。『氷点』の最初の章は啓造・夏枝が「結婚して六年」（「敵」）後のことであるから、夏枝について「二十六歳の若さ」（「敵」）と書かれているのも数え年だということが分かる。

このように夏枝の年齢（二十六歳）が数え年で記されていることから、同じ章の「二十八歳の村井」というのも数え年であり、『氷点』の三番目の章（「ルリ子の死」）に「まだ二十八歳だった啓造」（一九四三年の話）とあるのも数え年だと考えられる。啓造は、『氷点』の最初の章の時点（一九四六年七月）で数え年三十一歳だったことになる。啓造と村井は三歳差であり、「いつ見ても若いと、啓造は自分より二つ三つ年下の村井の歳を思った」（『続　氷点』「黒い雪」）という記述と符合する。

なお、『氷点』には啓造の大学時代の「三期後輩」で「同じテニス部の頭のよい医学生」として前川正の名前が出てくる（「雪虫」）。小説の中の人物として書かれているのであるから、あまり厳密に考える必要はないが、実在の前川は先ほど記したように一九二〇年六月生まれで、啓造（一九一六年生まれ）とは四歳差である。にもかかわらず「啓造の三期後輩」となっているのは、（何らかの理由・事情で啓造の入学が一年遅れた可能性も考えられなくはないが）四期後輩だと二人が北海道帝国大学医学部（当時は四年制）に在学している期間が重ならず、「同じテニス部」にいた知り合いだということにはならないからであろう。

書評　人生の羅針盤 ―― 三浦綾子、最後のエッセイ集

『一日の苦労は、その日だけで十分です』（小学館、二〇一八年）

「三浦綾子の本、読んだことある？」――約三十年前、高校生のときだった。どういうコンテクストであったか、よく覚えていないが、友人からそう聞かれた。「ない」と答えると、「結構いいから読んでみて」と言う。この勧めが私の人生に大きな影響を与えることになる。

近所の図書館で三浦のエッセイ集を借りて読んだ私は、それまで知らなかった人生観・世界観に出会って心を動かされた。その後、三浦のエッセイ集や小説を次々と読み、その基盤にある聖書・キリスト教に興味を抱くようになった。当時、生の根幹に関わる悩み・苦しみの中にあった私は、三浦の本によって問題の解決そのものを得たわけではないが、どういう方向に歩んだらよいかを示してもらった（問題が解決されたのは、大学時代、三浦と同じキリスト教の信仰を持ってからである）。三浦文学の研究に携わる今の私にとっても、三浦の著作は自分の生き方を省みさせ、軌道を修正してくれるものとしてある。

本書の帯（背表紙部分）には「最後のエッセイ集」とある。二〇一八年で開館二十周年を迎える三浦綾子記念文学館は、三浦生誕九十年にあたる二〇一二年から、単行本未収録の三浦の文章を書籍化してきた。本書は、その四冊目にあたる。「最後のエッセイ集」と言われると、感慨深いものがある（なお、本書と同じ発行年月日で北海道新聞社から出版された三浦夫妻のエッセイ集『信じ合う　支え合う』は、単行本未収録の文章を集めたものではない）。

書名の「一日の苦労は、その日だけで十分です」は、新約聖書マタイ六章三十四節の言葉である。本エッセイ集では「がん告知からの私の生き方」という文章の中に出てくる。『婦人公論』一九九二年一月号に掲載されたこの文章は、直腸癌の告知・手術から九年半後、三浦が六十九歳のとき（パーキンソン病の症状が出始めた時期）の談話を文字化したものである。そこには、体調が安定しない中での執筆（夫の光世を筆記者とする口述筆記）に、時に焦りつつも、「一日にできる仕事は、量が決まっている。明日のことは心配しない」という思いで日々の仕事を進めている、とある。

「明日のことを思ひ煩ふな、明日は明日みづから思ひ煩はん。一日の苦労は一日にて足れり」（文語訳）というイエス・キリストの言葉は、私たちに必要なものを知っている神、生きとし生けるものを養う神への信頼を促す文脈で語られたものである。「明日のことは心配しない」という三浦の思いの根柢にあるのも、全知全能の、愛なる神への信頼にほかならない。

本書は大きく二章から成る（章タイトルなし）。人間関係や故郷・自然についてのエッセイを中心とする第一章も多くのことを教え、考えさせてくれるが、恋愛・結婚、病気・生死、信仰などに関する鋭い洞察・指摘に富む第二章のほうが、読み応えがあるように思う。特に、掉尾を飾るエッセイ「み心のままに」は、神への全幅の信頼が如何に大切か、人間が人間であるために必要なことは何か、をストレートに語った白眉の文章である。また、この文章では、「神そのものが信じられない」という読者に向けて、神への信仰に至るための道筋が懇切丁寧に示されている。自分の著作活動の目的は神を伝えることであると明言していた三浦の「最後のエッセイ集」を締め括るにふさわしい一文である。このエッセイだけでも、ぜひ読んでいただきたい。

これまでの三浦のエッセイ集と同様に、本書も羅針盤の如く、私たちの目指すべき生き方を明確に指し示している。

直截な表現で綴られているが、いわゆる「上から目線」ではない。みずからの弱さ・足りなさをありのままに認め、神にすがり、他者にそっと寄り添う著者の口から語られた、厳しくも温かい、人生の指南書である。十三年にわたる闘病生活をはじめ、多くの苦難を味わった三浦が語るからこそ説得力をもつ、胸に響く言葉がここにある。

引用文献

●本文・注において発行年で表記したもの

上前淳一郎（一九八〇）『洞爺丸はなぜ沈んだか』文藝春秋
内田和彦（二〇一九）「主の祈り」『祈りの諸相――聖書に学ぶ』（聖書神学舎教師会編、いのちのことば社）、一八〇～二〇八頁
遠藤周作（二〇一七）『沈黙の声』青志社
岡野裕行（二〇〇五）『三浦綾子――人と文学』勉誠出版
岡野裕行（二〇〇九）「三浦文学におけるキリスト教信仰と布教」『国文学　解釈と鑑賞』七十四巻四号、三一～三九頁
小川圭治（一九六六）「「原罪」の意味」『月刊キリスト』十八巻九号、四〇～四四頁
沖田まり（一九七三）「漱石「こころ」の世界」『日本文藝研究』（関西学院大学日本文学会）二十五巻二号、四六～六〇頁
奥田知志（二〇二一）『「逃げおくれた」伴走者――分断された社会で人とつながる』本の種出版
上出恵子（一九八二）「三浦綾子『天北原野』論」『活水日文』（活水学院日本文学会）六号、二七～三六頁
上出恵子（二〇〇一）『三浦綾子研究』双文社出版
河内美香（二〇〇一）「三浦綾子『積木の箱』――春光台とその人々」『新大国語』（新潟大学教育学部国語国文学会）二十

七号、一四〜二一頁
姜尚中（二〇一四）『夏目漱石　こころ』ＮＨＫ出版
木谷喜美枝（一九九八）「『夕あり朝あり』」『国文学　解釈と鑑賞』六十三巻十一号、一二八〜一三二頁
北森嘉蔵（一九七三）『日本の心とキリスト教』読売新聞社
工藤茂（二〇〇二）「陽子のものがたり――小説『氷点』試論」『別府大学国語国文学』（別府大学国語国文学会）四十三号、一一三〜一三〇頁
久保田暁一（一九九八）『三浦綾子の世界――その人と作品』和泉書院
黒古一夫（一九九四）『三浦綾子論――「愛」と「生きること」の意味』小学館
黒古一夫（二〇〇九）『三浦綾子論――「愛」と「生きること」の意味　増補版』柏艪舎（星雲社）
小林セキ（小林廣編）（二〇一一）『母の語る小林多喜二』新日本出版社
込堂一博（二〇二〇）『三浦文学の魅力と底力――なぜ三浦文学は今なお現代人の心を惹きつけるのか？』イーグレープ
近藤弘子（二〇一九）「四〇年前に蒔かれた『泥流地帯』の種」『綾果』（三浦綾子読書会）創刊号、六〜一五頁
佐古純一郎（一九六六）「三浦綾子『氷点』と夏目漱石」『月刊キリスト』十八巻二号、三九〜四三頁
佐古純一郎編（一九七七）『心を詩う作家　三浦綾子の世界』主婦の友社
佐古純一郎（一九八九）『三浦綾子のこころ』朝文社
佐古純一郎（一九九〇）『夏目漱石の文学』朝文社
上智大学キリスト教文化研究所編（二〇一四）『文学における神の物語』リトン
関口安義（一九八八）「『こゝろ』――現代へのメッセージ」『国文学　解釈と鑑賞』五十三巻八号、一一一〜一一七頁

高野斗志美（二〇〇一）『評伝　三浦綾子──ある魂の軌跡』旭川振興公社
竹林一志（二〇一一）「苦難に対する問いの立て方」『三浦綾子記念文学館　館報　みほんりん』二十七号、二面
竹林一志（二〇一四）『聖書で読み解く『氷点』『続　氷点』』いのちのことば社フォレストブックス
竹林一志（二〇二〇）「夏目文学における「野分」の意義──〈淋しさの文学〉という観点から」『解釈』六十六巻一・二合併号、二～一二頁
田中正吾（一九九七）『青函連絡船　洞爺丸転覆の謎』成山堂書店
田中澄江（一九九一）「解説──三浦綾子さんとの出会い」『三浦綾子全集　第二巻』（主婦の友社）、五二三～五三三頁
土屋浩志（二〇一九）「懐かしいもの、ありますか？──『続泥流地帯』が語る生きる礎となるもの」『綾果』（三浦綾子読書会）創刊号、一四六～一五五頁
永井萠二（一九八四）「完治を殺せ」『三浦綾子作品集　第十巻　天北原野』（朝日新聞社）月報十四、一～二頁
林あまり（二〇〇九）「解説──向き合ってこそ」『死の彼方までも』（三浦綾子、小学館文庫、小学館）、三一四～三一七頁
稗田美由紀（一九八八）「三浦綾子の世界──『天北原野』をめぐって」『活水日文』（活水学院日本文学会）十八号、四〇～五〇頁
樋口紀子（二〇〇四）「『氷点』における「原罪」」『三浦綾子の癒し──人間学的比較研究』（荒木正見編著、中川書店）、第一章（二三～四八頁）
平松庸一（二〇二〇）『『泥流地帯』『続　泥流地帯』──苦難を乗り切る力、深奥から来る強さ」『砧通信』（日本大学図書館商学部分館）四十九号、一四～一七頁
三浦綾子（一九六四）「一千万円懸賞小説　応募作品と私〈1〉「氷点」──訴えたかった〝原罪〟」『朝日新聞』七月十

一日（朝刊）、十一面
三浦綾子（一九六五）『「氷点」を終えて――「原罪」を訴え得ただろうか」『朝日新聞』十一月十五日（夕刊）、五面
三浦綾子（一九六六ａ）「「氷点」を書き終えて」『こころの友』一月号（一四六一号）、一面
三浦綾子（一九六六ｂ）「私はなぜ氷点を書いたか？」『女性自身』四月十八日号、五〇～五四頁
三浦綾子（一九六六ｃ）「陽子と辰子」『信徒の友』七月号（二三四号）、一二～一五頁
三浦綾子（一九六七）「「氷点」あれこれ」『自警』四十九巻四号、二七～三一頁
三浦綾子（一九六九）「原罪とはなにか？」『こころの友』十月号（一五〇六号）、一面
三浦綾子（一九七一ａ）「続・氷点を書き終えて」『こころの友』八月号（一五二八号）、一面
三浦綾子（一九七一ｂ）『光あるうちに』主婦の友社
三浦綾子（一九七三）「もっと気軽に伝道しよう」『信徒の友』九月号（三二〇号）、一八頁
三浦綾子（一九七四）『旧約聖書入門』光文社
三浦綾子（一九七五）「この頃思うこと――断想風に」『旭川市民文芸』十七号、二～五頁
三浦綾子（一九七六）『泥流地帯』書き終えて」『北海道新聞』九月十六日（夕刊）、五面
三浦綾子（一九七七ａ）「愛待つ心の貴さ」『毎日新聞』四月十六日（夕刊）、ＰＲ面
三浦綾子（一九七七ｂ）「わたしの原点――「氷点」から「天北原野」まで」『週刊朝日』六月二十日号、八二～八五頁
三浦綾子（一九七八）「あかしの文章入門　３　私の体験から」『クリスチャン新聞』二月十二日号、五面
三浦綾子（一九九三）「「氷点」から「母」まで」『部落』四十五巻六号、四八～四九頁
三浦綾子（一九九六）『命ある限り』角川書店

三浦綾子（一九九七）『愛すること生きること』光文社
三浦綾子（一九九九ａ）『なくてならぬもの』（光文社文庫）光文社
三浦綾子（一九九九ｂ）『明日をうたう』角川書店
三浦綾子（二〇〇二）『私にとって書くということ』日本キリスト教団出版局
三浦綾子（二〇〇四）『生きるということ［ＣＤ付］』教文館
三浦綾子・佐古純一郎（一九六六）「対談　「氷点」について」『信徒の友』三月号（二三〇号）、四六〜四九頁
三浦綾子・三浦綾子記念文学館編著（二〇〇四）『「氷点」を旅する』北海道新聞社
三浦光世（一九六四）「一千万円懸賞小説に入選した妻」『婦人公論』四十九巻九号、九八〜一〇四頁
三浦光世（一九九五）『妻と共に生きる』主婦の友社
三浦光世（二〇〇一）『三浦綾子創作秘話――綾子の小説と私』主婦の友社
三浦光世（二〇〇六）『青春の傷痕』いのちのことば社フォレストブックス
水谷昭夫（一九八六）『燃える花なれど――三浦綾子の生涯と文芸』新教出版社
水谷昭夫（一九八九）『三浦綾子――愛と祈りの文芸』主婦の友社
道下晃子（二〇一〇）「三浦綾子『氷点』論――成功した「失敗作」――（下）」『国語教育論叢』（島根大学教育学部国文学会）十九号、三九〜五六頁
森惇（二〇二一）「『信念は不滅』」『第一回『泥流地帯』作文コンクール作品集』（『泥流地帯』映画化を進める会）二一三〜二一五頁
森下辰衛（二〇一四）『『氷点』解凍』小学館

山本優子（一九八九）「三浦綾子『天北原野』の世界」『日本文藝研究』（関西学院大学日本文学会）四十一巻一号、四一～五一頁

●本文・注において言及した三浦綾子の著書（上記以外のもの。発行年順）

『氷点』朝日新聞社、一九六五年
『ひつじが丘』主婦の友社、一九六六年
『積木の箱』朝日新聞社、一九六八年
『塩狩峠』新潮社、一九六八年
『道ありき』主婦の友社、一九六九年
『病めるときも』朝日新聞社、一九六九年
『裁きの家』集英社、一九七〇年
『この土の器をも』主婦の友社、一九七〇年
『続　氷点』朝日新聞社、一九七一年
『生きること　思うこと』主婦の友社、一九七二年
『自我の構図』光文社、一九七二年
『あさっての風』角川書店、一九七二年
『生命《いのち》に刻まれし愛のかたみ』講談社、一九七三年
『石ころのうた』角川書店、一九七四年

『太陽はいつも雲の上に』（三浦光世との共著）主婦の友社、一九七四年
『細川ガラシャ夫人』主婦の友社、一九七五年
『天北原野』（上、下）朝日新聞社、一九七六年
『石の森』集英社、一九七六年
『泥流地帯』新潮社、一九七七年
『天の梯子』主婦の友社、一九七八年
『続　泥流地帯』新潮社、一九七九年
『孤独のとなり』角川書店、一九七九年
『岩に立つ』講談社、一九七九年
『千利休とその妻たち』主婦の友社、一九八〇年
『海嶺』（上、下）朝日新聞社、一九八一年
『わが青春に出会った本』主婦の友社、一九八二年
『青い棘』学習研究社、一九八二年
『泉への招待』日本基督教団出版局、一九八三年
『愛の鬼才』新潮社、一九八三年
『北国日記』主婦の友社、一九八四年
『草のうた』角川書店、一九八六年
『雪のアルバム』小学館、一九八六年

『ちいろば先生物語』朝日新聞社、一九八七年
『夕あり朝あり』新潮社、一九八七年
『あのポプラの上が空』講談社、一九八九年
『われ弱ければ』小学館、一九八九年
『心のある家』講談社、一九九一年
『母』角川書店、一九九二年
『明日のあなたへ』主婦と生活社、一九九三年
『銃口』（上、下）小学館、一九九四年
『小さな一歩から』講談社、一九九四年
『この病をも賜《たま》ものとして』日本基督教団出版局、一九九四年
『新しき鍵』光文社、一九九五年
『難病日記』主婦の友社、一九九五年
『さまざまな愛のかたち』ほるぷ出版、一九九七年
『雨はあした晴れるだろう』北海道新聞社、一九九八年
『遺された言葉』講談社、二〇〇〇年
『忘れてならぬもの』日本キリスト教団出版局、二〇〇二年
『愛と信仰に生きる』日本キリスト教団出版局、二〇〇三年
『ごめんなさいといえる』小学館、二〇一四年

●聖句を引用した聖書

『旧新約聖書　引照附』（文語訳）日本聖書協会、一九三七年
『聖書　口語訳』日本聖書協会、一九五四年（新約聖書）、一九五五年（旧約聖書）
『聖書　新改訳２０１７』新日本聖書刊行会訳、いのちのことば社、二〇一七年

三浦綾子年譜

一九二二年（大正十一年）
四月二十五日、堀田鉄治・キサの第五子（次女）として北海道旭川（当時は旭川区）に誕生。
一九二九年（昭和四年）　七歳
四月、旭川市立大成小学校（当時の正式名称は大成尋常高等小学校）に入学。
一九三五年（昭和十年）　十三歳
三月、旭川市立大成小学校（大成尋常高等小学校）を卒業。
四月、旭川市立高等女学校に入学（入学時の同校の名称は北都高等女学校。入学した年度内に高等女学校と改称）。
一九三九年（昭和十四年）　十七歳
三月、旭川市立高等女学校を卒業。
四月、北海道空知《そらち》郡歌志内《うたしない》の公立神威《かもい》小学校（当時の正式名称は神威尋常高等小学校）の教員となる。
一九四一年（昭和十六年）　十九歳
八月、家庭の事情により神威小学校（当時の正式名称は神威国民学校）を退職。
九月、旭川市立啓明小学校（当時の正式名称は啓明国民学校）の教員となる。
一九四六年（昭和二十一年）　二十四歳
三月、旭川市立啓明小学校（当時の正式名称は啓明国民学校）を退職。

六月、肺浸潤（肺結核）と診断される。

一九四八年（昭和二十三年）　二十六歳

十二月、おさななじみの前川正（篤信のクリスチャン。肺結核を患っていた）と再会。

一九四九年（昭和二十四年）　二十七歳

六月、旭川の春光台の丘で、綾子の虚無的な生き方を真剣に戒める前川の愛に心を大きく動かされ、前川の信じる神（イエス・キリスト）を自分も求めたいという思いになる。

一九五二年（昭和二十七年）　三十歳

二月、札幌医科大学附属病院に入院。

五月、脊椎カリエスと診断され、ギプスベッドでの療養生活を送ることになる。

七月五日、札幌医科大学附属病院の病床で受洗。

一九五三年（昭和二十八年）　三十一歳

十月、札幌医科大学附属病院を退院し、旭川に戻る。

一九五四年（昭和二十九年）　三十二歳

五月、綾子をキリスト教信仰に導いた恋人、前川が逝去（享年、満三十三歳〔数え年、三十五歳〕）。深い悲しみに沈む。

一九五五年（昭和三十年）　三十三歳

六月、三浦光世、自宅療養中の綾子を初めて見舞う。

一九五八年（昭和三十三年）　三十六歳

七月から約二ヶ月入院していた北海道大学医学部附属病院での精密検査の結果、肺結核・脊椎カリエスの治癒が確認される。

一九五九年（昭和三十四年）　三十七歳

一月二十五日、旭川六条教会にて光世との婚約式が行われる。

五月二十四日、同教会にて光世との結婚式を挙げる。

一九六一年（昭和三十六年）　三十九歳

八月、雑貨店（三浦商店）を開業。

一九六二年（昭和三十七年）　四十歳

一月、雑誌『主婦の友』新年号に、同誌募集の「愛の記録」の入選作として、林田律子というペンネームで書いた手記「太陽は再び没せず」が掲載される。

一九六三年（昭和三十八年）　四十一歳

一月、朝日新聞社募集の一千万円懸賞小説の応募原稿執筆に着手。

十二月三十一日、応募作『氷点』を脱稿し、朝日新聞社に送付。

一九六四年（昭和三十九年）　四十二歳

七月、『氷点』が一千万円懸賞小説に一位入選。

八月、作家活動に専念するため雑貨店を閉業。

十二月九日、『朝日新聞』（朝刊）への『氷点』連載が開始。

一九六五年（昭和四十年）　四十三歳

九月、旭川市文化賞を受賞。
十一月十四日、『氷点』の連載が終了。
同月十五日、単行本『氷点』（朝日新聞社）刊行。
一九六六年（昭和四十一年）　四十四歳
夏頃から光世による口述筆記が始まる。
十二月、綾子をサポートするため、光世、旭川営林局を退職。
同月、小説『ひつじが丘』（主婦の友社）刊行。
一九六七年（昭和四十二年）　四十五歳
十月、エッセイ集『愛すること 信ずること』（講談社）刊行。
一九六八年（昭和四十三年）　四十六歳
五月、小説『積木の箱』（朝日新聞社）刊行。
九月、小説『塩狩峠』（新潮社）刊行。
一九六九年（昭和四十四年）　四十七歳
一月、自伝小説『道ありき』（主婦の友社）刊行。
四月、父、堀田鉄治が逝去。
十月、小説集『病めるときも』（朝日新聞社）刊行。
一九七〇年（昭和四十五年）　四十八歳
五月、小説『裁きの家』（集英社）刊行。

十二月、自伝小説『この土の器をも』（主婦の友社）刊行。

一九七一年（昭和四十六年）　四十九歳
五月、小説『続　氷点』（朝日新聞社）刊行。

十二月、キリスト教信仰についての手引書『光あるうちに』（主婦の友社）刊行。

一九七二年（昭和四十七年）　五十歳
六月、エッセイ集『生きること　思うこと』（主婦の友社）刊行。

七月、小説『自我の構図』（光文社）刊行。

八月、小説『帰りこぬ風』（主婦の友社）刊行。

十一月、エッセイ集『あさっての風』（角川書店）刊行。

一九七三年（昭和四十八年）　五十一歳
三月、小説『残像』（集英社）刊行。

四月、光世との対談本『愛に遠くあれど』（講談社）刊行。

五月、前川正との往復書簡や前川の日記・短歌・遺言などを収めた『生命《いのち》に刻まれし愛のかたみ』（講談社）刊行。

十一月、綾子と光世の短歌を収めた歌集『共に歩めば』（聖燈社）刊行。

十二月、小説集『死の彼方までも』（光文社）刊行。

一九七四年（昭和四十九年）　五十二歳
四月、自伝小説『石ころのうた』（角川書店）刊行。

十一月、光世と共著のエッセイ集『太陽はいつも雲の上に』（主婦の友社）刊行。
十二月、手引書『旧約聖書入門』（光文社）刊行。
一九七五年（昭和五十年）　五十三歳
八月、小説『細川ガラシャ夫人』（主婦の友社）刊行。
一九七六年（昭和五十一年）　五十四歳
三月、小説『天北原野《てんぽく》　上』（朝日新聞社）刊行。
四月、小説『石の森』（集英社）刊行。
五月、小説『天北原野　下』（朝日新聞社）刊行。
一九七七年（昭和五十二年）　五十五歳
三月、小説『広き迷路』（主婦の友社）刊行。
同月、小説『泥流地帯』（新潮社）刊行。
六月、小説『果て遠き丘』（集英社）刊行。
十二月、手引書『新約聖書入門』（光文社）刊行。
一九七八年（昭和五十三年）　五十六歳
三月、母、堀田キサが逝去。
十月、小説集『毒麦の季《とき》』（光文社）刊行。
十二月、祈りについての手引書『天の梯子』（主婦の友社）刊行。
一九七九年（昭和五十四年）　五十七歳

四月、小説『続　泥流地帯』（新潮社）刊行。

同月、エッセイ集『孤独のとなり』（角川書店）刊行。

五月、小説『岩に立つ』（講談社）刊行。

一九八〇年（昭和五十五年）　五十八歳
三月、小説『千利休とその妻たち』（主婦の友社）刊行。

四月～五月、重度の帯状疱疹（ヘルペス）に罹患し、旭川医科大学医学部附属病院に一ヶ月弱、入院。

一九八一年（昭和五十六年）　五十九歳
四月、小説『海嶺《かいれい》　上』『海嶺　下』（朝日新聞社）刊行。

十月、画文集『イエス・キリストの生涯』（講談社）刊行。

十二月、新約聖書物語の絵本『わたしたちのイエスさま』（小学館）刊行（この本は、イタリア語の原書〔シルベリオ・ピス作、セベリノ・バラルディ画〕の日本語訳を、綾子が子ども向けに書き直したもの）。

一九八二年（昭和五十七年）　六十歳
二月、エッセイ集『わが青春に出会った本』（主婦の友社）刊行。

四月、小説『青い棘』（学習研究社）刊行。

五月、旭川赤十字病院に入院し、直腸癌の手術を受ける（翌月、退院）。

一九八三年（昭和五十八年）　六十一歳
五月、小説『水なき雲』（中央公論社）刊行。

同月、『三浦綾子作品集』（全十八巻、朝日新聞社）配本開始（一九八四年十月まで）。

九月、エッセイ集『泉への招待』（日本基督教団出版局）刊行。
十月、小説『愛の鬼才』（新潮社）刊行。
十二月、手紙形式のエッセイ集『藍色の便箋』（小学館）刊行。
一九八四年（昭和五十九年）　六十二歳
五月、日記形式のエッセイ集『北国日記』（主婦の友社）刊行。
一九八五年（昭和六十年）　六十三歳
四月、エッセイ集『白き冬日』（学習研究社）刊行。
十一月、エッセイ集『ナナカマドの街から』（北海道新聞社）刊行。
一九八六年（昭和六十一年）　六十四歳
三月、エッセイ集『聖書に見る人間の罪』（光文社）刊行。
八月、小説『嵐吹く時も』（主婦の友社）刊行。
十二月、自伝小説『草のうた』（角川書店）刊行。
同月、小説『雪のアルバム』（小学館）刊行。
一九八七年（昭和六十二年）　六十五歳
五月、小説『ちいろば先生物語』（朝日新聞社）刊行。
九月、小説『夕あり朝あり』（新潮社）刊行。
一九八八年（昭和六十三年）　六十六歳
一月、エッセイ集『私の赤い手帖から』（小学館）刊行。

八月、手紙形式のエッセイ集『小さな郵便車』（角川書店）刊行。

十一月、星野富弘氏との対談本『銀色のあしあと』（いのちのことば社）刊行。

一九八九年（昭和六十四年、平成元年）　六十七歳
一月、エッセイ集『それでも明日は来る』（主婦の友社）刊行。

九月、日記形式のエッセイ集『生かされてある日々』（日本基督教団出版局）刊行。

同月、小説『あのポプラの上が空』（講談社）刊行。

十一月、綾子が自分の作品から言葉を集めた『あなたへの囁き』（角川書店）刊行。

十二月、小説『われ弱ければ』（小学館）刊行。

一九九〇年（平成二年）　六十八歳
九月、エッセイ集『風はいずこより』（いのちのことば社）刊行。

一九九一年（平成三年）　六十九歳
七月、『三浦綾子全集』（全二十巻、主婦の友社）配本開始（一九九三年四月まで）。

九月、児玉昭雄氏の撮影した写真に詩文を添えた『祈りの風景』（日本基督教団出版局）刊行。

十二月、エッセイ集『心のある家』（講談社）刊行。

一九九二年（平成四年）　七十歳
一月、パーキンソン病と診断される。

三月、小説『母』（角川書店）刊行。

一九九三年（平成五年）　七十一歳

一月、夢日記『夢幾夜』（角川書店）刊行。

九月、エッセイ集『明日のあなたへ』（主婦と生活社）刊行。

一九九四年（平成六年）　七十二歳
二月、講演および、ひろさちや氏との対談を収めた『キリスト教・祈りのかたち』（主婦の友社）刊行。

三月、小説『銃口　上』『銃口　下』（小学館）刊行。

十月、日記形式のエッセイ集『この病をも賜《たま》ものとして』（日本基督教団出版局）刊行。

十一月、北海道新聞文化賞を受賞。

同月、エッセイ集『小さな一歩から』（講談社）刊行。

一九九五年（平成七年）　七十三歳
二月、対談集『希望、明日へ』（北海道新聞社）刊行。

五月、手紙形式のエッセイおよび、光世との対談を収めた『新しき鍵』（光文社）刊行。

十月、日記形式のエッセイ集『難病日記』（主婦の友社）刊行。

一九九六年（平成八年）　七十四歳
四月、自伝小説『命ある限り』（角川書店）刊行。

九月、『銃口』で第一回井原西鶴賞を受賞。

十一月、北海道文化賞を受賞。

一九九七年（平成九年）　七十五歳
一月末、札幌の柏葉脳神経外科病院に入院。約四ヶ月半、リハビリを受ける。

五月、講演集『愛すること生きること』（光文社）刊行。

七月、第一回アジア・キリスト教文学賞を受賞。

九月、北海道開発功労賞を受賞。

十一月、黒古一夫氏による綾子へのインタビューを基に構成・文章化された『さまざまな愛のかたち』（ほるぷ出版）刊行。

一九九八年（平成十年）　七十六歳
六月、宍戸芳夫氏が綾子の作品から言葉を集めた『言葉の花束』（講談社）刊行。
同月、旭川市神楽《かぐら》に三浦綾子記念文学館が開館。
七月、小説集『雨はあした晴れるだろう』（北海道新聞社）刊行。
十二月、エッセイ集『ひかりと愛といのち』（岩波書店）刊行。

一九九九年（平成十一年）　七十七歳
一月～四月、対談・鼎談を集めた『三浦綾子対話集』（全四巻、旬報社）刊行。
五月、北海道上川郡和寒《わっさむ》町に塩狩峠記念館が開館。
七月、発熱し、旭川市内の進藤病院に入院。
八月、リハビリのため、旭川リハビリテーション病院に転院。
九月五日、にわかに心肺機能が停止し、意識不明となる。
十月十二日、多臓器不全により逝去（享年、満七十七歳）。
同月十四日、旭川斎場にて前夜式が行われる。

同月十五日、旭川斎場にてキリスト教式の葬儀が行われる。
十二月、自伝小説『明日をうたう』（角川書店）刊行。

あとがき

『氷点』を最初に読んだときのことを覚えている。高校生のとき、母方の祖父母の家に『氷点』の単行本があった。本好きの祖父が買ったのだろうか。書棚には『海嶺』の上巻・下巻など、他の三浦作品も何冊か並んでいた。そのとき、私は夏休みで祖父母の家に泊まっていた。数日かけて『氷点』を読んだが、よく分からない小説だと思った。特に違和感を抱いたのは、陽子が自殺を図った理由についてだった。殺人犯の子だと言われただけで、なぜ自殺を考えるのか、当時の私には理解することが難しかった。

大学生になってキリスト教会に通うようになった。聖書を学び、自分が罪ある者であることを知り、洗礼を受け、日曜日の礼拝や平日の聖書勉強会などに出席しているうちに、『氷点』における陽子の自殺の意味が分かるようになった。陽子を苦しめた「罪」の問題が、自分のこととして受けとめられるようになったからであろう。

十年ほど前から、勤務先の大学で毎年のように、学生と共に『氷点』を読んでいる。陽子の自殺がピンとこないという学生が多い。かつての私と同じである。陽子がなぜ自分の罪性に苦しんだのか、詳しく説明すると、少し分かってくれる。三浦綾子は『氷点』をとおして「原罪」について訴えようとした。「原罪」こそが人間の不幸の根本原因であることを伝えたかったのである。しかし、キリスト教にあまり馴染みのない読者には、三浦のメッセージが十分に届きにくいようである。

三浦文学はキリスト教と切っても切れない関係にある。『氷点』『続　氷点』に込められた三浦のメッセージを多くの方と分かち合いたいと願い、私は二〇一四年、『氷点』入選五十周年の年に一冊の本を世に送った（『聖書で読み解く『氷点』『続　氷点』いのちのことば社フォレストブックス）。デス・マス体の一般書である。この一般書では、聖書やキリスト教に照らして『氷点』『続　氷点』を読み解いた。基になったのは、勤務校での授業や三浦綾子読書会で多くの時間をかけて話した内容である。

この度は、三浦文学とキリスト教との関係について研究書をまとめることとなった。基になったのは、学会での口頭発表や学会誌に投稿した論文である。学会発表の折や投稿時に、多くの方々から貴重な御教示・コメントをいただいた。この場を借りて、深謝申し上げたい。

私が三浦文学の研究を始めたのは三浦の召天から十年後（二〇〇九年）であった。三浦生誕百年の記念の年に本書を刊行することができ、感慨無量である。資料調査や刊行にあたって御助力・御高配をたまわった三浦綾子記念文学館の皆様、特に事務局長の難波真実さんと学芸員の長友あゆみさん、出版をお引き受けくださり、緻密な校正でお力添えくださった新典社の皆様に心から御礼申し上げたい。

二〇〇九年から二〇二二年までの間には東日本大震災やコロナ禍があった。コロナ禍は今なお続いている。日本、そして世界を襲った苦難の中で、三浦文学が私たちに与える力の大きさを確認・実感した。私の三浦文学研究は緒に就いたばかりである。これからも三浦文学の研究を進めていきたい。その成果がいろいろな形で社会への貢献に繋がればと願っている。

本書の刊行は令和四年度日本大学商学部出版助成によるものである。日大商学部の専任教員となって十七年が経った。研究を後押ししてくれる環境や制度に恵まれていることに、あらためて感謝の意を表したい。

二〇二二年四月　　竹林　一志

初出一覧

本書では下記の初出論文・書評に大小の加筆が施してある。

序　章　書き下ろし
第一章　「〈神を指し示す指〉としての三浦綾子文学」『キリスト教文学研究』三十号、二〇一三年
第二章　「聖書と三浦綾子文学」『キリスト教文学研究』三十三号、二〇一六年
第三章　「三浦綾子文学における聖句の受肉化――『泥流地帯』『続　泥流地帯』を対象として」『キリスト教文学研究』三十九号、二〇二二年
第四章　「三浦綾子文学と祈り」『キリスト教文学研究』三十五号、二〇一八年
第五章　「三浦綾子『天北原野』と「主の祈り」」『キリスト教文学研究』三十八号、二〇二一年
第六章　書き下ろし
第七章　「三浦綾子『氷点』における陽子の罪――「写真事件」を中心として」『キリスト教文学研究』二十九号、二〇一二年
第八章　「三浦綾子『続　氷点』の陽子――「赦し」と「再生」の問題をめぐって」『解釈』五十九巻七・八合併号、二〇一三年
第九章　「「こゝろ」と「氷点」「続　氷点」――夏目文学と三浦文学との重なり・ずれをめぐって」『キリスト教文学研究』

三十六号、二〇一九年
付　章　書き下ろし
研究余滴①　書き下ろし
研究余滴②　書き下ろし
書評「人生の羅針盤」『図書新聞』三三五八号、二〇一八年
三浦綾子年譜　書き下ろし

索　引

【凡　例】

1　事項・人名などを分類せずに、五十音順に配列する。
2　動詞は終止形で掲げる。
3　数字はページを示す。
4　見出し語が複数ページに連続して用いられている場合、或いは２ページにまたがっている場合は、「33-34」のように「-」の記号で示す。例えば、「33-34」は見出し語が33ページと34ページに用いられているか、33ページ末尾から34ページの初めにまたがっているか、のいずれかである。
5　「—」「——」などは、見出し語の省略記号である。例えば、「愛」の見出しの小項目「—なるイエス・キリスト」「神の—」は、各々「愛なるイエス・キリスト」「神の愛」である。
6　「→」は、その矢印の右側の項目にページが記されている、という意味である。

● あ 行

● か 行

● さ 行

● た 行

● な 行

● は 行

● ま 行

● や 行

● ら 行

竹林　一志（たけばやし　かずし）
1972年　茨城県北茨城市に生まれる（1歳半より東京都港区で育つ）
1996年3月　学習院大学 文学部 日本語日本文学科卒業
（学部在籍中，1年間オーストラリア国立大学で言語学を学ぶ）
2001年3月　学習院大学大学院 人文科学研究科 日本語日本文学専攻
博士後期課程修了
専攻／学位　日本語文法論・表現論，三浦綾子文学／博士（日本語日本文学）
現職　日本大学商学部教授（おもに，留学生対象の「日本語」科目を担当）
法政大学大学院・東京女子大学非常勤講師
主著（主要論文）
『現代日本語における主部の本質と諸相』（2004年，くろしお出版），『「を」「に」の謎を解く』（2007年，笠間書院），『日本古典文学の表現をどう解析するか』（2009年，笠間書院），『聖書で読み解く『氷点』『続　氷点』』（2014年，いのちのことば社フォレストブックス），『文の成立と主語・述語』（2020年，花鳥社），「主題提示「って」の用法と機能」（『日本語教育論集』第18号，2002年3月，国立国語研究所），「『枕草子』冒頭部の表現解析」（『表現研究』第85号，2007年3月，表現学会），「聖書と三浦綾子文学」（『キリスト教文学研究』第33号，2016年5月，日本キリスト教文学会）

三浦綾子文学の本質と諸相

2022年4月25日　初刷発行

著　者　竹林一志
発行者　岡元学実

発行所　株式会社　新典社

〒111－0041　東京都台東区元浅草2－10－11　吉延ビル4F
ＴＥＬ　03－5246－4244
ＦＡＸ　03－5246－4245　振　替　00170－0－26932
検印省略・不許複製
印刷所　惠友印刷㈱　製本所　牧製本印刷㈱

ISBN 978-4-7879-7870-7 C1095
https://shintensha.co.jp/
E-Mail:info@shintensha.co.jp

新典社研究叢書

（10％税込総額表示）

312 続・王朝文学論 ――解釈的発見の手法と論理―― 坏 美奈子 二二五五〇円
313 新撰類聚往来 影印と研究 高橋忠彦・高橋久子 二五三〇〇円
314 『とりかへばや』の研究 ――変奏する物語世界―― 片山ふゆき 八一四〇円
315 王朝物語の表現生成 ――源氏物語と周辺の文学 末澤 明子 一五四〇〇円
316 水鏡の成立と構造 勝倉 壽一 一一一一〇円
317 源氏物語と周辺文芸の研究 山上 義実 一二七六〇円
318 『夜の寝覚』から読む物語文学史 伊勢 光 一二七六〇円
319 和泉式部の方法試論 久保木寿子 一九八〇〇円
320 八百屋お七論 近代文学の物語空間 丹羽みさと 八四七〇円
321 民間説話と『宇治拾遺物語』 廣田 收 一八九二〇円
322 神仏習合の手法 ――中世神話から近世神話へ―― 吉田 唯 一三三一〇円
323 語彙・語法から見た四鏡の文章 小久保崇明 九五七〇円
324 『源氏物語』の光と影 西田 禎元 一六二八〇円
325 源氏物語〈読み〉の交響Ⅲ 源氏物語を読む会 二三五四〇円
326 徒然草 人物考証の新研究 上島眞智子 一〇二三〇円
327 金時習『金鰲新話』と日本 ――和刻本と受容 邊 恩田 九〇二〇円
328 校本石清水物語 宮﨑 裕子 二二五五〇円
329 『源氏物語』庭と邸宅 ――想定配置図私案―― 加藤 伸江 一二二一〇円
330 伊勢物語 色好みの享受史 瀬尾 博之 一一〇〇〇円
331 源氏物語 現代語訳書誌集成 佐藤 由佳 一〇五六〇円
332 蜻蛉日記上巻前半部研究 堤 和博 一三七五〇円
333 元亨釈書全訳注 上 今浜 通隆 二四七五〇円
334 源氏物語論攷 上野 辰義 一三二〇〇円
335 校本懐風藻 土佐 朋子 一五四〇〇円
336 日本古典文学における孝文化 ――『源氏物語』を中心として―― 趙 秀全 一三七五〇円
337 幕末維新期の近藤芳樹 ――和歌活動とその周辺 小野 美典 一八七〇〇円
338 『扶桑略記』の研究 扶桑略記を読む会 九四六〇円
339 ユーラシア文化の中の纒向・忌部・邪馬台国 山口 博 一五一八〇円
340 校本式子内親王集 武井 和人 二三六五〇円
341 続近世類題集の研究 三村 晃功 一九五八〇円
342 『源氏物語』の解釈学 ――和歌曼陀羅の世界―― 関河・櫛井・廣田・風岡 八二五〇円
343 禁裏本歌書の書誌学的研究 ――蔵書史と古典学 酒井 茂幸 二九七〇〇円
344 歌・呪術・儀礼の東アジア 山田 直巳 一七六〇〇円
345 日本古典文学の研究 日本古典文学研究会 一〇三四〇円
346 伊勢物語考Ⅱ 内田美由紀 一二三二〇円
347 王朝文学の〈旋律〉 ――東国と歴史的背景 伊藤禎子・勝亦志織 一二六六〇円
348 『源氏物語』明石一族物語論 ――形成と主題―― 神原 勇介 一〇二三〇円
349 歌物語史から見た伊勢物語 宮谷 聡美 一二八八〇円
350 元亨釈書全訳注 中 今浜 通隆 三三四五〇円
351 室町期浄土僧聖聡の談義と説話 上野 麻美 九二四〇円
352 堤中納言物語論 読者・諧謔・模倣 陣野 英則 一〇四五〇円